悄吟文丛

第三辑

古耜 主编

张金凤 著

指间流年

中国言实出版社

图书在版编目(CIP)数据

指间流年 / 张金凤著. -- 北京：中国言实出版社，
2024.1

（悄吟文丛 / 古耜主编.第三辑）

ISBN 978-7-5171-4736-7

Ⅰ.①指… Ⅱ.①张… Ⅲ.①散文集—中国—当代
Ⅳ.①I267

中国国家版本馆CIP数据核字（2024）第019518号

指间流年

责任编辑：王建玲　史会美
责任校对：张天杨

出版发行：中国言实出版社
　　　　　地　　址：北京市朝阳区北苑路180号加利大厦5号楼105室
　　　　　邮　　编：100101
　　　　　编辑部：北京市海淀区花园路6号院B座6层
　　　　　邮　　编：100088
　　　　　电　　话：010-64924853（总编室）　010-64924716（发行部）
　　　　　网　　址：www.zgyscbs.cn　　电子邮箱：zgyscbs@263.net

经　　销：新华书店
印　　刷：徐州绪权印刷有限公司
版　　次：2024年2月第1版　　2024年2月第1次印刷
规　　格：787毫米×1092毫米　　1/32　　10.625印张
字　　数：180千字

定　　价：59.80元
书　　号：ISBN 978-7-5171-4736-7

女性散文何以风光无限

古　耜

在中国古代，知识女性撰写锦绣文章虽系凤毛麟角，但属确切存在，易安居士和她的《金石录·后序》便是这方面的标本和佐证。不过作为一种创作现象或文学品类，女性散文终究是五四新文化运动推动妇女解放的产物，冰心、庐隐、丁玲、林徽因等才是其发轫与前驱，而女性散文真正的强势崛起和蔚为大观，则是从新时期到新世纪伟大时代的馈赠。

近半个世纪以来，在思想解放和改革开放历史大潮的强力推动下，从五四新文化现场一路走来的现代女性散文，越发显示出生机勃勃、阔步前行的态势：几代女作家进一步冲破陈旧观念的束缚和保守势力的阻滞，以崭新的精神风貌、饱满的生活热情和旺盛的创作精力，投身于变动不居而又生机盎然的生活现场，既积极参与公共空间的世相书写与问题探讨，又潜心关注女性自身的发展、提升与进步，从而不断捧出流光溢彩、质文兼备的散文佳作；一大批女性散文家正是在这种有内涵、有难度、有追求的创作实践中砥砺前行，逐渐登上一个时代的散文标高；而整个女性散文创作亦凭借持久的不间断的繁荣红火，成为当今时代散文现场勃发向上的重要一翼。恩格斯说："在任何社会中，妇女解放的程度是衡量普遍解放的天然尺度。"而女性散文的蓬勃发展正是女性解放的卓然呈现，透过它，可以看到国家的昌盛、社会的进步和民族的振兴。

女性散文何以风光无限，其中的原因应该有以下几个方面：

第一，新时期以来的女性散文创作，蕴含一种多方探索，跃动不羁的内在活力。曾有如是说法：在新时期的文学领域，小说、诗歌、戏剧乃至文学评论，都经历了强劲大胆的文体变革，唯有散文安步当车，依然故我，给人以陈旧保守的感觉。这样的说法是否符合散文的实际尚待讨论，但如果拿它来评价女性散文，则明显是圆凿方枘，失之偏颇。

事实上，女性散文并不缺少试验和探索。二十世纪八九十年代之交，"小女人散文"不胫而走，风行一时。其中掺杂的琐碎、无聊和自恋固然需要摒弃，但它对世俗场景的关注，对笔调的经营和细节的把握，以及由此酿成的较强的文本可读性，还是给散文创作以有益的启示。稍后，一种直接以"女性散文"为标识的创作群体亮相文坛。叶梦的《羞女山》、王英琦的《女性的天空是高远的》、韩小蕙的《女人不会哭》、张爱华的《关于爱情：往错了说》、斯妤的《也是叹息》、匡文立的《历史与女人》、唐敏的《女孩子的花》等一批作品，勾勒了这一群体的早期阵容。毋庸讳言，这些作品或多或少带有西方"女权主义"的影子，但更多的还是连接着中国女性实际的生命体验和观念认知，是基于自我感受的艺术表达，唯其如此，它们对于强化散文创作的女性意识，推动女性散文向纵深化和个性化发展自有重要意义。接下来，"新潮散文"和"新散文"交叉或次第登场，其中一批才华横溢的女性散文家，如周晓枫、格致、冯秋子、张立勤、陈染、塞壬、洁尘、杜丽等，以特立独行，高蹈脱俗的创作吸引着文坛的目光，其新颖的散文理念，个性化、陌生化的叙事风格，还有在语言修辞层面的苦心孤诣，剑出偏锋，均为女性散文的柳暗花明、推陈出新提供了有力借鉴，进而成为女性散文创新发展的重要资源和不竭动力。

第二，历史语境的转换和社会氛围的变化，为女性散文的繁荣发展提供了特殊机遇。无论古代还是现代，个体人生的日常生活都是丰富和重要的，然而由于文化传统、历史条件和社会心理的复杂互动，在较长一段时间里，人们的日常生活并没有得到文学书写的青睐，相反常常被忽略或遗忘。新时期以降，随着社会主义市场经济的兴起和人的主体意识的确立，以及商品和消费理念的传播，日常生活开始越来越多地进入人们的视野，并迅速成为文学的主要表现对象。在这一过程中，日常生活不再单单是一种题材或景观，同时还是一种不可缺席的审美要素——即使是篇幅宏大的历史或地理散文，日常生活亦常常是一种基因性底色性的存在。也正是在这一过程中，女作家的特长和优势得以充分展现：约定俗成的社会伦理和家庭分工，决定了她们相对疏离公众诉求与商场奋斗，而更多同衣食住行、儿女情长缠绕厮磨；长期的家庭责任和亲情输出又让她们对日常生活拥有更多形而下的理解与把握；加之有现代女性的思想和知识就中加持，这使得她们笔下的日常生活不但栩栩如生，活力沛然，而且时常发人深思，耐人寻味。近年来很是活跃的女性散文家，如苏沧桑、陈蔚文、李娟、阿微木依萝、钱红莉、王芸、指尖等，虽然创作题材与艺术风格均有较大的差异，但其中异曲同工、美美与共的一点，便是对日常生活的准确把握和生动描摹。而正是这种对日常生活的成功再现，给当下的女性散文增添了别一种精彩和魅力。

　　第三，在散文和女性之间存在一种微妙而稳定的对话与契合关系。曾有研究者认为：散文是一种更接近女性的文体。这话初听会觉得笼统和偏颇，但细想又不无道理。如所周知，散文属于文学中的"自叙事"，它通常需要作家更多调动主体的才华和手段，以构建属于"我"的精神天地与情感世界。而在"表现自我"的维度上，女作家显然更得缪斯的神髓与钟爱。你看：抒情是散文重要而得力的表现手段，网络背景下，一些沉溺于匆忙叙事的男性作家不同程度地舍弃了它，而在阿舍、安然、许冬林的笔下，一种源于女性生命深处的汩汩深情，或与岁月同行，或请山川相伴，或携诗境共生，则是一派流光溢彩，沁人心脾，显示出"情为何物"的力量。自视与内倾是五四时期女性散文常见的言说特征，这一特征在当今女作家中不仅得以延续，而且获得新生。不是吗？同样的绵绵絮语和娓娓道来，以往主要是精神沉吟，心灵独白，如今则更多引入日月消长、万物更迭，将其化作人在天地间的哲思和同一切生命的对话，张映姝、祁云枝、朱朝敏、项丽敏等女作家的生态书写，可谓这方面的生动展现。尤其值得关注的是，一批女作家如李舫、何向阳、艾平、王雪茜、林渊液等，大抵从弗吉尼亚·伍尔夫的创作理论得到启发，在坚持女性散文基本特征的基础上，开始进行积极的吸收与拓展，如大胆突破约定俗成的题材限制，合理强化作品的理性元素和文化内涵，不断尝试多见于男性作家的技巧手法乃至风格营造等，所有这些都有效地强化了女性散文的表现力、感染力和影响力，同时也为散文的整体发展提供了启迪与借鉴。

正是基于以上事实，窃以为，当下文坛应当对女性散文多一些关注、研究和推动。也正是沿着这一思路，笔者在中国言实出版社的鼎力支持下，选编了旨在展示当下女性散文创作成就的"悄吟文丛"，并于2017和2021年先后出版了该文丛的第一、二辑，每一辑均包括十位女作家的潜心创作。现在该文丛的第三辑翩然问世，再次推出十位女作家，她们是朝颜、阿微木依萝、黄璨、宁雨、罗张琴、蔡瑛、菡萏、张映姝、斤小米、张金凤。我热切希望读者能喜欢这些作家和作品，同时通过"悄吟文丛"，感受到中国女性散文的风采以及她们欣然前行的跫音。

（作者系著名文学评论家、作家）

风抚乡野

屋檐滴水

落地生根

风
抚
乡
野

麦青·麦黄

麦青

南风轻掀春天的帘幕，荠菜、茅针、水葱、野蒜、牵牛、茵陈都在暖风里翻身醒来，它们拍掉冬日的尘土，褪下黄萎的旧衣，身影闪动在明媚的春阳里。它们热情招呼着疾行的黑壳虫和试着振翅的"花媳妇"，以为自己是最早醒来的勇士，正准备撩起春天的浪花。黑甲虫拿触角一指，这些野菜和杂草们攀着沟垄往不远处张望，大田里汹涌的麦野早已经郁郁青青、生机勃勃，原来麦子才是比春天更早的使者。

麦子是倔强的斗士，是与时令背道而驰的逆行者，当秋风转凉，庄稼们开始从田野往村庄搬迁的时候，它却热血澎湃地扑向日渐空虚的田野，填补大地的苍茫。

深秋时候，风一阵比一阵凉，果实纷纷乘着农人的马车和箩筐汇集进场院，然后跳进暖暖的囤里准备冬眠。麦子接到了西风的信笺：大地删繁就简，田野即将裸露，人间正苍凉。那一脉绿色的香火越来越细，谁来延续？满眼的青纱帐分流出红彤彤的高粱，金灿灿的玉米，还有暴跳着的豆粒，它们都走进场院，走进粮囤，走进家园。野地里，大地的肌肤裸露出来，母亲的胸怀正被霜露浸染，只剩下一小块一小块的白菜和萝卜，在西风里顽强地绿着。白菜的翠绿叶子已经开始卷起，它们的牙齿咬住秋风，还能咬多久呢？麦子思念那片养育自己的田野，它不能在粮囤里瞌睡，任冬天的北风将大地的皮肤撕裂，卷起焦黄的浮土在天空飞舞。祖先的基因密码告诉它，必须去延续绿色的香火，让田野重新燃起希望。"白露早，寒露迟，秋分种麦正当时。"它骨骼里的萌动和老农唇间的谚语一样合拍，在这个肃杀的季节，麦子跳下粮囤走进生命的航程。

在乡下，人们喊打碗花是"搭蔓子花"，喊那些带毒的野菜是"剪子谷"，喊细小的婆婆纳为"翅儿抖擞"，喊紫色的荒花叫"蚂蚁蛋"，而亲切地把麦子喊作"妹子"。妹子，是豆蔻年华里的小姑娘啊，甜甜的、脆脆的、鲜鲜的、润润的，伶俐活泼又懂事听话的那个女孩、那群女孩子。你喊一声"妹子"，它们就呼啦啦随一阵风涌动成碧绿的波浪，漫山遍野在应答。

麦子，妹子。这是最值得怜爱和呵护的亲人，庄户人说出这个名字的时候，连语气都温存了许多，因为一旦说出这个名字，美好的图景就连天扯地地铺展：绿茵茵望不到边的麦田，黄澄澄散发成熟香气的麦田；一堆堆干爽爽的麦穗，一囤囤闪烁着亮光的麦粒。然后，他们闻到了馇馇的香、烙饼的香、面条的香、饺子的香。看见风里的麦浪，他们的内心就酥了，软了，那是麦子的一声声应答，就像从远处飞跑而来的一群妹子。

麦子一辈子就这一个名字，那滚圆圆的麦粒叫麦子，那新绿的麦苗叫麦子，那灌浆的、拔节的、开花的郁郁青青的麦棵子叫麦子，那被割倒在地里，堆放在场院上的金黄还叫麦子。乡下人叫它的声韵不像官话，他们喊着"妹子"时，那么自然又亲切。

离开那片土地，人们就有些不认识麦子了，外乡人管它叫"冬小麦"，那是人们为区分更远的北方，在野地里过不了冬，到春天播种的麦子，才这样喊它。有人甚至不知道厨房里储存的晶莹雪堆是麦子祭献了青春磨出的，也分不明白粮油店里的馒头、火烧、大饼飘散的香气与土地和曾经油绿的麦田有关。四体不勤、五谷不分的那些人的词典里，没有"麦子"，也没有"妹子"，因此他们的梦里永远少一份青葱和辽阔，也少一份呵护的慈祥。

"白露早，寒露迟，秋分种麦正当时。"掰着犁铧当玩具的小孩子，已经从祖父那里学会了这首民谣般的农谚。

祖父搅拌着麦种，在寒凉的大地上播下它们。"天气越来越冷了，它们不冷吗？它们不想家吗？"孩子望着村口刚刚露出孱弱嫩芽的麦苗，喃喃问着。"这是勇敢的麦子啊，它会冷，但是它不怕，过几天冬爷爷会给它盖上被子。来年五月，它就坐着金黄的阳光马车回家来了。"祖父说。麦子，妹子。孩子望着那些萌萌的嫩芽，看一眼母亲怀里正吃奶的小妹，有些心疼它们。

漫长的寒冬，田野里太寂静了，偶尔有麻雀飞过，它们的眼睛看也不看那些被冻僵的麦苗。终于盼来脚步声，汉子肩挑一担浑水，泼洒在它的头颅上。他是来看我的。麦子一阵激动。汉子在地头点了袋烟，慢悠悠地从这个地垄走到那个地垄，仔细地查看着麦子越冬的步伐。孩子也迈着蹒跚的脚步去麦田里看麦子。它们黄黄的，就像害病了一样。父亲又挑着一担尿水浇到麦垄里去。孩子咧嘴说："它们不怕脏？"父亲说："不怕，麦子扎根的土地就是把脏的、臭的都给转化成甜的、香的、有用的给咱们。"父亲的脚踩在麦苗上，孩子喊起来："它会疼的。"父亲说："麦子皮实着呢，这个时候的麦子，不怕踩。"不仅脚掌不留情，东升家的羊也不留情，东升把它撒在自己的麦地里，任由它啃着麦苗。那一天，孩子哭了，就像看见别人打了自己的妹妹一样心疼麦子。祖父抚摸着他的头说："麦苗太厚了，到春天里它们谁也长不好，让羊的嘴巴去筛选它们吧。贪多嚼不烂啊！我们庄稼人可是吃过这样的亏，那些年，我们撒的种子密得盖过了地皮，吹牛说一亩地要收一万斤粮食。结果，没有一株麦子长成材。人不能欺地，更不能欺心啊！"孩子听不懂这些，只是心里惦记着麦子。果然，春天的时候，那些被脚踩过的，被羊啃过的麦田，都郁郁葱葱、泼泼辣辣地长起来。孩子们踩着返青的麦子奔跑，和麦子一起拥抱春天。

　　每年麦子打苞的时候，乡下孩子就像那拴上绳索的小马驹，他们不能再到麦地里撒野。这时候的麦子正在孕育着穗子和粮食，是最需要保护的时候，谁要是将挖菜的铲子伸进麦地，他们就要仔细查看，有没有伤到麦子。这时候，麦子欢实地拔节、打苞、秀穗子，一穗穗嫩嫩的小穗子挂着晶莹的露珠在越来越暖的风里轻摇。这时候，它们不再怕"剪子谷"这样的杂草来抢养料和水分，荠菜也已经开过了粉白的小花，不再与它争宠阳光。这时候的它已经长得足够高，拔足了身量的麦子，欺下了这些杂草。但是麦蒿不服气，它们和麦苗赛着趟儿奔跑，甚至有的已经高过它们。麦蒿无比嚣张地挥动它的金黄色小花，享受着春天暖洋洋的日光。这时候，人们就沿着麦垄间隙，仔细拔掉那些青壮的麦蒿，给麦子的成长蹚清了道路。

四月的天空，一只只鸟鸣叫着飞过，我们抬起头说，那是"麦穗儿"。当"麦穗儿"鸟从天空飞过的时候，麦野青青，乡村到了最好看的时节，季节变得像这拔节的麦苗一样年轻。田野里还有"麦鸡"，是哪个农人最早这样喊它的呢？"麦鸡"是行走在麦田里的小鸡崽，是麦子地里养着的鸡。它们就像小鸡崽一样大小，是春天麦田里最常见的鸟，只比麻雀大一点，穿梭在麦田里，像在自己家里一样自在，麦田不就是它的家吗？整个天空和大地不都是它们的家吗？河岸氤氲着潮润的水汽，岸草油绿，一切都蕴含着勃勃生机。清淤的河段，人们捞起密密麻麻的"麦穗鱼"，那些鱼永远长不大，个头就像一枚四月的麦穗，不十分饱满也不伶仃，身量匀称。一碗炸麦穗鱼的晚餐，必定有一壶乡村的老酒相佐，眼看着雨水、阳光交替抚育的麦子长得越来越好，人们的心房比南风还暖。那麦芒上挂着的小小金箔样的细碎麦花慢慢干落之后，麦子在灌浆。那些生命的浆液不仅仅灌进麦子的躯体里，也灌进庄户人家的脉管里，他们的眼神充满着希望，梦里全身都是阳光赏赐的金子。

　　日头朗照，麦叶泛黄，空气中弥漫着麦之将熟的香气，那香是一种灵药，瞬间将村庄催发得斗志昂扬。端午粽的香荡漾在村庄，镰刀在磨刀石上嗷嗷地叫，村头是碾场的身影。站在五月的田野，就像是站在一幅油画中。远山半掩于青翠的树间，白杨绽翠怀抱延展的乡村公路，大片大片的麦野，由青绿转眼变浅黄、金黄。麦穗成熟的香气荡漾着，像在呼唤游子。那些外出的人纷纷回到村庄，麦之将熟，他们必须回来和村庄一起虔诚地迎接麦子回家。田埂上，野扁豆擎着细小的花蕾，打碗花喜气洋洋吹起迎亲的唢呐曲。一对对白蝴蝶缠绵着从茁壮的麦芒上翩飞而过，孩子们踩着田埂，边拍手边唱着："蛾、蛾、蛾，收了麦子吃饽饽。"不几日，烧麦穗就该开始了。

乡下孩子小时候谁不爱吃烧麦穗啊！悄悄钻进麦地，拣几穗颗粒饱满的掐下来，那饱满的麦粒似乎要从褓褓之地跳跃出来。生一堆野火，在火苗上轻燎麦芒，诱人的清香就飘散开来。扎得手生疼的麦芒被火烧掉了，双手捂住一个麦穗，将麦穗秆紧夹在虎口间，两掌夹住麦穗画着圆圈搓，这种转圈的搓法叫"推小磨"。搓几下，两只手火辣辣地疼，但麦穗的香愣是引诱孩子们一次次忍着疼搓麦穗吃。抽掉麦穗秆，吹净麦糠，将圆滚滚散发奇香的麦粒大快朵颐。野外烧麦穗的乐趣颇似过家家，下午放学后，孩子们几乎都要去坡里剜野菜，剜菜前大家都兴致极高地烧麦穗吃。先在地上挖一个小坑，撸几把枯草干柴引火，采回最实诚的沉甸甸的麦穗，认真地燎烤，卖力地搓，美美地品尝，常常吃得嘴边乌黑，像长了一圈胡子。伙伴们吃罢烧麦穗要在河水里洗净嘴巴，在水里仔细照过才回家，但还是被母亲发觉，她说这些小馋嘴里溢出满嘴的清香。

庄户人喜欢在春天盘炕，新盘的炕要抓紧时间烧干，烧炕的任务一般就交给小孩子。孩子把柴火架满了炕灶，刚抹了细泥的湿炕呼呼地冒着热气。蒸泥的味道蓦地让她想到烧麦穗。她飞奔进麦地采回两大束，大人们都在忙活别的事，她有时间慢慢地烧、细细地搓、美美地嚼。她学着母亲的样子，把烧好的一大把麦穗放在簸箕里搓，再轻轻扇去麦糠。这么多烧麦粒，一时吃不完，她将那方印着淡蓝小花的手绢铺开，盛满了滚圆清香的麦粒。晚上村里正好放电影，那个嚼着麦粒看电影的夜晚多么幸福呀，她用半手绢的烧麦粒请伙伴客的豪爽，多少年后仍被伙伴们提起和回味。

"夜来南风起，小麦覆陇黄。"似乎一夜之间，满坡的麦子就披上了亮光闪闪的黄金甲。煦暖的南风变得热辣辣地灼人，撩得人要脱掉长衫，赤膊上阵。"这真是熟麦子的天气！"农人念叨着。天地有令，时序有数，到了麦熟的节点，苍天的大旗一挥，不管长得茁壮的还是节拍慢些的，都在热风的催嫁锣鼓里成了新娘，等一把镰刀割断旧日的牵绊，毅然决然地奔向新生活。

麦黄

一百岁要娘，一亩地要场。土地是庄户人的战场，他们在田地里流汗、流泪来打一年的收成之仗。场院则是庄户人的阅兵场，是成果的展览室，只有看到一队队庄稼凯旋，涌入场院，庄户人的心里才蓄满蜜水；只有在场院上将庄稼挑选分拣、整理、归类，才会草是草、粮是粮，庄户人心里才踏实。草拥抱成垛，粮拥挤进仓，明年的种子悬挂在梁头上，一年年，场院奏着农事最激流处的绝响，为庄稼的谢幕锣鼓隆重。五月的麦子，乘着牵牛花的迎亲曲，向场院奔去。

场院像一条脐带，连接着村庄和田野，村庄依靠它从野地里汲取生存的营养。寒来暑往，秋收冬藏，打场晒粮，才是真正饱满滋润的农家生活。

场院总是选择在村庄周围，像一圈温暖的袍带，紧紧地环抱着村庄。五月初，麦野深绿的梢头略微有些橙黄色。老农就走到村边，"吧嗒，吧嗒"吸着烟袋锅，将眼前的土地审视，他要将一小片土地上的庄稼提前收获，轧成一片场院。那里，或许是一片比任何地方都长得茁壮的麦子，它们的麦芒还张扬着生长的锐气，即将成熟的它要提前分娩；那里，或许正铺展着小块的豌豆蔓子，饱满的豌豆角已经变黄。拔起豌豆蔓子，将杂草拔净，土地尚暄软，赶牛拉耙，将这片土地深犁起来。敲碎顽固的坷垃，在暄软的土地上一瓢瓢、一遍遍泼水，将它滋润透了再让土地"睡一睡"。

另一个清晨，鸟儿吵醒了村庄，红日收取了薄雾，洋槐花的香弥漫着，花香里还透着麦熟的香甜。村头村尾都是"轧场"的人。压场需要碌碡和磙子。碌碡更接近圆柱形，两头好似一般粗，柱体上凿成凹槽，有深棱的它，碾压的力度大。磙子表面光滑，两头粗细相差大，更易于转圈。轧场还需要麦糠和炉膛里新扒的草灰，犁起来后又吃透了水的场地很黏，要在黏土的场院里不间断地撒草灰和麦糠，泥地才不会被碌碡抓起土来。用陈旧的稻草帘子给碌碡穿一层外衣，乡下人管这种造型的碌碡叫"扫道毛子"，轧几圈就要撒一层草木灰，直到场院不撒草灰也不黏了。场轧硬实了，"扫道毛子"下班，磙子上场。数不清走过多少圈，直到把场院轧得像张白面饼一样光洁，没有一丝缝隙，轧场才结束。

几晌南风，将麦那少女的绿裙逼成瓜熟蒂落的风韵。农人抹了两把汗，抬眼看看毒日头，从墙上摘下镰刀，用拇指试试刃。家家的镰刀在磨刀石上"嗷嗷"地叫，场院敞开着它宽敞的怀抱急切等待拥抱它思念了好久的新娘。

"蚕老一时，麦熟一晌。"轧好场院，磨快镰刀，就等开镰了。

开镰就是一场鏖战。空气中弥漫着麦秸草的体香。农人们穿着最褴褛的旧衣，腰间别上明晃晃的镰刀，将覆垄的金黄熟麦收割进自己的臂弯。

从田野归来，麦子已经头重脚轻，告别了土地和吮大地乳汁的麦根，齐根斩断的疼痛还没缓解，就要面对"铡场"。"铡场"在黄昏或者晚上。铡刀那雪亮的刃闪闪发光，把昏暗的乡村黄昏映照得一片雪白。"咔嚓，咔嚓。"年轻人按着铡刀柄，年长的将麦捆子入进铡刀口，麦穗垂在外侧，麦秸草留在手边这一侧。掌铡刀的年轻人一猛劲迅速将铡刀按下，铡得干脆利落。也有新手"咔嗒，咔嗒"，越铡那麦子棵越像棉线，柔软难断，入麦子的老把式就站起来，将铡刀高擎，一脚轻踩垂在一边的麦穗，"咔"一声，铡刀落地，麦草纷飞，后生看得心服口服。铡完场，众多籽实饱满的麦穗就拥抱在一起，它们的亲密会营造暧昧霉变。就算黑夜也要摊开晾，星光也是有温度的，还有风，会及时送走它们积聚起来的热量，化解霉变的危机。

朗朗晴日正好"晒场"。大人还继续鏖战在麦田里，孩子们担当起重要的晒场责任。看场的孩子要吓鸡鸭，新粮下地，它们也兴奋地早早来尝鲜，专拣饱满的穗子糟蹋，小孩拎个竿子或捡堆石块，专门对付这些"强盗"。场院的角上，爹早用苞米秸给搭了个小棚屋，日头毒啊，孩子钻进小屋里，喝着娘煮的加了高粱米的凉开水，那饮料是红色的，跟小卖部里的汽水差不多，他又偷偷放了几粒糖精，甜甜的，他心里美美的。可突然又不高兴了，想想爹娘和哥哥们都晒着毒日头割麦子呢，自己却在这里享福，眼泪就要掉下来了。急忙去小棚屋后寻出那杆腊木杈，好沉，他学着大人的样子，翻晒晾在场里的麦棵。青湿的麦子死沉，紧紧压在一起，要干得快就得叫它们暄腾起来，阳光深到底层才好。汗水瓣里啪啦淌下来，小孩直埋怨自己个子矮、力气小，翻得那样吃力。等翻完一遍再回小屋时，心里就高兴起来：爹说过，勤翻着麦穗干得快，很快就能打场了。

在日光与风的洗礼下，青涩的麦穗渐渐干爽。日头毒辣的晌午，农人急急吃过午饭，开始"打场"。杈筢扫帚扬场锨，簸箕布袋扎包绳全拾掇上，一家老小都上了场。打场的时间选择在一天中最热的时候，麦棵晒得最焦爽，恨不得风一碰就崩裂出麦粒。原始的"连枷"早不用了，一头温驯的老牛或者精干的驴子，拉着碌碡在骄阳下转圈，戴斗笠的男人，不时吆喝一下牲口，调整着它的步幅。一遍遍地翻看着麦秆，一遍遍地碾压。新潮的农人雇来了拖拉机，它拖着铁碌子，一圈一圈跑下来，蓬松的麦棵就矮下去。等那毛刺刺的麦穗儿变得软塌塌铺在场院上，就该"起场"了。四股杈将麦秸挑起，抖净藏在草里的麦粒，这时候的麦秸变成了"麦穰草"。起走了麦穰草，蓬松的麦糠下埋伏着让人怦然心动的崭新麦粒。

男人扬场时的身段和表情是最动人的。"扬场"就是把麦粒和麦糠分开，木锨迎风扬起混合物，风将较轻的麦糠吹向一边，饱满的麦粒像金雨一样洒下来。孩子欢叫着，有时要冲到金雨下，伸手接住些麦粒，或者直接躺下来打滚，任由麦粒打在身上。有风的时候，扬场简单，只要将带着麦糠的麦粒一锨锨斜着扬出去，风就给分得很明白，麦粒落地，粒粒饱满，麦糠飘开去，像一场蒙蒙的雪。女人做着"掠场"活计。男人一锨一锨有板有眼地扬，待扬几锨后，她戴着斗笠进到中间去用大扫帚均匀扫掠，掠出没有飘出来的麦糠。扬场的不会因为掠扫的介入而乱了鼓点和节奏，那扫掠者要见缝插针，稍微慢了节拍，麦粒子就落在斗笠上，如一阵乱雨，惊慌着、跳跃着、吵闹着。好的扫掠者气韵均匀，力度均匀，徐缓地一两扫帚，将未飞走的顽皮麦糠从粮食堆里领走。那些堆积如金沙的麦粒，在日头的蒸腾下散发出浓烈的香气，场院里劳作的人就像被一坛老酒醺醉了似的，摇摇晃晃着腿脚，憨笑着。倘若响晴无风，扬场就见了本事高低。手艺差的，一木锨撇出去，麦粒麦糠又齐刷刷落到一起，仿佛那生死不离的情侣，经过一刹那颠簸，仍然抱紧着过日子。那人就懊恼地把木锨一扔，在场院角点上根烟，等风来。女人在重新和好的麦子麦糠前用扫帚掠几下，企图通过自己的扫掠，分离出粮食。好的扬场把式此时不紧不慢，一木锨撇出去，麦糠落在原地，麦粒却斜飞出去，干净利落地落在旁边的空地上。他的手艺招来后生们观看，老把式淡淡一笑，说："靠风扬场那叫本事？"有学识的后生仔，看着看着就明白了门道，回去操起木锨慢慢也有了样子。

割麦、铡场，拖拉机拖铁碾子打场这种古老的打场方式，连同童年的欢乐封存到记忆中了。在我开始下田干活不久，机械化来到田头，拖拉机头上装上了收割器，一会儿工夫就将偌大一片金灿灿的麦棵放倒。农人只需将满坡的麦子打起捆运回场院。夜晚，场院架起了电灯，脱粒机一边将如山的麦捆吞下去，一边喷着纷纷扬扬的麦糠，漏斗里就滚滚流出金黄的麦粒。男人们伸伸腰笑了：再不用下大力气扬场了。嘿，白天割倒了麦子，晚上就见着了粮食，机械化真了不得。脱粒机隆隆响着，电灯光线之下，是兴奋的打场人。人们身后，是无边的田野和夜色。

打场是一场轰轰烈烈的交响曲，拣草则是场院上抒情的小调。割麦的时候，不能下地的老人，就坐在麦根草旁，拆开一捆捆的麦根，拣出麦根里杂漏的麦穗，这在乡下叫作"拣草"。庄户人最知道劳动的艰辛，最懂得粮食的金贵，哪怕一垛高高的麦秸草只能拣出几斤麦穗子，她们也不吝啬自己的劳动。大规模的"拣草"活动是在麦收之后，夏播已经完毕，田里的麦子打成粮食晒在场院里，女人一边翻晒粮食，一边在麦秸草捆里慈爱地寻寻觅觅，像找回一群迷路的孩子。如山的麦秸草垛一点点矮下去，交出了所有粮食的草堆在阳光下坦坦荡荡。春渐深，女人拨拉着麦草长时间静坐，就容易犯困，有戏匣子的妇女就滋润了，听着评书和小戏，有时候也听电影剪辑和广播剧，最重要的是要听天气预报，要注意听那"山东绊倒"（山东半岛）的阴晴雨露。这时候恰好走过一个老妪，叹息说："好好的一个山东，干吗要绊倒。"戏匣子女人抿嘴笑："是半岛。"老妪依旧拧着眉毛"绊倒嘛"。麦秸草垛都忍不住笑得一颤。能够坐下来从容"拣草"的日子，已经是天下大定，那些麦子已经由一棵棵庄稼分身了：躺在场院里接受阳光爱抚的圆滚滚麦粒那么叫人欣喜，那垛在旁边的麦秸草还需要被揭开袍带仔细盘查，夹带一粒粮食就不能叫作草。

　　五月是一场战斗，是庄户人与老天爷的一场战斗。收麦子不叫收，叫"抢"。抢着将覆垄的熟麦收割到场里，抢着打场，抢晒，抢种夏庄稼。

　　麦子到了嘴边上，庄户人对它的守望却一日比一日上心。这时候，他们不停地看天，提着鼻子嗅风的味道。麦收临近，他们不要风也不要雨，更害怕那冰雨（雹子），如果一场冰雨砸下来，麦子连粮带草都成了烂泥坨。这样的光景听老辈人说过，他们时时祈祷：老天爷保着风调雨顺地收下麦子来吧！在所有这些"抢"中尤以"抢场"为甚。刚刚日头还毒辣辣的，一片乌云遮了脸，天边就飞似的涌上雨云来，五月云彩的脚步快，人们也都反应迅捷灵敏。坡里的人急急忙忙往场里赶，木杈飞舞着，垛起晾晒的穗子。若淋湿了麦穗，再跟上个连阴天，这到嘴的粮食就发芽了，好光景就算泡了汤。婆娘们在家里大扫荡，新旧苫子、雨布、破塑料薄膜，能挡雨的都拾掇上。不管自己长了怎样一身老婆肉，也顾不上胸前两堆肉上下左右蹦窜的羞，自管撒开脚丫子向场院奔跑。挑、垛、苫、扫，每一件都是跟老天爷在抢时间，每一件做得比打仗还激烈。男人和女人之间配合得最好，他挑她扫，他苫她扶，他盖她拽。有时候，刚刚把一切收拾停当，那乌云像退潮一样倏忽消散，日头又出来了；有时候却糟糕得很，雨毫无商量地落下来，这"抢场"的两口子就有些要赖，把一肚子的怨气轻易转嫁到对方身上。阴着脸使闷气的还算好，有的男人一边在雨地里忙活着，一边骂着老婆。女人脸色很难看，心疼被雨淋湿的粮食，恼着男人的骂，脾气好的还忍着，脾气暴的早对骂开了。有时候男人就愤愤地丢下木杈："还拾掇个鸟，淋了不吃，饿我自己？！"气鼓鼓地走了。女人忍着气或是独自骂着，将场院收拾完，扛上所有家什往家走，一路还向那些在路边看雨的人们诉说她家那头"倔驴"的短处。那和睦的两口子呢，虽然也湿了粮食，也淋得落汤鸡一般，可人家老婆回家给温上一壶小酒，炒盘嫩黄黄的鸡蛋，劝慰着："喝点酒，别冰着。下雨正好歇歇，淋就淋吧，老天不能叫咱饿着"。

最让人心疼的是雨水漂走了粮食。雷滚滚、雨亮白，暴雨迅疾，一家人跑不过一场阵雨，雨水裹挟着麦粒从场院上走过，进入河沟，奔向村外的河，磕磕绊绊的河沟里，一路留下了麦子无数。那"抢场人"从麦田里赶回到场院时，一场恶作剧般的雨已经停了，女人见自己场院里被洗掠殆尽的粮食，一屁股坐在湿地上放声痛哭。庄户人最明白这种心疼，那呼呼奔流的河水似乎也呜咽了。

从第一场麦子打出来之后，男人夜里就睡在场院里"看场"。这是由来已久的习惯，似乎并不为防贼，而是防天气变化。一场院的粮食摊在那里与星光照面，不照看着行吗？他对麦子的牵挂就像对自己孩子的牵挂。在场院的角上用几个苞米秸搭起的那个窝棚就是看场屋子，窝棚底下铺一层软软的干草，上面铺防潮的蓑衣，将家里最旧的铺盖搬了去，就算在场院里安了家。吃过晚饭就去看场，和邻场的汉子凑在一处吸烟，除了天上眨巴眼睛的星星外，那吱吱响着的烟锅就是漫天黑地里唯一的光亮。看星多密呀，夜里准不会下雨。夜风在背后的庄稼地里游荡，婆婆娑娑地响着。夜露打湿了草堆和男人的头发，虫子唱累了，都歇息去了，只有很远的坡里，蝼蛄高一声低一声嘟哝着。男人钻进窝棚，望着黑夜里那些粮食，身上的疼痛就轻了许多。在田野边的窝棚里，在场院边的草铺上，男人睡得鼾声四起，他们会梦到什么呢？日头下的淋漓大汗？雪白暄腾的馒头？一家老小喜悦的笑脸？都会有。

麦收时节的乡村变得一片寂静时，农人已经习惯从自家地头直接拉麦子回家。麦场变得越来越寂寞，越来越悠闲，最后消隐在大机器时代。没有了场院，没有了荧荧烁烁，没有了农人们要器具、喊孩子的声音，没有了几户人家合伙打卖场的热闹场面。新机器从麦田里一把就撸下来的粮食，坐着"突突"的三轮农用车，回到家家比场院还要平的平房屋顶和水泥铺设的街道，在阳光里悠然打坐，晒去自己湿漉漉的青涩。

麦子丰收后，农人却并不悠闲，他们的眼睛看向更高的事物，更远的地方，在那里，高楼连着高楼，麦子捧出的食物被叫作面粉和馒头，但他还是觉得叫"馎馎"更亲。责任田里打下几千斤麦子，人们过上了"馎馎就着糖"的日子，农闲时咱再去城里盖高楼挣一份钱，这日子，简直就是"馎馎往肉里滚"的好年景呢！

胡黍

　　胡黍是个粗名，听起来有些野，大约是乡野之人所赐。

　　但凡外来的事物，总不外乎两个字来修饰它，一个是"胡"字，一个是"洋"字。胡萝卜、胡豆、胡椒、胡黍、胡麻，洋布、洋油、洋火、洋葱、洋槐树。在我的家乡，把"胡黍"这种作物定性为外来客。有词条说，"胡黍"是胶辽官话，胶辽之外，它大约不再有这个称号。旧时山东人闯关东到辽东半岛者众，所以这"胡黍"之说，大抵是山东尤其是胶东半岛的术语，由这些游子携带到了辽东。

　　胡黍，即胡地之黍，应为黍类。旧时以"胡""蛮""夷""狄"等字称呼中原以外非汉族地区和民族。据记载，"胡黍"是从西域远途跋涉传入中原的，但奇怪的是，只有我们胶辽之地这样称呼它。走出胶辽，它就被叫作高粱。这个名字确切，它是庄稼地里无可超越的高拔植物，多数高粱能长到两米高，水肥好的地方，可以长到三至五米。高秆植物，没有谁比得过高粱。高粱这个名字本身就是对它的褒奖。"高"和"粱"都是称呼上对它的极度认可，既有外形上的高拔，又突出了其精神内核。同样是一粒种子，高粱米没有玉米、大豆大，甚至没有秸子硬不起腰身的豌豆大。不长不圆的一枚小小的种子，竟然心里紧抱着参天的梦。高粱是泼辣的作物，种植范围广，陕北民歌里唱道："五谷里那个田苗子，数上高粱高，一十三省的女儿哟，数上那个兰花花好。"可见高粱是当地大众化庄稼，也用来形容那些掐尖儿的事物。"我的家在东北松花江上，那里有森林煤矿，还有那漫山遍野的大豆高粱。"在东北，它也被广泛种植。"青纱帐"也是来描述高粱一类的高秆庄稼的，它是个唯美的文艺词，青碧的颜色，纱幔一般若明若暗的一片片围帐，层层叠叠，妙趣无穷。但在我们乡下，"青纱帐"这个词仍旧是不认的，那是文人们的腔调，乡下人管那高大茂密的庄稼丛林叫"胡黍地"。

在我们乡下，"胡黍地"是神秘的，充满了悬念。小时候奶奶喊：莫去胡黍地，里面有"光面"。"光面"是啥？是乡下人故事中非神非妖的怪物，一种想象中具备人形、有脸但没有五官的半大孩子。他独处在胡黍地里，总也没有机会走进村庄和人群。他是孤独的，所以喜欢用各种好玩的办法，比如用游戏着的背影将小孩引到青纱帐深处。"引到深处又干什么呢，吃掉吗？"小孩子问。奶奶说："光面不是妖，干吗要吃掉，他是要找小孩子陪他玩。""那就陪他玩呗，没人跟他玩，他会很难过。"奶奶不知道怎么回答一个不怕"光面"，还要陪他玩的善良孩子，只喃喃说："怕是跟了他去，就再也回不来了。"

"有谁见过'光面'吗？""没听说过。"孩子们互相打听。孩子们有些怕"光面"，但又渴望与那个半大孩子不期而遇。于是他们探险一样地去胡黍地。

"胡黍地"是不敢轻易去的，进去一趟，胸膛上、脖子上、胳膊上、腿上都会被胡黍叶子划出一道道红血印，火辣辣地疼。大人看见钻胡黍地的孩子，多半要呵斥，孩子们只好乖乖出来。在小孩子的眼里，那是世界上最高密的丛林，牵进一头牛或一匹壮硕的骡子，瞬间就看不见了。胡黍一种一大片，他们走进去大多会迷路。胡黍叶子打着你的头，犁着你的脖颈子，刮着你的脸，刺着你的手臂，一道道小血口子慢慢爬满你的身体。夏秋的胡黍地里密不透风，是扼住脖子般的燠燥之热。汗水从刚刚锯开的血痕中经过，疼痛杀进骨头里。你急于走出去，却迷失了方向，胡黍依然是成趟成行不给你方向。你沿着胡黍行走，走，就是走不到头；你拼命要扒开胡黍棵子寻找太阳，太阳却正悬在头顶，没有一点方向的提示。胡黍地里经常传出孩子的哭声、妇女的呼救声。其实她们离村路或许已经很近，却在目的地边缘崩溃。邻墒锄地的男人，将肩上的披布紧了紧，钻进胡黍地，把那迷失的女人或孩子的菜篮提出来，哭天抹泪的迷路人跟在后面。这个男人训诫道：到胡黍地里能薅多少草呢，乱闯。年轻的女人受过这个教训才知道，胡黍地里的青草不仅少，还精瘦细嫩。高大的胡黍楼子，罩住了日光，草都瘦死了。从此女人不敢再去胡黍地。孩子迷失在胡黍地里的时候，总是想到大人讲过的"光面"。"等你迷糊了，他在前面走，你就跟着他走，你问他话他不答应，你越跟越近，他突然回头对你嘿嘿笑，一张白纸一样的脸，鼻子眼睛全无，人就吓昏过去了。"大人们还说，"黑挡"白天也是藏在胡黍地里，黑夜出来挡人。走夜路的人，若是被"黑挡"挡上了，一宿也走不出来，就在原地打转，摸摸哪里都是一堵墙。

后来，"进了胡黍地"就成了一个象征，形容那些绕不出来，彻底糊涂了的人。一个道理不怎么高明的人，千万别给年轻人讲述人生哲学，否则人家就会说你把年轻人带到胡黍地里了。

胡黍是很独立的一种作物，高大威严的它不求助外援，它雌雄同株，自开花自授粉。热心肠的风是最好的红媒，它穿梭在夏秋时节的高粱地里，纷纷而落的高粱花粉，弥漫着一种魅惑的香气。只有亲近土地热爱庄稼的人才能嗅出它的芳香。乡野的汉子坐在胡黍地里，满眼高秆作物的青翠，也满眼高粱穗子即将成熟的火红。高粱花飘落在他的头发和臂膀上。后来，好些城里人用"一头高粱花子"形容土里土气的庄户人。他听了就憨憨地笑，心里说，那些人懂啥，他们知道高粱花有多美，有多香？金秋时候的高粱，被热烈的日晒馈赠得饱满成熟。在秋收前的某一段时光，村庄里也弥漫着一种气息，老人们看看日头，对抱怨天热的后生们说："胡黍晒米呢，我们有胡黍米吃，都是日头的功劳。"

神秘和敬畏之外，胡黍在我们平原上受到了极高的礼遇。这高大的作物既可以产粮食以果腹，秸秆又能填补生活各处的不足，有了高大的胡黍，生活似乎严密靠实了。

胡黍只是个统称，它的家族中几兄弟形貌不一，各司其职。那种秸秆高直粗壮的胡黍称为米胡黍，它是胡黍中的伟丈夫。它的穗子像个火把形状，笔直燃烧着冲向天空。到秋天，它红彤彤的，漫泊里燃烧着，叫庄户人心里温暖、踏实。米胡黍主要产粮食，胡黍米去皮磨面叫作红面，可做各种吃食。熬红面粥，糊红面饼子是人们最常吃的饭。红面略微发涩，比苞米面味差些，在庄户人眼里，算不上是好粮食。人久吃红面嗓子不好受，胃口也不爽。所以庄户人常说："婶子大娘不是娘，胡黍糁子不当粮。"米胡黍的米还有重要的功能，那就是酿酒。著名作家莫言在他的《红高粱家族》中描写了高密东北乡的密不透风的胡黍地和发生在那里的传奇故事，乱世的高粱米酒点燃过老百姓胸腔里的烈焰。我的家乡与高密是近邻，风土人情接近，都种高粱，喝高粱酒。我们的高粱花飘进高密的农田里，高密的酒酿香气也滋润着胶州大地。

米胡黍那高直粗壮的秸秆也颇得庄户人喜欢，它叫胡黍秸。农耕时代，有种铁镲叫胡黍镲，镲头似三角形，镲柄不足一米，是专门用来杀胡黍秸、苞米秸的。男人一手揽住胡黍青秸，一手抢镲，斩断胡黍深扎在土里的根，连带根上的土刨起，逐棵收割。胡黍就这样被连根刨起，高大的身躯被放倒在秋天的大地上。女人在后面从秸秆上剪下胡黍穗子，粮米和秸秆就此分别，各奔前程。

秋天的场院里摊晒着火红的胡黍穗，而胡黍秸跋涉时日要长一些，在秋日的骄阳下晒去青葱和水分，打成捆，用马车运回场院，存放在场院边缘。场院里，女人们正在劈胡黍叶子，那些叶子是牲口的美餐。牲口爱吃胡黍叶，尤其是刚收下来的胡黍鲜叶子。胡黍一下泊牲口就长膘，这是惯例。面对严峻的秋收秋种，那细长的腰带一般的胡黍叶子，是上天赐给劳作中的牲口们的一口美食。

胡黍秸一丛丛排列在墙根、场院屋子后，胡黍叶子垛高高地垛在饲养屋外。西北风一场场刮过，把地里的高大庄稼刮进了村庄，白云跟随大雁飞到远山外，晒地瓜干的时候到了。晒地瓜干是抢天时的事情，需要一整天在田野里抢晒，中午家家户户要送饭吃，那些来不及运回村庄的胡黍秸丛，搭起一处微小的阴凉，挡住热辣辣的日晒，就是人们歇晌吃午饭的场所，孩子钻进胡黍秸垛的中间空隙，把它当作野外的温馨小屋。

米胡黍那粗壮高大的秸秆，参与了庄户人的百年大计。俗话说，要饭吃也得有个放棍子的地方。人在天地间，首先要有一个存身之地。房屋，是几代人才盖一次的，屋顶之上，万万少不了胡黍秸。三四根胡黍秸绑在一起，绑成长长的"把子"，铺展在屋顶房梁之上，上面覆盖黏泥，披上草或瓦片。从此，风来无恙，雪来无忧，一片大野里成熟起来的秸秆，庇护着一户户人家的日子。

米胡黍秸秆的另一个用途是织箔。箔是一种帘子，硬硬的骨架支起柔弱的席子。一户农家，总要晒东西，晒粮食要在晒席上，席子软如青衣的水袖，需要阳刚的胡黍秸箔扶持一把。有了箔，那席子和席子上面的粮食，就像即将落水的柔弱女子，千钧一发之际被素袍蓝巾的小将军扶持了一把，从此琴瑟和谐、花好月圆。若晒被子等物件或者晒苞米棒子，一张箔就足够了。箔，既能支席，又能单独使用，农家能不喜欢？箔的用途可不止这些，秋收之后，收获的花生、苞米、地瓜干怎么储存？用箔。将箔圈成一个圆柱，空荡荡的圆柱心等待粮食把它填满。这时候它不叫"箔"了，叫"站子"，把粮食装进去的过程叫"站起来"。农家在秋天互相打问，你们队里收了多少"站子"瓜干，多少"站子"苞米？"站子"遮上苫子，就像戴上草帽的看护，驻守在场院里或者庭院中，那就是一家人的粮仓，那就是庄户人眼里的喜悦和心头的温暖。

胡黍秸的另一宗支叫"席胡黍"，主要用来编席。这类胡黍秸秆略细，长得有韧性，更像窈窕淑女。席胡黍产量低，它像贪玩的女子，只管腰肢款款在秋风里摇曳，长米长粮的事情不怎么上心。它的花穗舒展着如诗意的荻花，种子们散布得各有秩序。它立在秋风里轻轻摇摆，拂拭白云，问候秋露，跟过路的雁群讲讲田野的故事。席胡黍秸收回来，要面对残酷的刀具。先用刻刀把叶子从青青的秸上剥离下来，仍作为牲口冬天的香甜口粮。冬天，大地封住了，乡下人开始将双手袖在胳膊里站在街头晒太阳。那些会编席的汉子就扛出一捆席胡黍，先是放进清水湾的冰层下浸泡，捞出来晾至半干，拿席刀将胡黍秆均匀劈成四瓣，仔细刮净内瓤，席胡黍秸秆此刻就变成了几条均匀的席篾。席胡黍有两种颜色，有红色外皮和白色外皮，编成红白交错的好看纹理的红席是用来铺炕的；质地略差一点的席篾编成白席，多用来晾晒粮食。最珍贵的是红白相间的炕席，是一户人家的面子，"人要脸盘，炕要席面"，旧时描述一户人家极度贫穷的状态，乡下人不会用"家徒四壁"这个文绉绉的词，而是说，某户人家穷得没有炕席。

还有一类胡黍叫作"苗胡黍"，也叫"长莛子"，没有大规模种植的，大多在田头种几行，成了一种田间的艺术。初秋时候，高高的苗胡黍从长脖子的秸秆中抽出穗子，舒朗地散开，如一枚枚水滨芦花一样透着恬淡之美。胡黍的长脖子莛秆微微有个弧度，在微风中轻摇。苗胡黍的穗子脱粒后可以扎笤帚和炊帚用，那长脖子的秸秆就用来钉盖垫、长盘子和铺锅的篦子。农家的里里外外都离不开胡黍的兄弟们来圆场。

屋墙上挂着一穗穗高粱穗子，屋顶上铺着高粱秸，一架储存地瓜的棚子搭在暖炕上，那搭棚子的木梁之上，也是高粱秸秆织起来的箔。那个已经长大的孩子说：小时候在胡黍地里耍，长大了才发现，它跟着我回家了啊，真是重情重义的伙伴。看看我头顶上盖的，身下面铺的，棚子上支的都是胡黍秸呢。他的女人正用胡黍穗做的炊帚在刷锅，她说：是啊，看看手里的炊帚，扫地的笤帚，咱们还在胡黍地的包围里呢。男人说：若不是当年你跟我钻了胡黍地，你爹早把你卖给那个有钱的外乡人了。女人不说话了，她这一辈子感谢胡黍地，感谢这个敢带她钻胡黍地的男人，胡黍地庇佑她做了自己幸福的主宰。年年，他们都种胡黍；年年，风吹胡黍地。男人女人在这片人越来越稀少的土地上，站成了威武的胡黍。伙伴们纷纷外出打工了，有的在县城里买了楼房过日子，有的甚至漂洋过海去赚洋票子。土地荒芜了，他们像收留流浪的狗儿猫儿那样，收留了那些即将荒芜的土地。

他们衣食简朴地守着乡下的土地，乡下的日子，每年种婆婆娑娑的庄稼，种密不通风的胡黍，每年他们都会收获满满一场院红通通的高粱米。他们感觉红通通的高粱就像他们的血液，支撑着他们的生命，支撑着他们的日子。他们已经学会了酿酒，火炬般的高粱穗，酿出香醇的白酒，一盏盏盛放在腊月里，盛放在年节的祭台上。他们给那些曾经在胡黍地里播种和收获了一辈子的先人喝，也在等待那些闯外的人归来，端一杯家乡的胡黍米酒。

玉菘谱

一

皎洁月光下，秋风抚摸一圃墨绿的白菜。秋虫的浅吟低唱此起彼伏，我仿佛抵达了那年的柴扉前。衣着粗陋的祖先把园圃中收获的菜籽，小心地放进陶罐。后来，那瓦罐和他的半坡故事被深埋在地下，成了一个时光的谜。

风吹了世间数千年，当盛在破损陶罐里的白菜籽被挖掘出土，它们已碳化得很难辨认。考古学者欣喜地端详着这些种子，最后在纸上郑重写下："新石器时代半坡遗址中出土，有六千多年历史的白菜种子。以此得出结论，中国是白菜的原产地，比其他原产中国的粮食作物要古远。"

就是这几粒碳化的种子，为白菜的宗谱源头立下了碑刻。岁月的河流滔滔不止，中国白菜乘一叶小舟起伏在史书里，它见过围着兽皮裙在篝火边跳舞的原始祖先，见过"坎坎伐檀兮"的辛苦劳作者，见过峨冠博带经纶满腹的士大夫，见过一统天下富足安宁的盛世，也见过金戈铁马的战乱。

不管盛世还是衰年，白菜都紧贴着人类的生活，成为重要菜蔬。"萝卜白菜"指老百姓的寻常日子，"白菜价"更是以白菜的低廉和卑微对比高贵的事物。白菜似民间婆娘，尽管乳汁丰沛养育繁多，却始终素颜布衣。

从半坡祖先的园圃到三国的战乱马蹄边，漫长而荒乱的岁月里，白菜叫什么呢？最古老的诗歌总集《诗经》中唱"采葑采菲，无以下体"，其中的"葑"便是指蔓菁、芥菜、菘菜等老百姓喜欢的菜。"葑"字读音雅致、婉约，字形像衣饰繁复的闺阁女子，矜持而端庄。"葑"经过秦汉，此时小篆到隶书过渡中，从繁至简的潮流影响了它，它变身为"菘"。最早被叫作"菘"是在战乱初定、三足鼎立的东吴之地，典籍《吴录》中记载："陆逊催人种豆、菘。""菘"字音韵儒雅，像饱学书生，字音婉约轻扬，字形"草底见松"，集刚劲与柔韧于一体。这是一个专用字，古代指白菜类的蔬菜，现专指大白菜。白菜缘何叫"菘"呢？陆游的祖父陆佃在《埤雅》中给出这样的解答："菘性凌冬晚凋，四时常见，有松之操，故曰菘。今俗谓之白菜。"当千里冰封，百菜凋败的时节，只有白菜顶风迎雪立在初冬的园圃中，着实令人赞叹，便觉它有松竹等岁寒君子之操。"草字头"指菘为草本，是特性，以"松"而成字兼读音，是因为白菜有松树不畏霜寒的品格。

"菘"不像岁寒三友铁骨铮铮，它有更多精神层面的意义，更接地气，这草本的松是可果腹、有营养、极美味的"松"。在大雪纷飞的冬天，炖一锅白菜，家人围炉而坐，其汤白如乳，鲜气弥漫，喝一口润贴口舌，喝两口肚腹安逸，那白菜更是鲜香中透着甜糯，十足的陶然之乐。

秦汉时候，这种吃之无渣、菜品鲜美的菜就单独享用了"菘"的名字，而不再混同于"葑"中。春秋战国，战乱频仍，但阻挡不了它繁衍的进程，"菘"被广泛栽培，四海之大，无处不菘，"菘"蓬蓬勃勃，用青春的绿色装点着田园大地，用鲜美的身躯滋养着人类的生活。

"菘"广泛种植应该是在唐代。从"菘"到"白菜"的称谓，经历魏晋隋唐奢华之风。到宋代，富庶招致奢靡，又招外族觊觎，终于风雅没落，"菘"彻底蜕去书卷气走向民间，以质朴直白取名。"白菜"一词直抵核心，直抵它最饱满诱人的菜体。

盛种白菜的唐朝，诗文里也多有笔墨描述它。"唐宋八大家"的韩愈笔下有一款白菜宴，端的诱人："晚菘细切肥牛肚，新笋初尝嫩马蹄。"这诗极具人间烟火味，读罢要流口水。诗句中包含四样鲜美之菜，"晚菘"即白菜，配以肥美的牛肚，又有新挖来的冬笋和荸荠（俗名马蹄）相伴，这四样时鲜之物会聚成一餐，仅字面的冲击力就足以让味蕾得"相思病"。

"宁可食无肉，不可居无竹"的大文豪苏东坡是美食家，在他的食单中，白菜算上品，他曾经即兴吟诵道："白菘类羔豚，冒土出熊蹯。"将白菜与古代非常名贵之菜品羊羔、熊掌相媲美，对白菜之喜爱非同一般。

诗文中将"菘"称之为"白菜"者，最早应是宋代的杨万里。他说："新春云子滑流匙，更嚼冰蔬与雪蘁。灵隐山前水精菜，近来种子到江西。"这首诗的题目便是《进贤初食白菜，因名之以水精菜云二首·其一》。这里杨万里给白菜起了个别名"水精菜"，我更愿意将"精"改为"晶"，莹润如玉的白菜，与水晶之名更为相宜。

"白菜"就像个谜，闻之名以为色白如玉。当其幼时，先翠后碧，逐渐长成莹莹绿波。从初秋至小雪入菜窖，它也是浑身绿色。白从何而来？只有厨间持刀的人知道白菜的秘密。一层层剥掉白菜的老叶子，沧桑的绿里包裹着的原来是羊脂玉般的白：白的叶、白的帮，水嫩嫩、油光光。"白菜"原来是一层薄绿蚌壳里面裹着的巨大珍珠。

一种植物，但凡入了《本草纲目》，就如同神话中的封神，从此榜上有名。《本草·菜部》封白菜为"别录上品"，说："菘即今人呼为白菜者，有二种：一种茎圆厚微青。一种茎扁薄而白。其叶皆浅青白色。"《千金方》和《本草纲目拾遗》里都说：菘菜味甘温涩无毒，久食通利肠胃，除胸中烦，解消渴。白菜竟然能"除胸中烦"，焦虑抑郁者着实应该多吃白菜。"鱼生火，肉生痰，萝卜白菜保平安。"这是千百年来流传不衰的民间饮食谚语，也是极好的养生秘籍。多吃白菜，算是最廉价的绿色养生保健。

二

最好的大白菜产自胶州，这是我童年时就知道的。

秋末冬初，家乡田野到处是绿油油的白菜地。收白菜的时候，一辆辆大货车在地头排着队，把我们村的白菜运到远方。那时候我们很骄傲，白菜替乡亲们进了城。当读到鲁迅的名句时，一帮学娃子乐得撒欢，在学堂里大声诵读："大概是物以希为贵罢。北京的白菜运往浙江，便用红头绳系住菜根，倒挂在水果店头，尊为'胶菜'。"胶州白菜是好到要被冒充的。我们到菜园里把这话说给种白菜的人们听，他们嘿嘿笑着，笑纹里是白菜般的鲜甜。

白菜的生命历程，从立秋开始。

知了仍在树上吵闹，早晚间却有了些凉爽。"末伏萝卜，立秋白菜"，母亲念着种植谚语，从炕席底下取出一个牛皮纸包，那是一包黑褐色的种子。每到立秋，农民都把菜园收拾干净，深翻地、下底肥、起宽垄、种白菜。

人们把土耙细后起垄，给白菜搭好了唱戏的台子。隔三拳头的距离用砖头在暄软的土垄上压一个浅浅的窝，在窝里洒水，水渗进土层之后，撒上几粒极小的种子。为了保持水分，在种下白菜的地方要拢起一个小土包，乡下人叫作"拢谷堆"。两天后，要来"平谷堆"，即将白菜垄上的土堆轻轻抚平。这时候，白菜的嫩黄小芽儿正好冒出土层。母亲用煤油拌一些麦麸在白菜苗周围撒成一个个小圈。这个圈是保护白菜的。白菜幼芽是蚂蚁喜欢的食物，"平谷堆"后它们会来盗取。拌过煤油的麦麸有巨大气味，它们就不敢造次。过几天，煤油气味挥发尽，它们会来运走麦麸，等把麦麸的碎屑悉数搬尽，白菜芽就长壮一些，不再怕它们了。

"平谷堆"之后，土里钻出稚嫩的黄芽，要给它们"戴斗笠"。"斗笠"随处拾取，旧斗笠、废草帽、碎蓑衣头、烂簸箕壳子等，也可以掐些芋头、吊瓜、梧桐叶子。"斗笠"倒扣在白菜芽上方，边缘用土坷垃压住，防止淘气的风把它们"戴"走。早晨戴上"斗笠"，傍晚取下来，给它们浇浇水。被热得低头耷拉脑的白菜苗逐渐缓过劲来。夜晚天气凉爽，它们使劲吸吮着露水，努力让自己的身子在风的教习下硬实起来。第二天早晨，再拿新绿的叶子重新把"斗笠"给戴上去。摘"斗笠"的傍晚，要给白菜苗浇水，从苗旁边挖一个窝，注入水，让水慢慢洇过去。五六天后，水嫩嫩的白菜苗长壮了。这时候将"斗笠"撤去，浇完水的白菜窝用细土填平。从此，白菜的襁褓期结束，白菜苗在菜园中吮着风露绿油油地蓬勃生长。

天空湛蓝，白云如絮，秋风一天天变凉，白菜一天天长大。人们开始时叫它"小白菜"，就像喊村里那群娃娃。小白菜一簇簇互相挤着长，需要不断地间苗，直到最后保持"一棵白菜一个坑"。有时候，农妇面对长得一样好的两棵白菜幼苗难以取舍，就一天天耽误下来，这双胞胎白菜后来都长成了歪的。说不准哪一天，发现一棵白菜颓然打蔫，扒开土，见根被蛴螬咬断了。这个空下来的白菜窝，请来了双胞胎中的一棵来填补。经了挪移，它要蔫几天，后来慢慢追上来。在秋天蓬蓬勃勃的白菜地里，你看不到一棵落伍的白菜，它们都碧绿壮实。

"萝卜白菜葱，多用大粪攻。"种菜离不开底肥，旧时农家的土杂肥、豆饼肥，都在地垄里暗暗发力，喂出的白菜格外精神。谁家的白菜用肥敷衍，谁家的白菜就卷不紧，谁家的白菜用了催生的化肥，谁家的白菜就味道发酸。"种菜这件事，一点都掺不了假，你糊弄它，它就糊弄你。"老菜农这样说。

当人们喊它"白菜"的时候，它们已经是腰身硕壮的青年了，叶子绿得像一片深沉的海，把垄沟遮得密密实实。

高远辽阔的天空上，大雁高唱着去往南方，白菜开始卷心。霜降到，是立规矩的时节了，那个立规矩的学堂就是"捆白菜"。

去地里割下地瓜蔓，放在阳地里晒蔫，再被夜里的霜露浸润一番，地瓜蔓原先的脆劲消失，变得有韧性，就像一条条绳子。捆白菜有最合适的时间，一般是傍晚。如果太早，把热辣辣的日晒捆在心里，它受不住那激情，易被烧得烂心。捆迟了呢，菜心外露，夜霜悄然侵入，菜心会受伤，白菜也有颗玻璃心呢。

捆白菜是白菜的学堂，也是劳动者的学堂，看似简单，其实很有学问。两腿虚虚地夹住白菜，把绑绳放到白菜侧面，从贴地处，把松散的叶子一揽，划拉起来。那人的手慈爱，就像抚摸小儿子的头一样。他一只手去接应地瓜蔓绳，围绕着白菜缠了一圈，拧了一个结，给白菜束了腰。"为什么要捆呢？它们不是长得好好的吗？""人有规矩白菜也有，这对大白菜是个提醒呢，要它们懂得时令，不要再贪玩，赶紧长成菜。"一片老叶子碰断了，那人轻轻扯下来，放到捆扎好的白菜上端。就算给白菜心戴个帽子吧，毕竟霜降了。

当白菜年幼时，绿叶子铺开着长，无拘无束。拦腰一捆，它就像懂事了一般，知道了收敛，有一股自律的力量把它的叶子聚拢到内心里来。开始卷心的白菜，一夜之间领悟了时不我待的真谛，往竖里长，往结实里长。是谁提醒了它们？只有白天刮过的风知道，夜里的露水知道，爬过白菜叶子的瓢虫知道，在地垄间唱歌的蝈蝈知道。

菜心越卷越紧，风刮起的尘土进不来，贪嘴的蚜虫只能在外围吃些老菜叶，一颗纯洁的白菜心，就是一片冰心在玉壶。

三

"姑娘身穿绿裙装，长成媳妇白似霜，家家厨房寻常见，菜鲜叶美心似糖。"

谁家的姑娘翠生生、绿莹莹，婆婆娑娑地长满园，长成后婚期来临，红盖头一蒙一揭，咦？！变戏法一样，那绿裙里藏的是白白嫩嫩的身躯。人们目瞪口呆：多么姣好的一个玉瓷般的美人啊。这就是鲜美无比的胶州大白菜。

将白菜称为"百菜之王"的是著名国画大师齐白石。齐白石老人喜画白菜，寥寥几笔，尽得神韵。他有一幅写意大白菜图，画面上点缀着几个鲜红的辣椒，并题句说："牡丹为花中之王，荔枝为百果之先，独不论白菜为蔬之王，何也。"由此可见，齐老对白菜多么喜爱。从此，称白菜为"蔬之王"者越来越多，白菜也绝对担当得起这份荣耀。齐白石很爱吃白菜，相传，他想用白菜之画换取进城卖菜老农的白菜，被拒绝了，传为画坛一段佳话。在农人眼里，白菜是现实主义的，用来吃或者换钱。对于贫苦农民来说，一棵画在纸上的白菜，远不如现实中一棵果腹的白菜有价值。

张大千也是白菜迷，曾作画《萝卜白菜》，题了石涛的诗，"冷淡生涯本业儒，家贫休厌食无鱼。菜根切莫多油煮，留点青灯教子书！"很是耐人寻味。萝卜白菜虽则朴素，却也有独到的文化风骨，白菜的"清白"之寓更被艺术家所欣赏。

诸多白菜画中的白菜，大多是白菜的幼年样貌，叶子松散而碧绿，叶柄过长，不是成年白菜的圆墩墩瓷实饱满之态。胶州画家笔下的白菜却浑圆饱满温暖慈祥，那才是"娶白菜"时白菜的样子。

"小雪不起菜，必定受其害。"小雪节气是白菜的坎。一夜北风过，秋霜白了一地，白菜越发长得欢实，青葱一片、波涛汹涌，点缀着苍茫的大平原，是秋日寂寥风物中的一抹绚烂色彩。霜降之后，是白菜"上成"的时候。在此之前，白菜看起来个大饱满的样子，但拿手按压一下菜顶，就觉出它的暄软。霜降捆了白菜后，白菜日渐上成，卷得硬邦邦。经了霜的白菜滋味纯正，鲜得掉下巴。

在我的家乡胶州，白菜得到了很多偏爱。农家收获庄稼以各种动词来修饰，割麦子、掰苞米，杀苞米秸、刨地瓜、摘棉花，这些动词都生猛凌厉，唯独收白菜叫作"娶"，收获的特殊仪式叫"娶白菜"。

娶白菜的劳动其实简单，只要沿着垄一掰一拔，白菜根就从地垄里出来了。小推车、排子车把白菜从菜园运回来，真的就像娶回家一个媳妇，要和和气气地过日子。漫长的冬天，有了大白菜陪着，人们心里就有了底气。谁家屋檐下没有收回一堆白菜，就会心慌。"水灵灵，鲜嫩嫩，上顿白菜下顿白菜，总也吃不够。"人们喃喃地说。

一棵棵饱满的白菜排列在北方农家的屋檐下，阳光煦暖而祥和的抚摸，把白菜身上的多余水汽收走。晒过的白菜看起来既干爽又鲜润。一棵没有雾水的白菜才可以入窖储存。

白菜窖是白菜的新房。大菜窖是一所地下小屋，有平顶的木梁和高粱秸覆盖，有简易的门窗可透气，有土台阶从地面进到窖子里。这样的白菜窖存放量大，白菜被一层层码垛在一起。大雪纷飞、寒风凛冽的深冬，地面上滴水成冰，地窖子里依旧温暖潮湿，白菜身上盖着薄帘子，睡得香甜。冬闲季节，借着白菜窖的潮湿和温暖，人们在摇曳的灯光下编席，好像听见了白菜微微的鼾声，编席的人手指穿梭着，编织朴素的梦。

另一种白菜窖简易，挖个长方形地窖，把白菜根朝下"栽"到暄薄的土上，菜顶遮盖着苞米秸，然后用土埋盖。心思细的人还会给白菜窖北侧夹一道苞米秸的屏障，这样，多大的风雪都冻不坏白菜。到年根儿开窖取白菜的时候，农户会惊喜地发现，有些埋的时候不算瓷实的白菜，自己悄悄把心长得结结实实。

白菜一日三餐陪伴着猫冬的人们，炒白菜、炖白菜、拌白菜、醋熘白菜，白菜翻着花样地吃。直吃到春深，窖里的白菜才一点点变得颓废，再也不是那娇艳的新娘，而是成了迟暮佳人。有一天，白菜被从内心里撑破，一茎翠嫩有力量的白菜薹钻开菜叶，就像一个降生的宝宝。这棵白菜被埋进菜园的角落里，后来开着一身金黄的碎花在春天的田园里摇曳，像一团生命的火焰。它接续了白菜的繁衍。

四

"胶州大白菜，峥鲜！"这是对胶州白菜最实在的赞美，也是最准确的评价。

"峥鲜"是个地方俗语，出了胶州，人们就听不懂了。所有字中，也只有"峥嵘"的"峥"能表达说话者所要表达的意思。峥，"表示才气、品格等超越寻常"。"峥鲜"就是不同寻常地鲜。胶州大白菜担当得起这个赞誉。

　　名字直观而朴实的大白菜，具有浓烈的烟火气息，自小吃白菜长大的胶州人，一提起大白菜，味蕾就在跳舞，那些白菜的美好滋味全部涌上心头。

　　大白菜是最随和的菜，独自成菜时，它有鲜明的个性，帮、叶、心各有优势，或脆或柔、多汁多味、鲜美异常。它又能与各种食材和睦相处，既增加了对方的滋味，也保留了自己的优势。荤吃素吃，热吃凉吃，与肉类和谐，与海鲜友好，没有一种食材可以如此谦和而善于成全。无论炒、熘、煎、烩、涮、凉拌或做馅，大白菜都可做成美味佳肴。

　　农家灶房，一口大铁锅烧得滚烫，几片肥瘦相间的薄猪肉在油锅上翻炒，当那白的猪肉渐渐有了微黄的颜色，热油泛起的油沫也散尽。此时，主妇怀抱一棵白菜站在锅台前，最外层的叶子已经褪去，白菜通身白洁晶莹。她的菜刀在白菜顶开始旋飞，白菜叶片均匀地落入大锅里。锅铲再度举起，灶下火正旺。翻炒的嚓嚓声，菜与菜油、锅灶发出的刺啦声，柴火的哔剥声交响于灶间。香味从充盈的灶间逸出来，满街满巷窜，又被一阵阵北风从村庄这头送到村庄那头。

蓬松的白菜叶在农妇的翻炒下越来越收敛，她用水瓢沿着锅沿续上半瓢水，回身扯过一把粉条，浸润在菜汤里。一锅白菜猪肉炖粉条，在小火慢炖中氤氲着无限滋味。这是我家乡冬天传统的"大锅菜"，香鲜之美，顿顿吃也吃不腻。

"拨雪挑来踏地菘，味如蜜藕更肥醲。"这是田园诗人范成大的诗作，不知道诗人当初吃的是不是这种大锅菜。

"煮豆燃豆萁，豆在釜中泣。本是同根生，相煎何太急？"群雄逐鹿的年代，风云变幻之中，曹植一首《七步诗》唤起皇兄的慈悲之心，救了他的命。此后，豆与豆萁便成了典故。庄稼就是这样，秸秆变成草，果实变成食物，草煮食之，相煎之事不稀罕。可是同一棵菜又做皮又做馅的，除了白菜还真不多见。

白菜包就是这样的美食。

选薄嫩的白菜叶用开水烫软，微攥水，使它不过于膨胀，平放在菜墩上。另选白菜叶剁碎，加猪肉如调制饺子馅一般调好，撮馅摊平在白菜叶上，四周折叠包裹严实，就像一张合饼。这就是白菜包。《舌尖上的中国》里展示的白菜卷与白菜包的流程相似，但是白菜卷是"卷"成筒状的，而且讲究的是吃什么馅要看得见，所以两端露馅，煎之前需要用面糊封堵。白菜包像馄饨，天然闭合，完整无纰漏。

做白菜卷可特意选白菜的外叶子，稍稍带点绿意，淡绿蕴含微微的鹅黄，内里卷着猪肉红和白菜白，偶有韭菜绿，色彩穿透外皮若隐若现，有些从两端露出来，形成色彩上的红绿对比，勾起人无限遐想，味蕾便会出现不安分的活跃。

裹上面糊后在锅里煎，灶下细火，锅内氤氲着鲜香之气，美味的白菜卷、白菜包被煎出鲜黄的嘎渣儿，透着极大的诱惑。

白菜包是旧时农家美食，可以上大席，同样的馅，用白菜叶包裹比包子、水饺都要鲜美，那层皮不可小觑。酒店新做法是肉末与海米末炒熟，出锅时撒上韭菜末，包进白菜叶中做白菜卷。因为是熟馅，所以不需大火，这样，煎出来的韭菜卷就显得鲜黄更好看，但是味道比传统做法逊色。

凉拌白菜心用的是白菜最宝贵的菜心。这道菜并不名贵，它操作简单，是最方便的下饭菜。若一户人家的饭桌上实在没有菜也没有咸菜下饭，就临时劈开一棵白菜，抠出拳头大小一块白菜心，横切成碎丝，加蒜泥、醋搅拌后就饭，这顿饭保证吃得香甜。白菜心的特点是脆而甜，咀嚼时牙齿间"咯吱咯吱"作响。若加入海边特有的海蜇皮，脆上加脆。

凉拌白菜心虽是凉菜，但它凉而不寒，并不伤人。它也可添加多种作料，若没有海蜇皮，可以用虾皮儿代替。凉拌的必备之料是蒜泥，把蒜捣成糊状，加酱油和醋。如此拌出来的白菜心，有点鲜，有点甜，有点辣，有点酸，有点腥，个中滋味，妙不可言。拌白菜心食材易寻又好吃，在一桌酒宴上，鸡鸭鱼肉大腻之物是硬菜，最后缺不得一道解腻的菜，那就是凉拌白菜心。酒过三巡，喝酒的人胸腔里辣辣的犹如吞了火，凉拌白菜心恰好平息这火焰，小小一盘白菜心，成了平息酒局风暴的点睛之菜。

小雪节气时，地光场净，园里的白菜都收回来入了窖，一年的农事忙到头，要吃犒劳饭。白菜下地后第一顿白菜饺子正应景，好像是给"小雪"过节，也像是在给白菜过节，更是给辛苦了一年的自己过节。新鲜大白菜蒸的包子汁水丰盈，汤汪汪的，吃时需用盘碗接一下，颇有灌汤包的妙处。手提一个白菜馅包子，小咬一口，吸取内里的汤汁，热汁鲜味饱满的幸福感，吃者吸溜着，赞叹着，品咂着，幸福着。

每年大年夜的饺子，也必是白菜馅的，这是胶州传统。

如今反季节蔬菜繁多，饺子馅在冬天也是五花八门，但是过年必得用白菜馅饺子敬天地和祖宗。

白菜一生具有传奇色彩，幼时翠得扎眼；青少年时，由内到外汹涌蓬勃着深绿；中年时的白菜，慢慢有了内涵，外绿内白。白的帮，白的叶，白的心，可是，最里面菜心慢慢变成了嫩黄色，那种鹅黄娇艳、鲜嫩，带着视觉上的唯美，让人见之垂涎欲滴。所以白菜也被叫作"黄芽菜"。

清朝光绪二十四年（1898）《津门纪略》中记有"黄芽白菜，胜于江南冬笋者，以其百吃不厌也"，以至于其又有"北笋"之称。汪曾祺先生记叙家乡风物时，在《故乡的食物》一文中写道："我们那里过去不种白菜，偶有卖的，叫作'黄芽菜'，是外地运去的，很名贵。"

菘、菘、水精菜、黄芽菜，文雅的名字只在文人墨客间流传，老百姓都直呼它"大白菜"。白菜就像自己的亲人一样贴近民生，它也被叫作"百菜"，即"百姓之菜"；又被叫作"百财"，有生财发家的寓意。

从实用角度看，大白菜味道鲜美可以佐餐；从美学角度看，它有丰富的文化意象，古今吟咏赞美描摹白菜的诗词歌赋画不胜枚举……方方面面都是白菜，百姓一日离不开白菜，一生离不开白菜。

春天的胶东大地上，田川、平野、洼地、岭畔，一窝窝，一块块绽放着金黄的花田。流金的土地，让人仿佛置身于油菜花开的江南，然而，那不是油菜花。北方的金黄花朵是十字花科植物在绽放自己的青春，是胶州农民自己留存的白菜种子，在春天里繁衍后代。

从几千年前三里河畔的茅屋田园生活开始，人们一代代养育着白菜，也一年年被白菜养育。人与白菜的香火生生不息。许多胶州人家，正堂里不供神佛不供仙，却供着一棵白菜，一棵园地里拔来的鲜白菜，一棵石头雕刻的白菜，一棵羊脂与翠玉完美搭配的玉雕白菜，常常有一只蝈蝈跃然菜上，浓郁的田野生趣迎面而来。

蟋蟀在夜晚歌唱

一

外出旅行，夜晚住在鲁地尼山孔子出生地。时值初秋，夜晚天气仍闷热，于是出门乘凉。依山而建的尼山宾舍酒店，二楼的房间外竟然是个小院落。小院打理得清雅，玉簪花在夜色中愈显得高洁，铁线莲绿意婆娑，几蓬自由生长的毛谷英已经摇曳着成熟的穗子。石墙与木栅栏之外，清幽的山坡散发着香气，青草肆意生长的清香，种子渐熟弥漫的糯香，浆果发酵的甜香。被四野温柔山丘环绕的小院中，隐约可以看见云影中月亮穿行，院中及四野秋虫叫声喧闹。我在藤椅上坐下来，独对夜色听蚤音。

这是一部多乐章交响曲，参与演奏的乐手繁多，我辜负了月色，闭了眼睛仔细聆听蚤音。众多层面的虫唱潮涌中，主旋律是蟋蟀的歌声。那是我再熟悉不过的声音，童年的乡下时光，它是我的陪伴，似乎蟋蟀之声一年四季不绝于耳；客居城市的经年，它在我的灶屋、我的书房和窗外草地与石缝间，在我散步的车水马龙的路边，从没有间断自己的鸣唱。

秋虫的歌唱隔绝了我所在的尘世，夜色里，纺织娘的弹奏好像是蟋蟀组章的副歌，由一个点爆发，悠远悠长的一声声嗟叹，正好作为衬托和渲染。穿过嗟叹扑面而来的是一组急性子的演奏，那一定是一只精力充沛、四肢健硕的蟋蟀，翅羽摩擦得有力而昂扬。是夏日急雨吧，筛豆子一般大珠小珠落玉盘，敲击着我的耳鼓。我笑，想起一些小野马般的童年往事。有一把"机关枪"兀自响起，"嗒嗒嗒嗒"地扫射，不管有没有听众，不管秋风如何吹、星辰如何转换，就是任性地扫射。真是半路杀出个程咬金，这"程咬金"却是个不定性的主，一通扫射之后，不知道又浪迹何处去了。有板有眼的鸣唱一直都在，似退隐的民间艺人，巷口闲坐时，唱几句，喝口茶，想想往事，又接着唱。一定有一位儒雅的学者在徐缓地吟诵，就像杏坛讲学的圣人，不被周遭急切的操弦之声干扰。犹如用节拍器严格界定了一般，它的吟唱从容而坚定，在众多的唱声中逐渐浮起，越来越明亮。

沐浴在尼山的夜色里，我的心被这蟋蟀的交响曲洗涤，连蚊虫的袭扰也无觉。在尼山，听蟋蟀夜晚歌唱，如一苇渡江，记忆如闸门豁然打开，关于蟋蟀的记忆须臾抵达，我瞬间回到那些曾经与蟋蟀朝夕相伴的时光。

其实，我对"蟋蟀"的称呼并不亲切，那是较为理性且学术的叫法，我所熟知的蟋蟀在乡间，我所熟悉的名字叫"促蛰"，也有老奶奶喊它"促蛰蛰"。曾经以为乡下老家的叫法很土，从不敢在外人面前说起。直到在书卷中遇到"促织"一词，心中便一热，感觉到它的珍贵了。我的家乡人大约也是喊它"促织"的吧，只是发音没有那么准，一个音的演变就成了"促蛰"。"促蛰"之于"促织"意思大有不同，"促蛰"是既能积极地入世有所作为，进行"促"，又能适时隐退做到"蛰"，这不是一般境界，这个称谓的境界早已经超离了一只小虫的范畴。"促织"显然是居于此之一隅，只会催促织布罢了。

就名字而言，我更喜欢"促织"这一称谓，这是勇敢而热烈地拥抱生活的姿态。"蟋蟀"的叫法中规中矩，科学而冰冷，就是把它作为一个物种来对待，"促蛰"是描述了它的生活和境界，终究只是说它自身，而"促织"是把它与人类关联了。一种昆虫一旦与人类文明相结合，就有了别样的文化使命，促织便是其一。"促织"一词把这种昆虫瞬间人性化，使它具备了人世间的寒暖和情感。这是一种贴近着女性的鸣虫儿，在女权苍白的封建社会，这个"促织"听起来是一个女人织布机旁的监工。其实不然，它是闺中人的贴心陪伴。"促织"不仅如人一般懂得耕织与生活的关系，更懂得时令的不可逆，人要顺应时节。它不厌其烦地提醒人们及时织布做衣以应对寒凉。在这个层面上，促织简直就是被人神化了的智者。促织之声平平仄仄，是一种时令预告，是一种善意提醒，如替人打算和规划的长者。织机旁整日的劳作多么单调和困乏，有一个灵性的小虫陪在身边，演奏天籁般的蚕音，能消解劳作的苦闷，更是一种心灵安慰。织女在织，促织也在织，它嘈嘈切切地焉知不是一种自觉的劳作？她们各自在生活秩序中做着重要的事情。

农历八月是农事逐渐收尾，天气转凉，人类要准备冬衣的时节，于是家家织机咔咔作响。八月也是促织鸣唱最为热闹的时节。时令已秋，户外夜露侵蚀，它更多地潜伏在檐下、廊边，与人亲近，与织机的响声互相应答。世间昆虫成千上万，主动贴着人类生活而居的并不多，蟋蟀几乎独一无二了。它在人的居所从不敛声屏气，而是整日弹琴唱曲，并不把自己当外人。

人类对蟋蟀保持着足够的善意，不仅容它居食，也喜它歌吟。人类喜欢蟋蟀大抵有以下原因：其一，它于人无害。无毒无味的一只小虫，即便啃食植物，也不足为害，在室内从不乱啃噬物品，也不扰乱人类的生活。它无处不在却也隐身于暗处，角落是它的家，并不会蹦跳出来，粗暴地闯进人类生活。其二，它有声音之美，蟋蟀的鸣唱极富音乐审美情趣，它平平仄仄，节奏规整而有起伏，声音雅而不噪，曲调美而不媚，是耳朵的享受。其三，它体型小巧玲珑，形态黝黑油亮甚是可人，它身形健硕、蹦跳有力，又富有生命力，让人见之，阳刚之气油然而生。鉴于此，人们乐于与它共处一室，不惊不扰，两相安。

促织用琴声刺破黑暗和可怕的孤寂，不离不弃地陪伴着闺中人。它玎玎玱玱地弹着琴，终日伴随在旧日织机旁，机杼声咿呀响着，促织也热闹地叫着。伊人闲下来想想事情，神思被拉得很远，或许想到了远游的良人，或许想到了年少无暇的时光，或许想到了衰老的爹娘。骤然回过神来，已经发呆了好久，耳畔促织声声，她自己也觉得羞怯，感觉那虫儿们的鸣唱都是在催促她干活呢。

促织之于蟋蟀之名，就像正室之于姨娘。蟋蟀之名正宗，早在《诗经》中就有蟋蟀的踪影，如"蟋蟀在堂，岁聿其莫"（《诗经·国风·唐风·蟋蟀》）、"七月在野，八月在宇，九月在户，十月蟋蟀入我床下"（《诗经·国风·豳风·七月》）的诗句，《尔雅》释"蟋蟀"为蛬，汉魏人又细分之，称之为"吟蛬"。到汉代，才有促织的叫法，如《古诗十九首》中的《明月皎夜光》中写道："明月皎夜光，促织鸣东壁。"至魏晋，"促织"的叫法已经较为普遍，也有叫"趋织"的。

"正室"蟋蟀端庄，但是少情趣；促织之根基浅薄，但是多妩媚。蟋蟀的命名是科学理性的，两个字形影不离，不离不弃，不可拆开单独用。它的偏旁很直观地告诉人，它们是"虫"类。而"促织"不同，首先是拟人化的"促"，又有人类特有的劳动词汇"织"。一只昆虫从名字的源头就介入人类的生活和文化，是不多见的。那些各种各样的虫，都保持着虫的偏旁和身份，保持着昆虫的理性和标签，如蚂蚱、螳螂、蜻蜓、蝴蝶等，而且几乎没有人类赐予的别称，"促织"之名是得了人间多少宠爱啊。所以"促织"是人类的宠物虫。

"蛐蛐儿"的叫法是什么时候出现的呢？无考，只说"蛐蛐儿"是它的俗名，大约是个口语词。我国有一首非常著名的摇篮曲，曲调优美而安详，"月儿明风儿静，树叶儿遮窗棂啊。蛐蛐儿叫铮铮，好比那琴弦儿声啊。琴声儿轻调儿动听，摇篮轻摆动啊。娘的宝宝闭上眼睛，睡了那个睡在梦中啊"。在这样的曲中入眠的孩童该是多么幸福，被这样的摇篮曲伴随长大的人该是多么幸运。清风明月、树叶窗棂，万籁俱寂中唯有一素弦轻奏，那是墙角里的蛐蛐儿在自弹自唱，也好像是另一首摇篮曲。睡在摇篮中的是细瓷一样的娃娃，晃着摇篮的是年轻的母亲，她是世界上最幸福的人。

我也是在蛐蛐儿的鸣唱中长大的。曾经乡下的岁月，所有季节都是野生一般散养的孩童，在草屋土炕上睡时，灶间菜蔬处、墙角阴暗处，不时有蛐蛐儿的叫声传来。那是绵长不断的催眠曲，就像母亲绵密的针脚一样。人睡了，促织却不停歇，一直鸣唱到月影西斜，又一直唱到东方欲晓。夜里偶醒来，促织声声里，昏黄油灯下是母亲劳作的身影。深夜不睡和夜间醒来的人，总是听到一片繁茂的促织叫声，所以人们叫它"夜鸣虫"。

世界都睡了，而你醒着；世界都沉默，而你唱着。何其有幸，这样的夜晚，我睡在它的鸣叫之侧。

二

另名"促织"的蟋蟀，决不是人们宠爱中的乖觉的虫儿，它的生存能力极强，遇山开山，遇水渡水，简直是个江湖侠客。在土壤稍为湿润的山坡、田野、乱石堆和草丛之中，凡有杂草处，皆可生长。它食性杂，菜叶、草心等皆可餐，并不挑剔。蟋蟀的前半生，生于野而栖于野，在风和日暖的岁月，是完全的野生类动物。它并不是背剑走天涯的光棍做派，它粗中有细，善于营谋，与众多其他昆虫不同，不仅栖息于砖缝瓦砾间，还懂得建造自己的洞穴。这一远虑，区别于春生秋亡的虫类，所以它能够越冬。居地也许并不豪华，只是一个洞穴，却足以庇护一个小生灵在野地里免于霜寒雪盖，免于被大风掀着尾巴狼狈躲藏。

生物学家法布尔所描述的蟋蟀的居室，不亚于人类的居室设计："在朝着阳光的堤岸上，青草丛中隐藏着一条倾斜的隧道，即使有骤雨，这里也立刻就会干的。隧道顺着地势弯弯曲曲，最多不过九寸深，一指宽，这便是蟋蟀的住宅。出口的地方总有一丛草半掩着，就像一座门。蟋蟀出来吃周围的嫩草，决不去碰这一丛草。那微斜的门口，经过仔细耙扫，收拾得很平坦。这就是蟋蟀的平台。当四周很安静的时候，蟋蟀就在这平台上弹琴。"这一段描写极具文学魅力，隐藏着蟋蟀的智慧，它的居室要求向阳性强、排水性好，因此选择在向阳的高处，与人类一直以来对居室的要求是一致的。"向阳人家"是旧时农家对联上常见的字句。我们大平原上的乡村居所，都是坐北朝南的向阳人家。现代的城市楼房，人们对楼间距的要求，对日照时间的要求也是如此。"向阳草木易为春"，草木如此，生灵大抵也如此，旧时天子坐明堂，皇帝们也讲究"面南背北"，这样才会江山稳固。蟋蟀的需求与人类高度一致，喜欢爽爽朗朗的环境。不仅如此，它的居室排水也好，它对于不安定因素的判断和预防是一流的。野地生活的它还善于伪装，人类居室有大门遮挡外部视线，大门之外，常常还有影壁，楼居者设玄关。如此等等，无非是阻断别人窥探。蟋蟀早就有数，懂得自我保护，它利用天然的屏障，比如这一蓬草作为掩体，这样的设计，是不是需要一颗智慧的头脑？"兔子不吃窝边草"这是人对兔子的赞美，蟋蟀也一样，它是多么聪明而毫不张扬。

蟋蟀又是个乐天的逍遥派，是行吟的歌者。只要能果腹，吃什么都好，只要能吃饱，就在野地里大声歌唱。这副浪荡不羁毫无心智的样子，完全掩藏了它的远谋之智，这种外在形象就像它居所外的那蓬草，天然而实用。混在大野，其实它有足够的底气，善于蹦跳的双腿和善于撕咬的牙齿不需要敛声屏气，不需要跟谁讨巧。也许，因为有实力才敢于暴露，才敢于在旷野中喳喳鸣叫，对异性打开心扉。它又绝不是个"猛张飞"，广阔田野固然自由自在，居室也打点得舒适，但它并不恋旧，善于营谋居所的它不是个保守的老地主形象，并不死守着它的豪宅从一而终。在生存面前又做了智者，为了更好地生存，它不惜为后半生迁徙。

古老的《诗经》中记载了它由野外到室内的轨迹："七月在野，八月在宇，九月在户，十月蟋蟀入我床下。"它的生存哲学首先是活着，其次是快乐、有品质地活着，如此看来，它简直成了我辈的楷模。当秋风紧、霜寒将至，它的身影也向人居的地方靠近。它将暗度陈仓。不知是跟了哪一位拜访者的脚印，它也做草庐的访客。也许是躲在一棵青菜叶底，得了它的遮掩偷渡进灶房；也许是攀在墨香浓郁的书房边等了好久，在门帘起落的刹那一跃而入，从此鸣唱在诗书的边缘。总之，蟋蟀陪伴在人的脚边，成了人类生活的一部分，也成了人类文化的一朵花。人类拿墨的花朵标记着它融入人类岁月的身影。

从《诗经》开始，蟋蟀的身影就进入诗书，此后墨香飞舞，晋人阮籍，唐人杜甫、陆游，宋人苏东坡、叶绍翁等，都有墨迹分给这个小精灵。我最为喜欢的一首是宋代白玉蟾的"三更窗外芭蕉影，九月床头蟋蟀声"，文人情怀从芭蕉的暗影和蟋蟀的鸣唱中得到释放。那是一个怎样的夜晚，那些夜晚不眠的人又在想什么呢？秋夜，我也曾无数次在蟋蟀的鸣唱中夜不能寐，年轻时候想的是远方，想的是遥远的不可知的世界。如今拥有了那些向往之后的生活，想的却是过往的纯真。这首诗的书生气和文人气，常能抚慰都市里言不由衷的困倦之人。"知有儿童挑促织，夜深篱落一灯明"又更能唤醒初心。那是多么无邪的童真时代，心里只装着玩乐。蟋蟀是小孩子的玩物，幼童于野地捉蟋蟀、斗蟋蟀的记忆很多人都有，那是乡野独有的乐趣。但是在屋里却不同，蟋蟀进了屋，就是人家的一条生灵，村童就爱惜起来。慈悲的母亲说："蟋蟀也是一条命，活着都不容易，又不用特意去喂养，干吗不好好待它？"母亲从来都不让碰蟋蟀，有时候发现蟋蟀掉进干净的铁锅里蹦不出来，母亲就用炊帚轻轻把它扫到锅台上来，放它慌慌地逃走。

三

蟋蟀既是斗士，也是歌者，这两者总有些格格不入，孔武有力与儒雅婉约如何凝结在一只小小的蟋蟀身上？世间恰恰就有这么完美的组合。

蟋蟀是鸣虫之首，世间的"鸣"各不相同，蛙鼓来自声带，蝉类来自肚腹发声，而蟋蟀的"鸣"来自尾部翅羽的振动。雄性蟋蟀右边的翅膀上，有一个像锉样的短刺，左边的翅膀上，长有像刀一样的硬棘，左右两翅一张一合，振动翅膀就发出了悦耳动听的响声。

蟋蟀之"鸣"是雄性的一种情绪表达，或者表达对异性的爱，或者表达对疆域的控制和占领，或者表达对生活的惬意满足，或者也在缝补着被风划破的岁月。这鸣被人赋予多种称谓，有的称为"鸣唱""歌唱"，有的称为"弹琴"。无疑，它的善于鸣唱，成为区别一般虫类的独特坐标。"嚓嚓嚓""唧唧唧""吱吱吱"，不管怎么描述，汉字都是苍白的，很难准确表达听觉里蟋蟀的鸣唱之韵。它的每一种声响都与众不同，它们来自不同的演奏者，不同的心性和体形就有不同的音色和频率，也表达不一样的信息。

因为发声婉转，蟋蟀惹来祸端，喜欢它的人循着歌声去寻那忘情的歌者，逮入笼中，想凝万千宠爱于它。它却极度向往自由，宁可舍弃有力的双腿，自断其股而逃避之。不知道笼中蟋蟀的歌吟内容是什么，我猜其中一定有对田野生活的无限怀念，对自由的深切渴望，和对遭捕时逃脱不利的悔恨。笼养蟋蟀者，往往都富于情趣，但是很难体察蟋蟀的心酸，倘若如此，大概不会继续圈囿它了吧。白居易有一首小诗《禁中闻蛩》，读罢令人黯然伤神，旋而惊心。"悄悄禁门闭，夜深无月明。西窗独暗坐，满耳新蛩声。"诗描述的是一群被选进宫的年轻女子，无缘得宠，在无边黑夜里，西窗独坐，苦熬着青春。那蛩音是她们笼养的蟋蟀。宫中争宠多斗，而她们显然没有斗的资本和优势，冷落在此。彼处夜夜笙歌，她这里孤寂无聊。养一笼蟋蟀聊以排解烦忧吧。蟋蟀的鸣唱加深了夜的静、夜的长、夜的寒凉、夜的孤寂。短短一首五言诗，诗人的悲悯力透纸背。最可悲的是，她们为排解孤寂而笼养的蟋蟀声里，一定有囚禁的悲叹和对自由的向往，这向往何尝不是那些女子们的，她们何尝不是一只只被笼圈禁的蟋蟀呢？

白居易总是多愁善感，富含悲悯之心，他见卖炭翁做悲悯诗，见琵琶女做悲悯诗，夜晚听蟋蟀歌吟，也不免悲叹宫中闲坐、华年流失之苦。另一首《冬夜闻虫》中写道："虫声冬思苦于秋，不解愁人闻亦愁。我是老翁听不畏，少年莫听白君头。"不管是不解愁滋味的少年，还是白头老翁，这冬夜的声声啼唱，端的惹人愁绪倍增。白头之翁为何这样愁，是日薄西山去日苦多的愁，还是壮志未酬声声叹息的愁？可是，缘何也替少年人愁？是冬夜蟋蟀太勾魂了，一声声，似更漏紧催，岁月催逼人老，而人往往无觉。唯独这样的冬夜，蟋蟀一声声似乎是在提示生命的真谛，具有别样的意义。

更大的悲悯在杨万里的《促织》诗："一声能遣一人愁，终夕声声晓未休。不解缫丝替人织，强来出口促衣裘。"诗人借促织讽刺现实生活，表达了对劳苦者的同情和对剥削制度的不满。其实促织何罪，它只是一个歌者，它既不歌颂盛世，也不会鞭打肮脏，它只是用翅膀的力量表达它想表达的一切，而促织的一切悲喜，人类永远无从知晓。

在乡野诸多虫类里，蟋蟀并不是性情最凶的，也不是体形最彪悍的，然而人类却选择笼养它，挑逗它，使它们同类相残。斗蟋蟀的历史悠久且曾经蔚然成风，以至于蟋蟀"一将难求"，善斗的蟋蟀身价高得令人咋舌。官宦、帝王、纨绔子弟、地痞流氓，形形色色的弩手驾驭着蟋蟀斗而取乐，斗而成赌，导致民不聊生甚至家破人亡。清代短篇小说家蒲松龄写有《促织》一篇，写里正成名因蟋蟀役而苦不堪言，为交差事，家境日渐困窘。其幼子因好奇，误伤蟋蟀导致因恐惧投井。故事到这里就是人世间的结局。小小蟋蟀导致家破人亡的惨剧在那个时代不是个例。而蒲松龄还是不忍直面残酷的现实，它让孩童的死亡变为昏迷，魂灵变成了一只勇猛的蟋蟀，为其父交了差、免了罪，最后皆大欢喜。魔幻色彩剔除之后，完全是老百姓的悲惨呼号。

《促织》的时代背景是明宣德年间，宫中斗蟋蟀成风，官宦人家也以此为乐子。明朝的宣宗皇帝朱瞻基，曾经下令各地进贡蟋蟀，并有"促织瞿瞿叫，宣德皇帝要"的谚语。

宋徽宗也爱好斗蟋蟀，据说他被掳北国途中，还携带着一罐蟋蟀。颠沛流离中，行至山东省宁津县，蟋蟀罐子掉出来，一只蟋蟀从罐里蹦出。宋徽宗放蟋蟀归于田野，并低语：八百年后，称雄华夏。窝囊皇帝毕竟也是皇帝，他的金口玉言真应了。如今的山东宁阳和宁津两地的蟋蟀由于头大、项大、腿大、皮色好而闻名全国，蟋蟀成了此地巨大的产业。宁阳县常于仲秋时节举办中华蟋蟀全国友谊大赛，国内外的蟋蟀行家和斗蟋蟀爱好者都会蜂拥云集到此。宁阳蟋蟀从几元卖到百元不等。也有身价数千者。谁承想曾经让旧时老百姓倾家荡产的蟋蟀，恨得牙疼的玩物蟋蟀，竟然成为一方老百姓致富的产业，也是蟋蟀的功德。

有玩蟋蟀误国殃民的皇帝，也有玩蟋蟀祸国的卿相，南宋宰相贾似道不仅好斗蟋蟀，还研究蟋蟀，他在相府中筑有一座半闲堂，专门养斗蟋蟀。他还把自己养蟋蟀和斗蟋蟀的经验写下来，最后竟集结成了一本《蟋蟀经》。由此得了"蟋蟀宰相"之名。无能协助治国的昏官，倒连累蟋蟀名声不洁。

四

蟋蟀是多面的，它操琴歌唱时，似逸士，满满的文艺细胞，尤其对夜晚的劳作者和孤独者而言，是最好的陪伴。因此它也洞悉了太多夜晚人类的秘密。但蟋蟀绝对是个佩剑的书生，吹箫的侠客，它的好勇善斗在昆虫界堪称一绝。

并不是所有的蟋蟀都善于歌唱，如生物界的常规一样，雌性是矜持的，只有雄性才大声歌唱彰显自己。也不是所有蟋蟀都好斗，打架一般也是雄性间的事。两只雄性蟋蟀狭路相逢必然恶斗一场，也许基因如此，它们以此决定对雌性蟋蟀的占有权，或者也拓展到对地域的占有权。

蟋蟀的品质跟出生地有关，生于草则身软性绵，生于石缝则身体刚健。深色土中出深色蟋蟀，大多善斗；淡色土中出淡色蟋蟀，相对性子绵软。

生存的严酷必然有生死对决，而蟋蟀的对决却成了人类的乐趣。于是蟋蟀也就有了无尽的灾难。被拘禁成了宠物奴。蟋蟀有别名"将军虫"，这大约与它的好斗有关。大多数别名接地气，如地喇叭、灶鸡子、孙旺、土蛰等。我对"灶鸡子"的叫法很认同，灶间常年蹲守着蟋蟀，我有时晚间到灶屋去，常常看见它们从乌黑的土墙上溜下来，到锅台上逡巡。它们躲在锅后的盐坛子间，躲在放柴火的灶洞里，甚至躲在风箱与灶台间的缝隙里。整个冬天它们都在，灶间只有几棵白菜，大约这就是它们的食粮。

斗蟋蟀不仅在漫长的封建时代风气极盛且绵延长久，还成为一种职业。"斗鸡走狗之徒"也包括斗蟋蟀者。蟋蟀成为昂贵的商品甚至成为贡品，就衍生出蟋蟀一条龙行业，比如蟋蟀罐的制作。作为官窑的景德镇瓷窑，在蟋蟀之风盛行的时代，自然也烧制蟋蟀罐。蟋蟀的罐子造型各异，充分体现了陶瓷的美学风采，烧制工艺也丰富多样。一乡间小虫，曾经处心积虑为自己的洞穴营谋的小虫，做梦也想不到，会身价如此，住在特制的紫砂罐或瓷罐中。

住进蟋蟀罐的蟋蟀，就像是从乡下一跃进入别墅豪宅的女子，终日养尊处优，饮食奢靡，被栗子肉、蟹肉等供养。但是吃着大餐住着豪宅的蟋蟀，你快乐吗？

离开自己的乡土和伙伴，与同类再次相见的时候竟然是相互厮杀，这多么残忍。蟋蟀的牙是左右对开的两扇门，"门"边有齿。撕咬原本是自卫的本能，"对撕"却成了一种人类的乐趣。在这其中，蟋蟀能主宰得了什么呢？

养蟋蟀取其搏者，终是杀伐之气重，而得其声者多有趣味。蟋蟀的鸣唱是最能代表乡愁的声音。在古代，听其声竟然成了风气。据唐朝《开元天宝遗事》记载："宫中秋兴，妃妾辈皆以小金笼贮蟋蟀于枕畔，听其声，庶民之家亦相效之。"从宫廷到民间，都喜欢它的翅羽振动之音。很多时候我喜欢在夜色中走走，在偏僻处，听听蟋蟀的鸣唱。想起流沙河的《就是那一只蟋蟀》，于是想念我的故乡。自从母亲去世后，父亲就搬进了城里，家乡就成了故乡，那些在土屋里伴随过我许多岁月的蟋蟀，也就是我怀旧的一杯酒。我家乡的蟋蟀体形小而矫健，善于蹦跳，歌唱底气足，似叫板的武生。每次不管何处听见蟋蟀之声，立即想起老家土屋里墙角鸣唱的蟋蟀，想起母亲用炊帚轻轻扫上锅台的蟋蟀，想起在蟋蟀声里劳作的母亲……内心便潮湿起来。这样的夜晚，有时会梦见故乡。

据说蟋蟀是种古老的昆虫，比人类的祖先还要早，这鸣虫的歌吟，岂不是响彻整个中华历史吗？此刻我静坐听蟋蟀夜歌，仿佛披了一身古老的月光。

宵行于野

一

秋分前三天，夜风已有些凉，我穿了长袖衣裳独自在灯光暗处的艾山旷野中行走。太阳落山不久，秋虫们的演奏乐章才刚刚越过序曲，正在展开部激昂。我在高茂草丛和幽暗树林边的乡间路上踏歌而行。此刻，我是一个宵行者，我怀着犹如鹿撞一般的心情，等待与名叫"宵行"的飞虫相遇。为此，我驾车一路越过城市的喧嚣，追着夕阳的轨迹，赶到荒山野坡来，把自己沉浸在黑暗中。

"宵行"，很文雅的称呼，它从远古飞来，从诗歌的源头飞来。一种事物一旦进入《诗经》就有了光环，从此也就成了宗谱的源头。《诗经》是植物的百科全书，翻阅书卷，曼妙得犹如在大野中巡游，触目皆是姿态各异的花花草草。动物进入《诗经》的却不多，萤火虫便占据了珍贵的出镜机会。"我徂东山，慆慆不归。我来自东，零雨其濛。果臝之实，亦施于宇。伊威在室，蠨蛸在户。町畽鹿场，熠耀宵行。不可畏也，伊可怀也。"（《诗经·豳风·东山》）这是最早描述"宵行"的诗歌，简约的诗行中，给了它"熠耀"两个极为生辉的字。

顾名思义，"宵行"是夜晚出行的意思。对于虫类而言，白天多凶险，夜晚才是它们的好时光。此时秋夜凉爽，那些虫儿们聚集着歌唱、舞蹈、赏月光、饮清露、谈恋爱，甚是畅怀。它们都是夜者，"宵行"之名唯独给了这个尾部发亮的虫儿，可见古人对它的喜爱。更多的人称呼它为萤火虫，荧荧的一点火光聚拢在它的尾部，飞翔在幽深暗夜，犹如提着灯盏巡游。那一点微光足以让暗夜的眼睛长久追随和捧出欣悦。

这自身发亮的虫儿也自带着神秘，民间多认为这光明使者是神虫，由草木幻化而来。《本草纲目》中如是描述：《豳风》：熠耀宵行。宵行乃虫名，熠耀其光也。萤有三种：一种小而宵飞，腹下光明，乃茅根所化也……一种长如蛆蠋，尾后有光，无翼不飞，乃竹根所化也；一名蠲，俗名萤蛆……其名宵行，茅竹之根，夜视有光，腹感湿热之气，遂变化成形尔。熟通药理的李时珍算是博学多识的科学家，也信奉了民间传说，认为萤虫为茅根、竹根所化。古人分大暑为三候："一候腐草为萤……"此中的"腐草为萤"其实是萤火虫将卵产于枯草上后孵出。与很多虫子不同，萤火虫不是春天孵化。在大暑时节的热风里，萤火虫破卵而出，成为迎接秋天的诗意之虫。那些远古的夜晚，星光在天上，萤火在人间，秋风渐凉，纺织娘、蟋蟀、金铃子等鸣虫的歌吟在侧，小小萤火虫带着光亮在夜的黑幕上舞出平仄的诗行。这样的夜遥远得仿佛虚幻，但那曾经是我们祖先的诗意生活。如今我匆匆赶来，只为贴近祖先们的生活场景。

于我而言，萤火虫一直是个巨大的遗憾，因为多年来我都无缘得见本尊，只是从文学作品中遇见过它。虽也从影视剧中见过，但后来得知，那几乎都是假的，是用技术制作出来的。我几乎从没见过这个提灯巡游者。仅有一次我似乎见到了，但又惊鸿一瞥。那是几年前在故乡过中秋节，黄昏时候我站在老家平房的屋顶上等待月亮出来，其时光线半明半暗，眼前忽有个小的亮点一闪而过。我定睛看时就再也寻不见。我不敢确定那是不是萤火虫，或许我终于一瞥了书卷中记载的可爱的小精灵。再一次是三年前国庆节期间，我在艾山西石脚下的旭日庄园过夜。晚间在山路上散步时，我见路边草丛一闪一闪，并不是飞翔之物。我拿手电筒去照，只看见一只丑巴巴的小虫子缩在草叶上。那发光的东西就是它吗？萤火虫不是会飞吗？我带着疑问，带着失望，也带着些许欣喜反复探看。

今晚，我特意为萤火虫而来。这似乎是一场经年的约会。在我多年的遗憾和恳求中，机缘许我与它在此处相见。我终于要见到梦里飞翔的星星了，要见到那簇簇的萤光了。

此刻的树丛和草间，星星点点地出现了闪亮的光点。那光如指尖般大小，或伫立不动，或轻盈飘移。光源并不持久，过一小会儿便熄灭了，停一会儿又会重新打开。这时候，从树林里飞过来一只萤火虫，轻盈地从空中飞过。它似乎要向路对面的树林里飞。我兴奋地追着它跑。它的萤光蓝莹莹的，怪不得它的名字还叫"磷"。它的别名很多，都是所见者赠予，"夜光""亮亮虫""夜照""火炎虫""夜火虫""火金姑"，这些名字大约都是乡野之人所取，他们于夜晚看见这闪光的精灵，便以自己语境里的词汇来命名它。而"宵行""宵烛""耀夜""景天""熠耀""流萤"一定是文人所赐，他们赋予了这虫儿烂漫的文气。这些名字或者逼真，或者浪漫，或者极具诗意，每一个都恰当而可爱。我喜欢的是"宵烛"和"宵行"。"宵烛"，似乎是静态的，却有开阔感和场景感。"宵行"则是动态的，有灵动之美。总之它们都透着竹简里的清澈和宣纸上的墨香，小精灵们秉烛夜游的场景一下子拓宽了文学意境。"流萤"之美简约而富有神韵，似乎空旷的夜晚，有了"流萤"二字突然就有了生机，或者就添了新愁。

今年能与这点点流萤相遇，其实也不是上天眷顾，而是人力所为。我居住在山里的朋友养殖了这些萤火虫。来之前朋友告诉我，萤火虫不是整个晚上都在飞翔。天黑之后的一小时之内，它们会飞到草叶上吃露水，等吃饱了、玩够了，就各自安歇去了。所以我追着斜阳一路狂奔，生怕来晚了，赶不上它们秉烛夜游的欢愉夜场。

还好，我赶上了。草丛间、低空里它们不时在穿梭。萤火虫的飞翔是慢的，让人想起"陌上花开缓缓归"。此际是中秋，但对刚刚长出翅膀的它们来说，这不啻一个浩大的春天。它们犹如故意展示自己的舞姿，在空中划出一条条美丽的光弧，闪烁着、熄灭了，就像天上那放慢速度的流星。可是它又调皮地再次点亮了灯盏，"流星"便复活了。这曼妙的舞蹈就像表演给我看。我在萤火虫的舞蹈中陶醉、迷失，不知道今夕何夕。忽然记起几年前我爱上一首曲子叫《萤火虫之舞》，钢琴曲是欢快的，指尖滑行下的密集音符里有无数跳跃的张力，伴随秋虫的呢喃。那些嘈嘈切切的鸣唱不是萤火虫，却以有声的歌唱把无声的夜晚飞舞的萤火虫托举上来。那时候，我用这支曲子做伴奏跳舞运动，跳得快乐而单纯，仿佛置身于旷野之中，感受着秋虫的交响乐和带灯仙子的舞蹈。

二

　　萤火虫是很多人美好的童年记忆。夏末秋初的夜晚，水湾、草丛附近萤火飞舞，点缀着美好的休闲时光。那时候没有化肥催逼，没有农药索命，也没有强烈的光污染，各种昆虫都活得逍遥自在。草丛是它们盛大的夜场，虫儿们纷纷亮嗓，而萤火虫燃一盏萤光四处飞舞，宛若在检阅那浩大的合唱。小孩子在大人的臂弯里听着老奶奶哼唱歌谣："白天草丛呆，夜晚空中游。一盏小灯笼，挂在身后头。"大一点的孩子常提着干净的玻璃瓶子到处去捉萤火虫。他们把很多萤火虫置于瓶中，提着瓶子在暗夜中行走，哪里黑往哪里去。萤光闪烁的瓶子，真像一盏灯笼。后来，他们读着"囊萤读书"的故事，心里说，这事我也干过。那个缺少灯油的贫家少年捉萤火虫照亮读书的故事，成为他们幼年时最经典的励志范例。

　　可是萤火虫的记忆似乎很遥远了，我们什么时候丢失了萤火虫呢，以致人们只是在书本中与它遥遥相望。

　　萤火虫的生命周期极短，能够带灯飞翔的成虫生活为二十一天左右。就像夏蝉经过了漫长黑暗中的等待和煎熬，飞上枝头后要纵情歌唱，在湿润草丛中昼伏夜出的萤火虫，尽情享受着属于它的秋光，提灯夜行在旷野之中。萤火虫飞舞的时节是在仲秋之初，秋风温良的秋分时候最盛。也许再经一场秋雨，它就不胜寒意，悄然退场了。知道萤火虫珍稀，且时日有限，我心里就着急：一旦错过就是一年。于是稍有空闲就立即驱车前往。

我在暗夜中追着一只只飞翔的灯盏走来走去，甚至跳起来去够它们，有几次指尖都触到了它们的身体。我不敢去捉，我怕这过激的行为会伤到它、吓到它。我兴奋到极点，这太美妙了，在这样一个暗夜，我一个人在荒野的黑暗处，与一群萤火虫完成一场生命的相互确认。

我正陶醉在萤火虫游荡左右的夜里，偶一抬头看星空，却惊见一幅神奇的画面：一排亮晶晶个头均匀的星星，保持着雁阵一样的"一"字队由西向东匀速前行。啊，竟然有排着队的星星们，而且是鱼儿一样游动，鸿雁一样飞翔着！我惊呆了，失语了。此生第一次见到这样的奇观。我努力去寻找这神奇天象的依据。想起来了，前几日我这位养萤火虫的天文台长朋友发在媒体上的消息中说，他拍下了马斯克星链经过天文台上空的视频。原来，这就是马斯克星链，它们真的是一条亮晶晶的星星项链，挂在苍穹之上呢。它们那么可爱乖巧，像一队遵守规则的小朋友，排着队匀速运行。星链在到达我头顶偏东一点的天空时，突然就隐身了。我仰着头不错眼珠地一直看，直看到最后一颗星星隐去。我心里漾出了蜜。后来天文学家朋友告诉我，这条星链共有十八颗星星，它们的消失是因为走进地球的影子里去了。苍天太厚爱我了，今天给了我无数闪烁萤光的精灵，又给了我苍穹上的宵行者。

看马斯克星链的时候，我也曾匆忙掏出手机试图录下些片段。后来翻看，屏幕里只有无尽夜里的一个虚幻般的闪亮光点。我用手机录的萤火虫亦是如此。也许，美好的事物不那么容易获取和长久地保存，即便保存了也与它的真相相去甚远。我豁然明白，有些影视作品中的萤火虫之所以是制造出来的，是因为它的闪光极难拍摄。今夜，我何其有幸，大自然将闪光的星辰和游荡的灯盏都馈赠给了我，给了我这个远路而来的朝拜者。

三

从《诗经》里走来的萤火虫，是中国文化里的一朵浪漫之花，带着神虫的光环，又有无数故事和歌吟。我沉浸在现实的流萤满目和关于萤火虫的遐思中。贴近着《诗经·豳风·东山》里的萤火虫，贴近着"囊萤映雪"中的萤火虫，贴着"轻罗小扇扑流萤"里的萤火虫，我内心虔诚而雀跃。在漫长的历史长河中，灯火稀缺的无数个黑夜，萤火虫陪伴着我们的祖先，给了他们多少希冀和浪漫，给了一代代人多么美好的童年回忆。

"萤"这个字很妙,从"草"从"虫",祖先造字之时,便让它与"腐草为萤"契合。小小的虫儿依附着草叶儿,为和美之状。草是虫类的摇篮,也是它们的衣食父母,哪一种小虫儿不是在草间藏身,食草木生存?但萤火虫偏偏有些怪异,它的幼虫在草间却不吃草,而是食螺类。它嘴巴上有根主麻痹的针,蜗牛、蚯蚓这些庞大之物因此成为它的美餐。想不到这小虫儿也算是个生猛的肉食动物。我曾经以为夏日鸣蝉是饮露水啸长风的高洁之士,后来发现它也食人间烟火。飞翔的萤火虫是世间只饮露水的精灵。萤火虫的成虫似忏悔自己杀伐过重的鲁莽青春一般,竟然放下屠刀立地成佛,成了只喝露水的小仙子。可见,成虫长出的不仅仅是翅膀,还有慈悲之心。饮树之清浆的蝉与饮草间露水的萤火虫,一个赠予世间嘹亮的歌唱,一个提灯照耀如漆的暗夜,它们谱写的都是烂漫的诗行。

初唐三大书法家之一的虞世南爱写精灵诗,有一首非常著名的《蝉》广为传播。"垂缕饮清露,流响出疏桐。居高声自远,非是藉秋风。"他以蝉咏人的高洁,赋予了这个生灵崭新的象征意义。虞世南历经三朝居高官得重用,连皇帝都夸他品德高尚才学绝世,这三朝元老的底气自然足,可以有"居高声自远,非是藉秋风"的自信。然而他的咏萤诗与咏蝉不同，这首诗饱含爱怜和慈悲。"的历流光小，飘飖若翅轻。恐畏无人识，独自暗中明。"他把小小的虫儿描述得细致入微，从外形身段，到小心思，形神兼备。诗中的萤火虫也是这位高官眼中的寻常百姓。它卑微而单薄，有小小的才华和怕怀才不遇的心事，也有不管夜多黑我都秉烛而行的坚韧。

多年后，一首歌让我眼眶一热，那歌词与虞世南的《萤》遥相呼应。"在黑夜孤单的一点微光，不在乎谁看到我在发亮，风吹起满天云有不同方向，再多苦再多痛我仍要飞翔。"这歌词意境远在虞世南的《萤》之上。那是动画片《奇奇颗颗历险记》片尾曲，歌中唱的也许是星星，但我更感觉是萤火虫。其实星星与萤火虫就像一对孪生兄弟，一在天空一在尘埃，遥相呼应，互相照耀。

掬起散落在古文化里的萤光，那些明亮让人心生美意。古人早就把萤火与星辰这一对兄弟放在一起吟咏。李白的《咏萤火》行文中不着一"萤"字，却字字传神："雨打灯难灭，风吹色更明。若飞天上去，定作月边星。"《咏萤火》一诗比虞世南的《萤》更见风骨。传说这是李白十岁时写的诗。倘若真是如此，那他日后的雄奇想象力和夸张手法就顺理成章了。他那"安能摧眉折腰事权贵"的风骨也有了最好的溯源解释。在小小的萤火虫身上，一个人的精神世界体现得淋漓尽致。"雨打灯难灭，风吹色更明"，世事风雨你能耐我何，你吹不歪、打不灭，你越打击我越明亮。这是多么坚韧不屈，那只是盈盈一寸的虫儿身啊。诗的后两句更为雄奇："若飞天上去，定作月边星。"不仅世间风雨不能耐我何，我若飞升去彼苍穹，就是月边星辰，闪耀万人仰望的光芒。在诗人眼里，萤火虫就是一颗颗在尘世间巡游的星星，它总会回到天上去，不仅是月亮旁边的那一颗，那满天星辰都是萤光的海。

并不是看到萤火的人都如虞世南那般怜惜，如李白那样雄阔。因为它常常是在暗夜显现自己的光亮，深夜不眠的人多因此生出闲愁。孟浩然《秋宵月下有怀》云："惊鹊栖未定，飞萤卷帘入……佳期旷何许，望望空伫立。"形单影只孤枕难眠的他，枯站在无处不在的月光里，更显空寂，热闹飞舞的流萤更显他的孤独。"残月如初月，新秋似旧秋。露泣连珠下，萤飘碎火流。"孤身在外、功业无成的游子最易悲秋，庾信面对星星萤火，感叹着时光的无情。他以萤光的短暂看见了生命的短暂，一声长叹里，小小的萤光也颤抖了。这夜晚出行的精灵，惹了多少人的愁思啊。"夕殿萤飞思悄然，孤灯挑尽未成眠""窗冷孤萤入，宵长一雁过"……李隆基在《长恨歌》里思念他的爱妃，也感叹生命的虚无；梅尧臣思念亡妻，长夜无眠，与孤萤共情。

这些深陷在个人情绪中的萤火之光，做了人类情绪的"背锅侠"。

流传最广的咏萤诗当属杜牧的《秋夕》。"银烛秋光冷画屏，轻罗小扇扑流萤。天阶夜色凉如水，卧看牵牛织女星。"它的本意是孤清的，开头就是冷色调，银烛的冷，秋光的冷，冷画屏更是冷。但是，流萤却带来些暖意。尽管深宫之内宫女们孤独失意、百无聊赖，然而以轻罗小扇追扑流萤的画面却再现了少女的天真本色，整首诗中笼罩的悲戚色调豁然有了生机。不管解读者给了这首诗多少层面的弃妇悲秋气氛，"轻罗小扇扑流萤"的旖旎之美好却超离了诗而独显其光华。一个少女与萤火相戏的场景，跃然天地间。

我对萤火虫最美好的文学记忆是少年时读的《笑傲江湖》。令狐冲受伤后与小尼姑仪琳在山脚下疗伤，那时候满天星辰，有流星飞过，也有流萤飞过。令狐冲告诉仪琳，自己曾经捉了成千上万只萤火虫装在纱囊里让小师妹挂在蚊帐里看。那是比"囊萤映雪"更浪漫的事。在粗粝岁月的淘洗下，读过的很多书都被时光偷吃了，唯独这个细节我一直刻骨铭心。天上星辰与人间灯盏，豪放剑侠和纯情的少女，这美好的画面一直让我心生馨香。幸运的我，今晚同时拥有了天空的星辰奇遇和人间的流萤之舞，只是缺一个剑侠在侧，这是我一个人的星辰大海。

四

因萤火虫对我的巨大吸引，第二天晚上便又驱车前往，这次带着做了祖母但偶尔还写诗的姐姐。夜幕降临时我们到达，姐姐先让我吃她带的晚餐。我原意是不想吃饭的，来看萤火虫的精神享受，抵得上尘世的万千烟火。我也能做一次只饮露水的宵行仙子。

我们先看了月亮，那么美的半个月亮偏悬于夜空，在它身边很近有颗亮度很大的星。我记得昨晚它还没有这样一颗像伴侣一样亲昵的星星。后来才知道，今晚是"心宿二合月"。心宿二就是大火星，是《诗经·国风·豳风》里记载的"七月流火"的"火"。"七月流火"的本意是，心宿星（即大火星）在农历六月出现于正南方，位置最高，七月后逐渐偏西下沉，是为"流火"。而很多人却用错了，在暑热最酣的夏天，用"七月流火"来形容太阳暴晒。昨天我看见了星链，今天看见心宿二合月，多么幸运啊！这都是萤火虫给我带来的，倘若不是为它而来这星光公园，城市的灿烂灯火里，我即便仰躺千年，又哪能看得见如此天象呢？

从停车场去暗处看萤火虫，要经过天文台，尽管脚步轻缓，还是有所惊动。院内响起犬吠，我在外面喊了它一声：望远镜！望远镜是朋友心爱的狗。估计这狗子得一愣，心里嘀咕：谁啊这是，还认识我？此情此景令我想起《战国策》里的一句话："宵行者能无为奸，而不能令狗无吠也。"光明磊落的夜行者可以恪守自律并不作奸犯科，但是没办法不让巷子里的狗对自己乱叫。此刻，宵行于野，坦荡是我的事，而狗子的叫是它的事，那是它的职责，也是一种提醒。

暗处的萤火虫多起来也亮起来，我们兴奋地追逐它们。它们好像故意在跟我们玩，兜兜转转有几次都要碰到身上了。它尾巴上的亮点划出小小的弧，像条小虫子。后来，有一只碰到我的指尖，软软的也暖暖的。我感觉指尖一酥，内心也一软。这个饮露水的小精灵啊！后来我竟然将飞进我手里的萤火虫扣住了，内心激动又紧张。我终于可以看看这小精灵的模样了。于是悄悄将手开了个缝，姐姐拿手电筒来照它。那是一只黑色调的带翅膀的飞虫，身上某个部位在闪着微光。怕它飞掉，匆匆合上手掌。做好拍照片的准备后，又小心翼翼第二次打开手掌，拍下了照片。这时候，它大约是飞走了，走得悄无声息也毫不客气。

我们跑来跑去欢叫着追萤火虫，就像回到小时候的欢乐和无拘无束。七点半的时候，萤火虫渐渐少了，它们大约陆续睡眠去了。我感叹：看来万物都有它自己的作息时间。抬头看见星辰满天，闪闪烁烁也如萤光一般。唉！焉知眼前这些精灵不是星星在人间的影子？但是萤火虫有时，而星辰永在。我对着星空喊："只有星辰永不疲倦。"这一声喊惊得野地秋虫的合唱更加跌宕了吧。神奇的是，喊声就像召唤，草丛里忽然就飞起萤火虫。我太高兴了。等萤火虫所有的灯盏都消失后，我又接连召唤了几次，每次喊完都有萤光闪烁。

当我追逐着萤火虫又笑又跳时，脖子上的蓝丝巾滑脱下来，我手中挥舞着丝巾跑，竟然把一只萤火虫兜住了。这下更妙了，它在半透明的丝巾里忽明忽暗，美极了。我想把它带回我的小院，在那里，我从不用任何化肥和农药，蚂蚱在小院蹦跳，蝴蝶在小院盘旋。但又感觉不妥，这不是我的萤火虫，我岂能占有？何况朋友说过，萤火虫恋家，总在孵化地二十米左右栖息。我若把它强行带回城里，它等于遭了大灾难，终其一生都回不到自己的家了。最后，我抖了抖丝巾，放它回到自己的家园。

夜有些深了，远处山峦中的路灯排列参差，就像星宿一样烁烁而恒定。我指着一组灯盏对姐姐说："看那一组，多像北斗星。"在此处的天文学家朋友曾经说自己是"艾山司天监"，然也。此刻我和姐姐也像那勘察天宫的仙女。

五

萤火虫，你为什么会发光，你难道真是神虫吗？你有什么使命吗？几千年来，古人一次次发问。老人们说，萤火虫是上天派下来的，它提着灯笼是在寻找野外走丢的孩子。萤火虫点着灯火陪着他，他就能静心听到亲人的呼唤。当听到亲人"你在哪里"的呼唤时，要大声回答"我在这里"。我从没在野外走失过，但是我不确定自己是不是在人群中走失了。那些独处的夜晚，我是个等待萤火虫陪伴的孤人，等亲人喊"你在哪里"的迷途者。可是我始终没有等到。我究竟有没有走丢，我走出人群有多远，我自己也不知道。我一直没有喊出"我在这里"。此刻我在这里，在旷野，跟黑暗在一起，跟星辰在一起，跟萤火虫在一起。我好像是一个走丢的人，刚刚找到应该到达的地方。我自己完成了对自己的召唤和应答。我，在这里！

祖先千万次问过的萤火之光如今早已普及，它体内独有的荧光素，在呼吸时发生氧化，释放的能量就是光。萤火虫的光并不为照亮谁，而是传递信息吸引异性关注。从岁月长河中飞过的萤火虫，给人类留下了诗，也留下了科学。在它的启发下，人类发明了风吹雨打都不怕的日光灯。由于其光为冷光源，加上不会产生磁场，可用于清除水雷等水下作业的照明。

能够在暗夜里自由飞翔的是萤火虫的成虫，这是它的小仙女阶段，它们只喝露水或吃花粉和花蜜。翅膀给了它们海阔天空，它们游荡四野却始终记得回家。所以每天黄昏，它们就开始飞舞，寻找草叶上最干净的刚刚凝结的露水。大约活动一个小时，会隐遁了光焰和心性，安心在草间睡觉。清晨的时候，萤火虫还会出来吸食一次露水，但是这时候它的发光器并不能引起人的注意，日出而作日落而息的古人并不知道。

中国草药宝典不仅无草不入药，连虫儿也是难得的医治人间疾病的宝贝。秋夜孤月下的萤火虫，入药名字就叫萤火。它生是光明使者，身体入药也自带光明。它主要医治目暗、青盲等劳伤肝气之症，内服取虫煎汤，外用焙干研末点眼。想那萤火之微光，浓缩在一只小小的躯体之内，像经火而不凋的花，又如火种般去点燃人眼睛里的明亮，令人感喟。

我和姐姐再次经过天文台的时候，望远镜没有叫喊，或许它已经知道我们的友善。这个时间，我的天文学家朋友大约在仪器前做各种观测和计算。追逐星空的他大量工作是在夜晚完成。"昼长吟罢蝉鸣树，夜深烬落萤入帏。"这样的浪漫或许只是外人对他的猜测。他以一己之力独自撑起很重要的基础天文科研，这在庞大的宇宙中也许就像萤火一样微弱，但他毕竟产生了光，让夜更有希望。

　　回城的路上我一直在哼唱那首儿歌，姐姐说我像个孩子。我唱的是："在黑夜孤单的一点微光，不在乎谁看到我在发亮，风吹起满天云有不同方向，再多苦再多痛我仍要飞翔。"我在向我这位养萤火虫的天文学家朋友致敬。

水域魅影

　　说到"花鸟虫鱼"的时候，人们往往对虫很喜爱，感觉它们小巧而精致，入诗入画入药入生活，就像一只只小宠物。其实，虫豸的世界很宽泛，我们喜欢的只是它极小的一部分。从科学角度说，虫指无脊椎的节肢动物，豸指没有脚的虫子。林林总总成千上万的虫在世间活跃，在山在林在野在屋，哪里都有虫类的足迹。有人处，就有虫；无人处，更是虫豸的好天地。人类的概念里，总以为虫是极小的动物，说出它的时候也往往带一个儿话音修饰。然而，大的事物也找"虫"来掩护，景阳冈上武松打死的吊睛白额虎便被称为"大虫"，此物一出，大大为虫类振了声威；山间草丛蜿蜒而行的蛇，被人们称为"长虫"；我的家乡胶东半岛许多农户的粮囤里还供养了一种形似龙的面塑，曰"圣虫"。

　　浩荡水域中，也有无数虫儿，身量细微密密匝匝染得那片水域锦瑟一般的被叫作"鱼食虫""红虫"；春天的河塘水洼处，如水墨点染的一片黑水，游荡的是被叫作"蛤蟆骨朵儿"的蝌蚪；在水面上飞来飞去，如风一般快捷的小虫儿，乡下人戏称为"担杖钩"；那黑泥里钻来钻去的是又黑又丑冒充鱼儿的滑腻的泥鳅；河边、池塘、水湾的水草中，潜藏的吸血魔头被叫作水蛭，就像鬼魅一般悄无声息地叮在人畜身上悄悄吸血……

马蹄

"马蹄"是小孩子们的噩梦，那是一种水生的无足虫子，未见其面，说起它的名字都叫人身上起鸡皮疙瘩。人们害怕它是有根据的，据说它能置人于死地。马蹄是个俗语，水蛭是它的学名，它的另一个学名叫蚂蟥。我们乡下管它叫"马蹄"，倒是跟"蚂蟥"音颇接近。"马"字发音重且长，"蹄"字短促而有去声倾向，连起来说，很有"马踢"的感觉。这或许是描述它的厉害。大家都怕雄壮的马，一旦被它的蹄子踩着或者踢上，都是很要命的事。所以，这人们惧怕的水虫就叫作马蹄。

去水田劳作的人，最怕马蹄附着在腿上。它不但用嘴麻痹人，在人毫无感觉的时候进行吸血，还会一个劲往身体内钻，直至钻进人的血管，然后顺着这条汹涌的血液河流抵达它的源头——心脏。一旦马蹄钻入身体，谁也没有办法抵挡它往心脏爬行的决心，它到达心脏之时，也就是人归天之时。这也许是编出来吓唬小孩子的，以警示他们远离烂泥沼。小孩子深信不疑，听到马蹄就头皮发麻；看见马蹄就吓得失魂落魄，去河边玩耍也极小心；小孩子一旦被马蹄粘上，准会乱了分寸，不管平日多泼辣皮实的孩子，当马蹄附着在身上的时候，就会脸变色、身发抖，有的甚至只会哇哇大哭，他们似乎看见了还不太懂的死亡。

马蹄是群生的，多在泥水龌龊之处。有些水湾狭窄的小水沟，水草麻乱、水藻杂缠、蝌蚪丛生，这样的地方伴生有大量马蹄。没有马蹄的清澈河流里，涌动着金光闪闪的涟漪，小孩子在这里玩耍大都没有什么危险。可是水清的地方似乎水生动物也少，那些烂泥塘反而趣味无穷，小孩子常常去探险。发臭的河底泥不被搅扰还好，一旦探进去脚，陈年的泥地就泛起黑水，散发出难闻的气味。死螺壳在黑水中沉浮，密密麻麻的蝌蚪一团团聚散。这样的水里也就有很多马蹄，它们或者伸展如一片狭长的水柳叶子，或者团起身子像一个个瓢虫大小的泥点子。马蹄是个妖魅，就像魔术师会紧身术，团起来像一粒黄豆样大小，一旦拉长，那身子能拉成线一样。这就是它为什么能够在人体的血管里爬行的原因。我们害怕它还因为它的麻醉功能。你站在水中，不知道什么时候就中招了。当同伴一声大喊

"马蹄"时，你低头一看，小腿上有一个黑点，正趴在那里撮血，它吸血的地方渗着殷殷的鲜红。如果它吸的时间足够长，身体就会严重变形，这贪食鬼不知节制，人血撑起它巨大的肚子，似个圆球附在腿上。

马蹄的肚皮上有吸盘，牢牢抓住人的躯体，你走到哪里都不耽误它紧紧固定在腿上吸血。

马蹄的可怕还在于听说它是不死的妖，它有无数条命，就像蚯蚓一样，每一节都可独立成活。因此家乡人也称呼马蹄为"不死虫"。一只马蹄被人在石头上砸碎成几段，很多天过去后，它似乎已经被毒日头晒干了。可是一场雨下来，这些碎片就变成小的马蹄继续活着。这些传闻让我们见到马蹄就如临大敌，为如何把它彻底杀死耗费心思。放在石板上怎么砸都有人讥笑，说它们是砸不死的。可是它都成了一团肉泥了，还怎么活？同伴说：它唯一怕的是火，用火烧很容易杀死它。但野外不容易寻到火，火柴珍贵，我们小孩子也很难有这样的火种。于是我在没有火而抓到马蹄的情况下，总是用两块鹅卵石对着砸，一直砸到它成为泥浆还不算，还把沾满马蹄浆水的石头远远拿离水边，有让它永世不得超生的决绝。我想，那个马蹄碎成几段后又在雨水里复活的说法，也许是误传，或者就是一只带着成熟卵子的马蹄，被绞杀后，恰好它的卵在热石头上孵出来，顺着雨水到河里重生了。

有时候男孩子外出带着火种，以便于他们捉到小鱼小虾后可以用干树叶烤着吃。燃起火堆后，他们也把妄图作乱的马蹄放在火里烧，烧得香味扑鼻十分诱人，但是没有人敢吃。大人们说，马蹄有毒，吃了能毒死。自然就没人打它的主意，烧它是为了惩治它吸血的恶行。至于吃马蹄，看看它那丑陋的样子就无比厌恶，想想它吸人血就恶心，怎能去吃它。但是它在五爷爷的中药柜里却是宝贝。五爷爷说：这吸血的水蛭活血化瘀，消肿止痛，好多药方离开它不灵。于是孩子们再看见它的时候，似乎恨得轻了些。附近村子的好多人来这里抓药，也许就有马蹄呢。

在我很小的时候，就被大人教导，如果被马蹄叮咬了，不要慌，千万不能用手往下拽，一拽它就断了，断在皮肉里面的就没有办法取出来，除非用外科大夫的手术刀。而可怕的是，它那断在身体里的一半依然活着，而且会很快往体内钻，往血管里钻。它怕拍，用手掌拍打它钻的地方，它就会把头从人体里收缩回来。这是捉拿马蹄的唯一办法。我在河边洗衣服的时候，有好几次被马蹄袭击，明明河水清澈，它却神不知鬼不觉地来了。当我发现小腿肚子上潺潺流着血水时，一个黑色颗粒已经凝结在那里，我用手掌"啪啪"拍打着"黑豆子"旁边的肌肉，直到将那只"肉钻子"击打震慑得缩回身来。最可怕的情形是，当发现的时候，它已经钻进去了，就剩一点点尾巴。这时候任凭谁也很紧张，一边不停拍打叮咬处，一边迅速找周围的人求助。曾经有一个老农，把自己烟袋包里的旱烟叶子用水稍一浸泡，挤出些烟叶的黄色水汁滴在马蹄钻进去的地方，那马蹄就退出来了。

多年之后，一个铃医的后代给我开出一个方子，让我吃一年中药以医治我的体寒血瘀，主药材是马蹄。想想要喝苦药汤一年之久，我岂不是成了药罐子？我须饮下多少曾经厌恶的马蹄？我拒绝了。我宁愿用跑步、刮痧等近乎疼痛的方法来对抗我的寒瘀之体，也不愿意与马蹄模糊关系。

童年水沟里让人胆寒的马蹄，竟然不是凡物。它的最大医用药效竟然是破血逐瘀，嗜血的它骸骨里竟然都是死不悔改的嗜血禀性。还好，它幻化成药汁后在人体内破的是瘀血，这终究是有用的，它似乎在为自己所吸过的人畜的血赎罪。

水上飞

"水蜘蛛"是有些仙气的水虫。它的名字很形象，就像爬行在水上的蜘蛛，但我认为叫"水上飞"更生动。一种虫子，不在水里游，却在水面上如履平地般健步如飞，很是了不起。它的确如飞，行动之迅捷，速度之快，不亚于翅膀类生灵。我查阅资料仔细对照才得出结论，"水蜘蛛"就是我们乡下常见的那种水虫，它有个通俗的名字叫"担杖钩"。这是北方的叫法，因为北方才用担杖，南方用扁担。扁担与担杖的区别是，扁担是光溜溜一个扁棍，而担杖是在扁担的基础上，两端有铁环吊着的大鱼钩样的钩子。那钩子就叫"担杖钩"，用来挂水桶、担重物。

为什么北方人的担杖钩和一种水上的虫子用同一个名字呢？莫不是虫儿们在水中影影绰绰的样子，在打水的人看来，就像他们的担杖荡起的水花？

作为水虫的"担杖钩"有多个名字，它的学名叫水黾，别名水马、水蜘蛛、水母鸡、水上飞、水板凳、水蚊子、水上漂、水蜢子、火叉子、水坦克。这小小的虫儿，名字却有地动山摇的气势。它生活在水上，但是井水等干净清澈的水里绝没有它的身影。它以蚊子幼虫等更小的浮游生物为食，干净的水里是讨不出吃食来的。这注定它须盘踞在贫民窟般的芜杂水域。它们又像是贫民窟里的贵族，凌驾于水波之上，有高超的技艺供它们在捕食、游戏、散步的时候花样百出。在有青苔、水草、藻类繁盛的河汊和池塘，一群群担杖钩来往如飞。在水滨欣赏担杖钩是很有趣的事，它们群体活动，常常三五成群，忽地一群过来抢食什么或者看看热闹。遇到一丁点动静时，忽地又躲到隐蔽处。它们的速度比鱼快得多。它们的敏感度太高了，我俯身在岸边看它们漂游，不知道什么原因它们就远遁而去。彼时，没有一阵风吹过，没有一片叶子落下，没有一个人从远处走来，只有阳光安静地照着我们。它们躲到小石桥底下去了。于是我转到石桥一侧，继续窥探它们。它们仿佛刚才受了惊一般，在那石桥下的阴凉处敛声屏气、按兵不动，也许互相交换过眼神，但并不耳语，似乎全体都有地盯着我这个陌生人。

众多的名字里，"水上漂"和"水上飞"两个名字很有趣，一个是静态的"漂"，随水任漂流；一个是动态的"飞"，是该出手时就出手的豪放，让人想到"草上飞"等响马的名号。有地方叫它"水拖车"，它们玩游戏的时候一只咬住另一只的尾巴，就像大拖挂车一样。还有的地方叫它"香油罐"，说它的尾部有一股特殊的香味。因为很少有人能捉到这水上飞虫，自然没办法去验证它尾巴处的香臭，也未知真假。"水板凳"的名字也很形象，它在水面是四脚着水身体离开水面立起来的，样子的确像一条板凳。

学名叫水黾的担杖钩，外观酷似蚊子，但并不是蚊类，恰恰相反，它以蚊子幼虫为食。我曾经在外阳台养过荷花，想在荷花缸里养几只水虫，以抑制蚊子幼虫的繁衍。于是就想逮几只担杖钩来养。我在小区池塘和护城河边观察了很久，最后放弃了这个想法。要捉一只水上飞是很困难的，它们太狡猾，你甚至没办法仔细观察它。每当你要靠近它时，它灵敏地感觉到危险，立即就嗖地在水面上高速而流畅地滑行到远处，躲避起来。水滨看虫，对担杖钩很钦佩，它们被誉为"池塘中的溜冰者"，因为它不仅能在水面上站立滑行，而且还像溜冰运动员一样能在水面上优雅地跳跃和玩耍。它的高明之处是既不会浸湿自己的腿，也不会划破水面，只是在水上有微小的不易察觉的波痕，简直就是凌波微步。这种绝技比电视剧里的轻功水上漂还要酷。它到底是怎么做到的呢？它们追逐的时候，就像飞一般，而且擅长急转弯、急刹车和闪电漂移；它们悠闲的时候四脚伸展而缓慢，颇有芭蕾舞的贵族范儿。

尽管它小而贼，但这小水虫却不是籍籍无名之辈。毛晋的《陆氏诗疏广要》中载他人之说："今水上有虫，羽甚整，白露节后即群浮水上，随水而去，以千百计，宛陵人谓之白露虫。"这里描述的白露虫颇似担杖钩，但并不准确，因为担杖钩是一年至少三季存在于河沟水塘中，并不是只有白露后才出现。莫不是宛陵之地的白露虫是我乡担杖钩的变异分支？名字倒是极浪漫。

很多男娃子小时候渴望做"水上飞"，他们羡慕一些大孩子可以在水里半身浸泡着半身露出水面，不下沉也不倾斜，还能不动声色地移动。他们是怎么做到的呢？他们不是手脚并用地扑腾水，那叫"狗刨"。那些大孩子可以站在水里轻松说笑着，对岸上的光屁股小孩打呼哨。他们就是水上飞啊，小屁孩们连跳进水里练习"狗刨"的勇气都没有。即便是这样，还被母亲在暑天里找了来，拧着耳朵拎回家去。

他们是水上飞啊！小孩子羡慕死了。虽然二牛的功课一团糟，时常被老师的教杆子训导；大结巴在干活的时候总是偷懒，常常被他娘嗷天呜地地骂，可是他们水性好。他们在水上漂着时，把双手叉在胸前神气十足，把大柳树上的知了都震慑得暂停了一会儿。他们又一个呼哨，全都钻到水里去了，他们到哪里去了？水面的涟漪平了，但是他们没有影子，湾沿上的小屁孩有点害怕。奶奶说过，湾的肚子大，能吃人。小孩听见脚步声，原来是红莲姑姑从湾沿上经过。等红莲姑姑走过之后，小屁孩再看水面，在老远的地方，几个"水上飞"早已经从水里浮上来，追逐着又游过来。

他们为什么能在水上漂着不下沉呢？他们为什么游得那么快呢？小屁孩曾经被父亲扔到水里过，他使劲地划动身上所有能动的地方，身子还是往下沉。"要练水上飞，先学担杖钩子，把脚长出翎毛吧。"一群大孩子取笑着他。小屁孩就经常趴在阴湿的水沟里看担杖钩怎么游水。

所有的男孩子都仰慕过"水上飞"，那最小的难以一见真容的水虫。所有的男孩子最后都学会了游泳，都成了"水上飞"。"担杖钩"是他们的导师。

夏日傍晚时候，父亲们的担杖挑着空水桶走出村庄，去井台打水。他们的娃们——东湾里那群"水上飞"——早已经离开水面去野地里打了一大篮子猪草。东湾里又成了那些叫担杖钩的小虫们的世界。挑着两桶水经过湾沿的男人，脚下有些重，肩上的担杖钩钩着重物，已经唱不出歌谣。水虫们就在水面上大胆地游荡和戏耍。看着水面跑动如飞的小虫，男人想到自己在水湾里做"水上飞"的少年岁月。他脚下一扭，向水里踢了一块小石头，那群水虫便四散逃逸。男人笑了，他想起自己在大湾里做"水上飞"时和这些逃遁到水湾边角的小虫嬉戏的场面。这些小虫，就是他童年的伙伴呢。

他没有停下脚步，悄无声息地走回村庄。当肩上挑着生活的时候，那担杖钩子就闲不出嘴唱歌了。只有大湾里那些担杖钩像孩童般玩得快乐，像那群打猪草的孩子。

泥鳅

泥鳅是鱼吗？这个问题曾经困扰过我漫长的童年，伙伴们也总是争不出结论。"它当然是鱼，在水中生活，和鱼一样吃水草，大约也一样产卵孵出小泥鳅吧。"一方振振有词。可是生活在水里的虫多的是，凭什么泥鳅就是鱼？"它哪里像鱼呢，鱼离开水就死了，鱼用手捧一下就死了，泥鳅却不会。"可是，泥鳅怎么会是虫呢？菜青虫、蛴螬、蚯蚓，这些虫哪个像泥鳅？蚂蚱、蝈蝈、蟋蟀，哪个像泥鳅？泥鳅吃草还是吃泥巴？当然是吃泥了，不然怎么叫泥鳅呢？小孩子的世界被泥鳅搞得云山雾罩。

在乡下，泥鳅拥有比任何一种鱼或者虫都多的关注。捉泥鳅、玩泥鳅是童年最深的记忆之一。"池塘的水满了雨也停了，田边的稀泥里到处是泥鳅。"歌中这样唱着泥鳅。这大约是南方的歌，他们的田边就是水泽，到处是泥鳅。北方的泥鳅要到泥塘河湾里去捉。捉泥鳅是小孩子喜欢的事。你似乎永远难以捉住泥鳅，它明明被攥在手里了，手指用力过猛都攥得生疼，它还是从紧箍的手中逃掉了。捉泥鳅的童年就像一场大考，那滑溜溜的泥鳅在烂泥中钻来钻去，比考试都让人没把握。

鱼大多有鳞，而泥鳅没有，它只有黏液。鱼太娇贵了，你捞起来放在水湾里，一会儿就有翻白肚皮的。若是缺了水，一霎就完蛋。泥鳅呢，尽管把它放在田里，它在干土上打滚，嘴巴干裂了，一张一翕"嘎巴嘎巴"响着也死不了。泥鳅有很多条命的。水臭了，鱼都漂上来了，泥鳅还在，而且钻在烂臭的泥里活得很快乐。旱天里，干涸多日的湾汊河沟，泥巴嘎巴硬，可是挖起泥，半湿的里面有一条活泥鳅。只要有一场雨，泥鳅似乎就从干得掉底的塘中活过来，依旧钻来钻去。

每到春深时候，村里就挖水塘，大人们说叫"清淤""积肥"。那时候水塘大多已经在枯水状态，只剩下底部很少的水。青壮男人纷纷挑水桶去池塘担水，把水担到附近菜地里去犒劳干渴的葱韭。水塘渐渐露出脏泥巴的底。那浅浅的水里，看到许多波动的水纹，那是鱼们痛苦的挣扎。鱼被一桶桶连泥带水地舀上岸，进了农户的锅灶，村里的空气有了油炸之香的暧昧，炊烟都有了些窈窕之态。捉完鱼之后是捉泥鳅了。好多人卷起裤腿在塘泥里抓挠，不时有惊叫声响起。一只被攥在手里的泥鳅挣扎着，捉泥鳅的人身子也跟着扭着麻花，在泥塘里挣扎着，企图把泥鳅捧上岸。但是最终泥鳅从他手中滑脱，重新钻进烂泥里去。一群捉泥鳅的人都成了泥鳅，烂泥涂满了腿、脸、胳膊和衣裳。但是捉泥鳅的人好像特别高兴，似乎这活动成了一个节日。岸上很多看捉泥鳅的，也满脸喜气。

泥鳅捉过了，让塘泥在日头下再晒一两天，就是起塘泥的时候。这时候，塘泥里依旧有很多泥鳅。塘泥已经半干，大铁锨挖起一锨努力往岸上扔。扔上岸是要好大劲的，挖塘泥最能考验一个汉子的臂力。扔在半道的塘泥也有的是，它们在水塘的半腰或者塘岸上再晒些时光，就会被运到田里去肥田。塘泥快被晒干的时候，小孩子仍旧会去泥中找泥鳅，他们用脚使劲踏泥块，泥散裂开去，一只在泥中潜藏的泥鳅就被擒拿出来。这时候的泥鳅已经没有了先前的滑腻，它身上的黏液变得少而干，塘泥已干，生命都到了水深火热之境，它的身体已经提供不出太多黏液。那些可怜的泥鳅被小孩子攥在手里玩，它们在指缝间钻来钻去，掉落在地再被拣起。它们挣脱了手也回不到曾经的水域和泥塘。那时候的小孩子只贪恋着玩，并不懂一只只干泥中的泥鳅有多么悲伤。孩子们玩够了，通常会将泥鳅犒赏家里鸡鸭的嘴巴。

泥鳅怎么滑腻都逃不过命运的网扣。那种网扣细密，被称为"绝户网"，捕鱼人一网下去，无论大小鱼类，就真的一网打尽。绣花针长的小鱼都落网了，泥鳅滑有什么用？捕鱼人将泥鳅放在盆中，它穿来穿去。泥鳅是不甘于被囚禁的命运吧，钻来钻去，寻找出口，就是为了活着。村里那个黑乎乎的少年被叫作"泥鳅"，他并不滑腻，只是黑，就像涂了一身泥巴一样，如泥鳅一样难看。另一个中年人外号也叫"泥鳅"，他钻来钻去，娶了村上最好看的一朵花，做小买卖做成了大老板，似乎天底下的好事都被他得到了。

在江南见过的泥鳅与北方不同。北方雨水少，河沟时有干涸，泥鳅生长在长年有水的河塘水湾中。但江南不同，它随处可生存。连绵的雨把墙角养出繁茂的青苔，粉墙黛瓦建筑中，少不了这一活物。江南人多在宅院水沟里养几条泥鳅。家中养鱼象征富裕，锦鲤红彤彤的是富贵气象，可是养泥鳅为何？原来，泥鳅养在阴沟里，它穿来穿去，排水的阴沟就不会淤堵。多雨的江南，太需要这样一个不怕脏累的管道清洁工了。在江南遇到泥鳅的这段故事，内心温暖。

小时候所见鱼盆中放不得泥鳅，娇贵的鱼会被泥鳅搅扰而死。但是卖黄鳝的盆里总要放条泥鳅，黄鳝不爱动，都挤在一起，时间一长就闷死了。有了一条泥鳅，泥鳅动，搅得黄鳝也得动，如此它们就不会死。这完全是一条"泥鳅生存法则"。老舍在《四世同堂》中写到，钱默吟自比是一条泥鳅，搅动着让北平城不会死气沉沉。"好啦，我开始作泥鳅。在鱼市上，每一大盆鳝鱼里不是总有一条泥鳅吗？

它好动，鳝鱼们也就随着动，于是不至于大家都静静的压在一处，把自己压死，北平城是个大盆，北平人是鳝鱼，我是泥鳅……"读到此处，我热泪盈眶，此时的泥鳅竟然这样伟大。

乡下放牛摸鱼的娃娃们童年时几乎都摸过泥鳅，不管摸回来多少条泥鳅，却从来不吃。乡下人的锅灶不认泥鳅，说它泥腥气，不能吃。或者是因为它出身于污泥，乡下人虽然生活饥馑却也有些傲骨。于是泥鳅都成了鸡鸭的美味。但是在饭馆，泥鳅竟然是道有名号的菜，价码不低，却常因缺原材料而吃不上。"吃泥鳅，要看缘分，今天缺货。"店小二毫不客气地说。这泥鳅难道不是池沼烂泥中的泥鳅吗？不在泥中生长的，还叫作泥鳅吗？每当看见市场上清水盆中扭来扭去的泥鳅时，心里常常发问。正如看见那些完全在营养液中长成的茂盛蔬菜结出的硕大果实，连土都不认识的菜，能不让肚腹迷茫？

有些小孩被形容成泥鳅，那在夏天一直光身子的孩子，滑溜溜的就像条泥鳅。聊起天来，如今斯文儒雅的中年朋友，竟然都有过被喊作泥鳅的童年。"那时候，夏天成天在河里，网鱼钓虾摸泥鳅，快乐得很。"他们回味着曾经捉泥鳅的时光。"那时候"，这是一个多么让人心存感念的词啊，那些时光，也如泥鳅一样从手缝里滑脱了。它们藏在哪里了呢？藏在故乡的烂泥塘里还是遗落在一块干泥巴里成了化石？水滨那么多垂钓的人，我遥遥地喊一句："钓到了吗？"那些人大多摇头苦笑，正如两手空空的我。

晚风吹过田野

　　晚饭后，夕阳已经落山，天边却还燃烧着火红的云霞。风停了，庄稼的暗绿被霞照镀上一层淡淡的、朦胧的黄。渐渐地，晚霞褪成玫瑰红色，这时，西天上空悬出一线银月。是农历初二，月牙儿很细，就像一把黄铜钩子。当霞光由橙黄变为暗黄时，周围就暗下来。庄稼变成一片黝黑，月亮却银亮亮的了，但还是那么细，静静地泊在村西场院上空两个圆圆的草垛之上。

　　我和母亲坐在大路旁的杨树下乘凉。路上已经很少有人走，四周一片寂静。偶尔有风吹过，头上的树叶和路对面的庄稼就唰唰啦啦地响起来。我们和野地隔得这么近，没有场院的时候，我们的家和田野只隔着一条大路。有了场院之后，田野向后退守了几米，庄稼有序地撤退出一块开阔地，我们家和野地，就隔着一条路和一排场院。

　　跟野地如此接近的夏日，我们并没有感到害怕，野地里曾经传说的马虎、獾、狐狸以及神不神鬼不鬼的"光面""黑挡""噶扎子"，这些妖魅的幻影都没有抵达我们的心境。我和母亲很随便地说着话，说着往事。那弯新月很快就落下去了，摊开的田野淹没在无法描述的黑黝黝里。眼前的田野就像我们的庭院，那偶尔响动的风撩叶子的声响，就像我们柴门里的一声犬梦里的低吠。我们的内心很安静，很美好。

这是好多年之前的一个夏夜场景，那时候我好像是在上大学，也或者是读中学，总之是有一个漫长的暑假陪伴母亲。我和母亲的夏日乘凉基本都是在自家庭院里，所以那次在村外大道上，与庄稼距离那么近就格外难忘。那时候我就想，这个场景我会一直记得。果然，岁月蹉跎经年，这生动的一幕依旧那么清晰，因为它跟母亲在一起，跟瑰丽的天象在一起，跟大地庄稼和吹过的晚风在一起。那时候的晚风轻轻地吹过田野，吹动漆黑夜色里的庄稼，发出轻微的沙沙声，那弯蛾眉般的月牙儿很快沉落下去，沉落到黝黑的草垛下面去，沉落到庄稼地下面去。明晚它会继续泊在苍穹，它会长大一点点。

人的一生中有多少个无法复制却总想复制的夜晚。我也知道，明天，月牙儿将长大一些，我也长大了一些，而母亲衰老了一些。我在无法挽留的流光里任由它从身边过去，就像那晚风。就这样，月牙儿在长着，故乡在长着，吹过田野的风在长着。它们看起来没有变，却又变得太多太多。

我无数次站在夜晚的田野边，被那熟悉又陌生的风吹着，回到那日的场景。我和母亲在夜色里纳凉，晚风，吹过田野。

屋檐滴水

村子里的风

　　风就像个流浪的孩子，不知道从哪里来，来到村子里就赖着不走。是谁也赖着不走啊，村子里太好玩了。村子里充满孩子们的欢笑，风是爱玩的，它也是个孩子，村子里的风有时候比个孩子还调皮，看见孩子们玩得欢，风慌慌张张地就闯了进去。它从孩子们的刘海前掠过，从他们的腋窝下钻过，从背后轻轻地推搡他一下。咦！谁摸了我的头？谁挠我痒痒呢？谁总是藏在我背后，我回头时他就跑掉了？他们互相猜疑着、嬉笑着、追逐着，跑得满头大汗。捉迷藏一样的风也跟着兴奋地狂窜，还不忘忙里偷闲伸出手，给孩子们揩揩汗珠。有时候孩子跑猛了，一个趔趄差点摔倒，风就使劲扯他的衣裳，想把他拽住。村子里的孩子都泼辣，有时候摔倒了也不哭，爬起来拍拍身上的土，照着磕伤的地方吹口气，吹得风像夏日的急雨般，慌着去安抚微微发红的伤处。然后他们，包括风，又疯玩在一起。

顽皮的风，有时候比村子里的老人都沉稳，它沿着胡同，贴着屋檐，顺着墙脚慢吞吞地走，跟在那慢吞吞的老人身后，就像要低头捡起些什么。捡起什么呢？那老人是要寻找被时光吞掉的脚印，风能捡起些什么呢？帮着老人寻觅些记忆吧。于是风就掀开一枚枚枯树叶，抠抠每一块老石头，甚至吹一吹被踩硬的路面，仔细辨认。老人在墙根坐下来，风也蹲下来。老人说，今天的日头多好，风丝儿都没有，这哪里像个大冬天呢？风听了有些紧张：我明明在嘛。蹲下来的风就不是风了？风听见土墙说。那截土墙来自早年间的一座房子，如今只剩下这截土墙根，村子里的老人们常常聚集过来一起晒太阳。冬日暖阳照着乡村街巷，暖洋洋的南墙根，一排黑铁锅一样的黑棉袄疏密有致地排列，像一幅水墨画里的石头、蝌蚪或者点苔的苔藓、水草丛。来得早的坐在一块光滑的黑石头上、几截破旧木墩上；来得晚的就蹲在地上，坐在从家里捎来的马扎上，或者倚靠着土墙站着。土墙被无数个黑棉袄的后背磨得光溜溜。那些老铁器一样的老人，脸上沟壑纵横，肤色酱紫黝黑，不动的时候像一块块从地沟里挖出来的黑石头。他们的腰里大多别着杆烟袋，挂着个烟袋包，话说得寡淡了，就抽出烟袋闷上一炉烟丝，"吧嗒吧嗒"地抽几口。

乡村的上午空寂无声，天瓦蓝，蓝得刺眼，猫儿狗儿在草垛根蜷卧，相安无事。风悄悄潜伏在柴火垛上，听老人们说话。黑棉袄们沉静下来，一辈子经过了那么多事，现在似乎什么都不重要了，只有这阳光是最可爱的。有颗覆盖着霜雪般的头颅开始打蔫，苍白的头慢慢蜷缩进衣领子，打起瞌睡。没有一丝风的南墙根，头顶上慢慢就冒油光了，太热！他把棉袄脱下来，双手在温热的棉布缝隙里搜索。眼神不济了，可是手还好使，一个个热滚滚带着体温的小肉蛋蛋被粗糙苍老的手指捏住，双手坚硬的手指甲就是虱子的受刑台，"嘎巴"一声，干脆利落解恨的声响给一个寄生吸血小虫的生命终结敲了丧钟。风听了忍不住笑了笑，柴火垛也嘎巴响了一声。

吸引风的还有村子里好闻的香气。村头老石屋里常常飘出炖肉的香气，人们都说那老两口有眼光、好福气，别人都去住大房子，他们却要守着老屋，说老屋有祖上的气脉。他们把盖新屋的钱供养孩子读书，那个出息的孩子在城里，常常给他们寄钱回来。读书郎也喜欢这老屋，这是老爷爷的基业，他童年的欢乐、少年的苦读都记载在老屋的墙上呢。这些，风都知道，他早起读书的时候，风也学会了几句：三更灯火五更鸡，正是男儿读书时。风走近炖着羊肉的炉灶，炉灶里的火苗更旺了，"咕嘟咕嘟"的香气就更浓烈，风舔着嘴唇吸进了足够多的肉香。它又钻进读书郎的那间房，半墙的书，每一本都被他翻看过很多次。有一本书摊开在书桌上，那是老先生刚读过的，他的老花镜还摆在旁边。风也端正了样子，翻起书来。它一个字也看不懂，但是翻书的时候，那"沙沙"的声音很动听，风感觉自己也斯文了许多。咦？那几个调皮的孩子也在屋里读书呢，他们读书的样子那么可爱，那么儒雅，像小秀才一般，安静得风几乎都没看见他们。读书郎把自己那间房子收拾出来，摆上他读过的和新买回来的书，每天房门打开，村子里的孩子都可以随时来读书。怪不得街上疯跑的孩子变少了。风想。

风闻着炖肉的香，把自己也裹成了一阵香风，它经过麦秸草垛的时候，那只蹲守在垛顶的狸花猫馋得"喵呜"了一声。它经过老蒲团的时候，那些陈旧的玉米皮都变得鲜润起来。它裹着一身香气穿过还没有升起炊烟的村庄，很多人家都被肉香染得鲜活。于是，这阵浓香的风唤醒了村庄的烟囱，不久，家家飘出了香气，粥的米香气、烙饼的麦香气、煎鱼的鲜香气、腌辣菜疙瘩的卤香气、老咸鱼的腥香气，炒鸡蛋的油香气。风贪婪地在这些香气里钻来钻去，把自己弄得混杂起来，成了个香棒槌。贪吃的你呀！芦花母鸡的"咯咯"声好像在取笑它。

风还喜欢村子里的各种花香，篱笆墙上攀着的牵牛花从露水莹莹的清晨开始，粉豆花开在家家做晚饭的时候，硕大的南瓜花太阳一样照耀着庭院，梅扁豆花要到初秋才繁盛。风在这些花间穿来穿去，花粉被它带得到处是。有一朵羞涩地接纳了它们，过几天，风又来看看，花朵鼓胀起小肚子，坐了个瓜。风扶着花叶笑弯了腰，连说着恭喜恭喜。风也有无能为力的时候，蝴蝶和蜜蜂帮助花们传喜讯，风就可以不用那么忙。风最难过的是看见葫芦花的时候，它总是开在天擦黑时，那些蜂儿、蝶儿、虫儿、蛾儿都睡觉去了，难道叫蝙蝠来帮你吗？那屋檐下的胡子，忽来忽去太粗鲁，况且它对花蜜没兴趣。风一阵阵在葫芦蔓的雪白花朵上搅动。可算是来了救星，那个又大又丑的蛾子白天不敢出来，怕大家笑话它，它就像戏里的王怀女，笨拙而颜色丑陋。它用长长的须子去探取花粉，再送到另一朵里去。风于是放心了，对葫芦蛾子拱了拱手。日落风静，夏日闷热，风也热得出村歇歇了。

饭香、菜香、花香，这众多的香里，风最爱闻的是大姑娘的香，她们的脸是香的，手是香的，汗也是香的。她们通身都有香皂洗过的味道，头发上是皂角的香，脸上有淡淡的雪花膏的香，很像庭院里那株月季的花香，她们的手有时候是香脂的香味，冬天的风太硬，她们洗手的次数多，风就咬开了口子。风自责起来，它其实是想帮她把手揩干的，没想到好心做了坏事。她们手上抹了香脂，就不会开裂了。夏天的时候，风从绣花的玉秀姐姐门楼底下经过，她正在家槐的浓密树荫里绣一双鞋垫。那是给当兵的情哥哥的吧？风不正经地问。玉秀有点脸红，也有点微微的汗。他在很远的地方巡逻，八月里就大雪封山了，不该给他些家乡的温暖和春天的色彩吗？风点点头，那大朵的牡丹花真喜庆，风也喜欢了，不想走。那你把我也绣进去吧。风想待在那幅春天的画里不走了。玉秀一笑，把牡丹花边的一根兰花草，绣得歪了一点。风知道，那是它自己。风还开玩笑说，我要把你想男人的事传出去，从村头说到村尾。玉秀说，我不怕，我都要嫁给他了，我很光荣，你只管说去。风撩了撩她手中鲜艳的线，一溜烟跑了。风一路跑一路说：玉秀是村里最巧、最善良的姑娘，她绣的花把蝴蝶都引来了。

村子里还有好听的声音，让风神魂颠倒，风围着那些声音转来转去，把这些好听的声音送到更远的地方。以前街上有锔补匠的声音，他嘹亮的嗓门唱着："锔盆锔碗锔大缸，锔得大缸不漏汤。屎盆尿盆俺都锔，就是不锔破牛筐。"有人把家里裂缝的、摔破的器皿拿出来锔补。日子拘谨，只要锔补一下还能顶个家什用，就不舍得扔。如今，锔补的手艺人早已经改行了，他也驼了背，去野外看庄稼的时候，偶尔也唱起曾经的锔补歌谣，风尽量把这些歌谣传得远一点，好像那样热火朝天的日子又回来了似的。风在一间旧屋里经过那一堆旧工具的时候，特意慢了脚步，它们满身锈迹，已经衰老得不成样子。

村子里最迷人的是唱茂腔的戏班子，大约是初冬时节开始，忙活了一年，光景也还不错，地光场净的时候，人们就组班子唱戏。草台班子的妆容不多么鲜亮，但是腔口很正，风听着琴音，缠绕着一条破薄膜在天上忘情地飘啊飘，就像戏台上舞动的水袖。舞水袖的人是谁？画了油彩的妆你们怕是不认识了吧，风可知道，她是六十多岁的毛毛奶奶。这个女人个子不高，人精瘦，三十几岁时死了男人，她咬着牙用小身板驮起两个孩子的苦日子。这个女人在苦累的时候从来不哭，她就是唱。男人出意外突然死去的时候，她就痴了好几天，没有眼泪，只是不停地唱《窦娥冤》，唱《寒窑记》，唱累了就昏死过去。从那时候开始，村里人才知道这个媳妇会唱戏。六十岁的人了还能唱武戏，风在天空里使劲地拍巴掌。锣鼓家什的狂风骤雨里，她把手里的一把银枪耍得虎虎生风，要把围困她的苦难一一打退。风一激动就冲进去，吹得扩音器里她的腔调更高亢。

村子里的风很懂规矩，它进入柴门的时候，总是先摇摇门边的红布条，讨一杯添丁的喜酒喝；它进入学堂的时候，总是先把浑身的野气拍掉，它喜欢闻办公室里的墨香；风有时候粗鲁，那个拙婆娘烧火的时候，把风箱推得"呱嗒嗒"直响，风就把她锅底的火吹得四下溅灰；风有时候却乖顺得像八奶奶家的猫，毛色油亮，蜷伏在那里，任谁摸它都呼噜呼噜地回应。风摇一摇婴儿筐上的气球，风拍一拍老榉子窗上的白窗纸，风把八奶奶的白发努力掖进帽子。

村子里的风也都能认出敌人，那一天，一个陌生人闯进村庄，他西装革履，梳着板正的抹了头油的头发。风感觉不对，这股头油的香气里潜藏着什么。风就在他身上绕来绕去，终于搜索出一股血腥味。风赶紧带着这股腥味去告诉狗。狗于是大吠起来，一村庄的狗都知道了，这个自称经理，要带村里几个姑娘出去打工的人是个屠夫。菊花的娘最先警觉起来，狗看着不顺眼的人，咱不能跟他走。于是，菊花留下来，杏花犹犹豫豫，也留了下来，全村的花都没有被屠夫带到远方去。后来，她们都在这里结出了自己的果子。每次想到这里，风就忍不住得意，它和狗们留住了村庄的花朵和希望。于是，它就要跑去摇一摇她们小孩摇篮前的拨浪鼓。

村子里的风有时候口味很重，它围着一身汗味抽着旱烟锅子的男人不走。你也想吸一口吧。男人说。他留在土地上洒汗水让风很敬佩。种地的人辛苦，他能吃苦。种地的收入少，他不羡慕富贵。他说一辈子就梦想有自己的土地，种自己的庄稼，赤脚在土地里走舒服，在城市里走眩晕。风不是没去过城市，灯红酒绿的生活谁不眼红，村子里很多人也去了城市，但是这抽旱烟的人还这么热爱村庄和土地，风愿意跟他在一起。

村子里的风一点都不认生，想进谁家就去推谁家的门，哪怕是刚过门的新媳妇，风也早早去打招呼。就像检阅一样，风围着她闻她的香味，闻她做出饭的味道，甚至看她对公公婆婆的孝心如何，笸箩里的针线怎么样。只要是个本分朴实的媳妇，风就告诉每一个人。如果品行有差池，风也毫不留情，风言风语就在村里传开了。

在村子里待久了，风有很多旧友，它想去看谁就去拍谁的窗。它最惆怅的是，有些门厅去年还常来常往的，今年却被一把锁给拴上了。风一遍遍地拍打着挂了锁的门，呼叫那个人的名字。那个人到哪里去了呢？是远走他乡离开了，还是睡到村外的山岗上去了？风不愿意去想，村庄里的哪个人哪件事它不知道呢？风愿意忘记这些不高兴的事，只是在多次拍打门窗不开的时候，风伤心地把墙头的草很粗鲁地搅扰一通。今年的村庄已经与去年不同，那些光屁股蛋子的娃娃变成了读书郎，那些长大了的读书郎去了更远的地方。有一天，风迎面撞见一个头发花白的醉汉，跌跌撞撞的，抱着村口的老柿树哭，抱着废弃的石碾哭，蹲在坍塌的老房前的一堆瓦砾上哭。风在他身上绕来绕去，没有闻见酒味，也没有闻到它所熟悉的村里人的气味。村里几个年轻人都摇头说不认识他，他出去太久了，连风都忘了他。风去擦他的眼泪。他说，故乡的风都比别处有人情味。他把风居住的这个村庄叫作故乡。

风来风往里，树叶落了一茬又一茬；风言风语中，有些人的脊梁却更坚挺了。没有一棵树不是风喊醒的，没有一个人不是风搀扶的，搀扶他长大又搀扶他慢慢老去。风难道不老吗？风老了，又从地缝里生出新的风。风不止，乡村的日子就永远生动。

村子里的风吹皱一湾水，吹皱一张脸，吹黄了一桩姻缘。风吹开了花朵，又吹落了花朵，最后吹起黄土，掩埋了花朵，顺便掩埋了花树下种花的人。

笸箩经

一

一枚银针在阳光下闪烁晶光，那是迷路的游子。鱼儿离不开水，瓜儿离不开秧，一枚银针离不开线穗子，线穗子离不开针线笸箩。可是，线穗子哪里去了？针线笸箩哪里去了？找不到家的银针，在炫目的阳光里失意。一根没有线的针，走过多少路程都留不下痕迹，一根脱了线的针，极容易遗失并不被发现。它茫然四顾，黯然伤神，满腹疑问：我的线哪里去了？到处是匆忙行走的人，他们都带着自己的线吗？

一位老人颤颤巍巍走过去，艰难地弯腰拾起这枚委屈茫然的针。这是绣过花的针啊！这是缝补过破洞的针啊！她叹息着，将它放在手掌心里，眯着眼仔细端详了一会儿，好像透过它看见如烟岁月。她用手指头来回摩挲着，拭去了针身上的灰尘，那枚灰头土脸的银针又干干净净、亮闪闪了。然后，她把针仔细地别在自己的衣襟上。

她的眼睛好多年前就花了，她与这个世界隔着重重幕帐，所有事物看起来都是模糊的。看不清就看不清吧，心里装的事物已经够多，熟悉的烙刻在心里，就是眼睛不看也永远忘不了，那些印记总是丝毫不错；新的事物呢，唉！花花绿绿、张牙舞爪，看不清最好，她原本也不想看，看了心烦，在这些事物面前，她宁愿闭上眼睛。可是她怎么会远远地就看见尘土里半埋着的这枚小小的银针呢？

"它身上燃着火呢，太阳在它身上种下了火印子。"老人说。

在年轻人的眼睛里，针是只会带来刺痛，要用来诅咒的家伙。

"捋顺不了一根针就要被它刺疼。"老人在槐树下咕哝着。那些捋不了一根小小银针的年轻人，却扬言要履平世界呢。老人这样想着，忍不住撇撇嘴，嘿嘿笑出声来。

一枚银针有尖锐的针尖，使命就是去刺破一些事物。但刺破不是它的最终目的，穿过那些事物，抵达一种境界，并且携带线去构建自己想要的图案，编织或者缝补破损的漏洞，使它回归原先的体面或重新归于完整，才是它最神圣的使命。一枚开始生命之旅的针，尾巴上总要带着一截线，安静地插在线穗子上，插在窗棂边的莲秆瓢子上，插在女人的发髻上，插在老婆婆的偏襟衣褂上。那些针线随时准备应对生活的破洞，抽空儿就想编织点梦想。

针和线都是农家女人的孩子，她给了它们一个摇篮：针线笸箩。

每户胶东半岛的乡村人家，总会有两个笸箩，一个旱烟笸箩，一个针线笸箩。旱烟笸箩是男人的，旧报纸打浆后用糨糊糊成的大碗状笸箩，盛放着碎烟叶、卷烟纸和火镰，主人家用以待客和自用；针线笸箩是女人的专属，是她散碎时间的阵地，也是一家人的温暖。散的、乱的、破败的、陈旧的东西，都能在针线笸箩前改头换面。针线笸箩就像一个外表简陋却规矩森严的学堂，你赶进一群泥猴子一般的粗野娃娃，它能还给你一个个斯斯文文的小秀才。笸箩前的女人就是那教书先生呢，别看她不识字，也就是跟扫盲班学会写自己的名字，她却有独特的教授本领。她在针线笸箩前把自己的名字化作梅花的香、荷叶的绿、菊花瓣的纤巧、迎春花阳光般的灿烂，这些明媚的乡村事物都被她绣在一个个枕头套上，她又将"平安""长寿"等画一样的字绣在一副副鞋垫上，将赤艳的红五星绣在孩子的书包上。

笸箩前的女人拿着剪刀在旧衣片上丈量，她手中没有尺子，但是，心里的尺寸比什么都准，手掌宽几寸，手指长几许、宽几许，一虎口是多长，一拃又是多长，她心里明镜儿似的。老人的裤腰要多宽才舒服，男人的布鞋多少尺寸正好跟脚，今年给孩子做的棉袄要开几指头领口……家里人所有的尺寸都在女人的心里和手上，她甚至还知道村口老瞎子的衣裳尺寸，住在磨屋里那个孤苦无依的孩子每年身子以怎样的尺寸在变化。在她的剪刀下裁剪出的衣裳鞋袜不肥不瘦，合每一个人的心意。但有时候剪刀也犯难，那么多尺码等在那里，面前只有这点儿布料，怎么办哪？剪刀恨不得把自己变成布，变成暖。它把大人的改成小孩的，把旧的翻成新的。持剪刀的女人把一件件舍不得穿的嫁衣剪了，那是她的压箱衣裳，是一辈子的念想，现在改成了年幼小姑子的一件新年衣裳，改成年迈婆婆的一条裤子。剪刀知道当家女人的难，把那些碎片尽量剪得不那么零碎，这样，女人还可以用碎片拼接些应急的物件。

坐在笸箩前干活的女人有时候也发呆，当年母亲端着笸箩教她针线的时候，早把生活的全部道理装进了这个笸箩，娘和婆婆都是这样一年年缝缝补补地熬过来的呢，一代代都是这样，裂了缝，破了补，没有堵不上的漏洞，拿着旧的当新的，绣朵花儿当补丁。所以，笸箩边的女人面对生活从不惊惧和哀怨，新三年旧三年，缝缝补补又三年，那些熬不过日月酸涩苦辣的人，都是没参透笸箩里的学问。

乡下人在相验媳妇的时候，要做方方面面的考察，针线活是主项。若说女孩家不会做针线，准婆婆心里就画一个钩，这样的女子以后怎么撑得起家？锅碗瓢盆是生计，它们在灶屋养活众口，笸箩是寒暖，它驻守正房润贴身子，一个拿不起针的女子，如何能知一家人的寒暖？所以，乡下的母亲们都在女儿极小的时候就让她亲近针线笸箩：分派她为祖母认针，帮着扯粉线荷包的绳，当她要一个毽子玩的时候，母亲就把针线笸箩推给她，给它一包碎布片和剪刀、针、线、顶针，让一脸懵懂的女娃子慢慢学习做最基本的针线活。女娃子需要挑选大小合适的布片，用剪刀把它们裁得四四方方一般大小，用针线把六块布片缝成一个毽子。女娃子的第一次针线活肯定破绽百出，母亲就叫她拆了重新缝。毽子是缝成了，却是歪歪扭扭的针脚，皱皱巴巴的样子，女娃子不好意思拿到伙伴们面前玩，不用娘说，这个知好歹的女娃又拆了毽子重新做，反反复复在母亲的针线笸箩前练习着女红。

在鸡零狗碎的农户家，针线笸箩好像拿不到台面上，但它总在女主人伸手就能够到的地方。小小的针线笸箩常常泄露主家的秘密。你去一户人家，只看看针线笸箩的摆放位置，就大致知道这户人家的境况。笸箩若摆在窗台上，必然家有老人，老人家时常要做针线，放在窗台上方便取放，而且当下家里没有太小的孩子。倘若有年幼无知的孩子经常在炕上玩耍，这户人家决不会将盛有剪刀、针锥、银针、小纽扣等危险物品的针线笸箩放在触手可及的地方。那些家里有孩童的人家，针线笸箩总是在屋角的柜子上，或者窄窄的后窗小洞里，高高地俯瞰着一家人的日子。若是四处寻找都看不见针线笸箩，墙壁的旧报纸上斜插着一枚粗大得足以当顶门杠子的粗针，这样的人家一般就是光棍之家，一个鳏夫拖拉着几个小子过日子。倘若有一个女人，哪怕她病病歪歪，倘若有一个女娃，就算她刚刚学会踢毽子，她们也定然有一个针线笸箩，即便极简陋，也不会让爷们的日子和那开口的破衣裳一样喊叫。笸箩天生是一双慈悲的手，就是来安抚那些呻吟着叫喊着的嘴巴的。

　　"针线笸箩"可不是只有"针线"这么简单，它是一个百宝囊，长的短的粗的细的，针有好多根，每一根使命都不同；线呢，绵软如细丝的要给珍贵衣裳签花边，结实硬朗的大麻绳要纳鞋底、做鞋垫；各色的花线齐全，你能绣十二个月的花草，就得有十二个色的彩线。撇开那些不说，就单说那一针一线吧，也不简单呢，它们就像居家过日子的两口子，谁也别瞧不上谁，谁也离不开谁，这一刚一柔的学问，书本里寻不到，庄稼地里、菜园子里也寻不到，一本"经"讲一道"理"，针线笸箩里的道理还没有哪本经书上讲过，这些"经"在母亲的智慧里，在幼年时母亲手把手的教导里学会。当孩子做下错事的时候，男人就是那尖而硬的针，一顿棍棒打下来，家法和规矩靠的是威严。女人还要及时把挨打的理给说透，她话语绵软中全是不可违逆的道理，一边查看着被打肿的屁股，一边教导孩子做人的事理。这一针一线的合作，孩子那歪的地方被匡正了，漏的地方被补严了，还给他描画出一条崭新的路。

作为居家女人的百宝箱，那针头线脑、纽扣顶针、针锥荷包、杂色布片都是她的宝贝，一个女人的魅力和梦想都藏在这个针线笸箩里。笸箩的主人不同，笸箩的样貌也千差万别。大姑娘使用的笸箩小巧单纯，里面色彩感特别浓，赤橙黄绿青蓝紫，黑白靛灰翠粉棕，十几种颜色的彩线她还嫌不够。那些梦中的色彩太丰满太浓烈了，它们都藏在线中，她把它密密地扎绣在鞋垫上，送给心上人。那个人也许在三里五里外的村子里耕田推车，挥舞着镰刀锄头打理庄稼，同她一样吃着饼子咸菜，住着茅草屋、土墼炕，风吹日晒地熬日月，有什么关系呢，只要有情，穷日子也一样甜蜜。那个人也许在好远的地方站岗放哨，一封家书要走一个多月，那是多么远多么高的地方呢？听说，夏天里也会飘雪。那么远，那么冷，一定要在他的鞋垫上多绣几朵花，让开得火热的牡丹把他的哨所烘得暖暖的。远有什么关系，只要心在一起就比什么都好。人们都夸姑娘的手巧，她的针线会说话，针和线写出情话别人不懂，接到礼物的人却无比幸福和懂得。

新媳妇的笸箩有点怯生生，她的笸箩最新，是娘家陪嫁的，里面的东西也是新的：大小不一的几包针，都用锡纸包裹着还没开封，就像她面临的许多崭新的日子。顶针银闪闪、亮晃晃的，就像她嫁的这个后生，膀大腰圆、朴实憨厚，有了这块硬铁做后盾，她对未来的日子心气很足。针锥是箍漏子匠新做的，轻易不用，只有绣花针钻不动，顶针也顶不动的时候，才会请它出山。那一定是一件大的活计，现在她还想不出会是啥，但是，日子不会平静如水，一定要去做些啥才对得起这件宝贝，一定要去做些啥才对得起这样年轻有力气的岁月。那个漂亮的粉荷包是自己绣的，蓝汪汪的荷包上绣着一对金鱼，看不见水和荷花、菱角，只有几根水草微微摇动，但是鱼是快乐的，泡泡冒着，心情好就啥都不缺。各种各样的线穗子都是新的，它们是在笸箩里落地生根的种子，自己在这家屋檐下落下身子，慢慢地，她的笸箩也在长大，她的梦想也在长大。

笸箩的主人若是中年人，里面就琐碎，各种颜色的新旧布头，长短不一的杂线，大小不同的针和顶针，粗针带着大线插在粗大的线穗上。没办法，一天许多次取用针线，笸箩里就乱一些。几个孩子的衣衫鞋袜，说不定谁的就漏出破洞，谁的又撕开缝线，谁的裤子春天时还很合身，过了夏日一看，都短了四指。日子磕磕绊绊，针线也粗手粗脚。她们的针线常常带在身上，当孩子的衣衫在田头树杈那里突然被刮破，扫落叶的时候，她的手突然被潜藏的棘针扎入，她总是变戏法一样捋出一枚银针，眉头不皱地将针尖也刺入手指，将那根刺擒拿而出。或者话也不说，扯过孩子就缝补破洞。日子匆忙，中年女人的针线也显得慌张。缝被子的时候，却找不到扯粉线荷包的女儿了，女娃贪玩，忘了母亲分派的活计。她也不去街上喊，自己扯过荷包，拉出粉线，一头用脚踩住，另一头用胳膊撑出去，这已经足够长了。她俯下身，咧开嘴巴，牙齿叼起粉线扯高，一松口，粉线重重地在被子上印下直线。她这个动作有些野蛮，可是不用求人，她已经练得一个人唱下来一台戏。

老奶奶使用的笸箩杂而不乱，她万般事项都仔细且珍惜，几粒旧纽扣，几缕麻线，旧布片连缀着旧布片，拼接着就成了枕头套、花书包、袜子筒、小孙女的毽子；那些纽扣装在一个小布袋里，指不定谁的衣襟大张着口回来，摸出一粒纽扣顶上去，即便是不合颜色，也能遮挡一下羞，维护一些体面。这些扣子都是从旧衣裳上拆下来的，很多都有故事。绿色的小兔子头形状的纽扣只剩下一粒了，那是多年之前，城里亲戚给的一件旧衣裳上的，人家的孩子穿着小了，这件衣裳就在自家三个孩子身上轮流穿，直到衣裳穿成渔网。五粒扣子最后就剩下这一粒，扣子留了下来，留下来的还有亲戚的情分。那年月，一片旧补丁都是宝贝，一件旧衣服谁给啊！还有那个黄铜顶针，亮闪闪金子一般可爱，那是老婆婆帮人家做喜被子的时候挣下的呢。在村里，要家风正、人品好、手艺巧、子女全且有出息的人才有资格给人家做喜被子，人家讨的是这正气、喜气和福气。那喜被子是给一对新人盖一辈子的，棉花要絮得均匀，被表和被里子要展得一点儿皱儿都没有，尤其是针脚，要大小均等、远近一致，还要走得直呢，拿尺子一标，嗬，一个针脚也没开小差。她帮多少人缝过喜被子啊，有几家都给缝了两辈儿了，他们的孙子也快成亲了，早说好还让她去缝喜被。"老啦，哪里还缝得了？"她们说："只要您在那里坐镇，大家就缝得好，讨的是您老的正气和喜气呢！"老人捏着顶针得意地笑笑，这一辈子，用针线成全了多少好事啊！我缝过喜被子的人家，日子都过得好着呢！她回忆着，腰不自觉地挺了挺。狗子娘就是慷慨，做喜被子的时候看见我那顶针都快磨透了，就买了个新顶针，横说竖说要送给我，这个带着喜气的黄澄澄的铜戒指，给村里又缝了很多被子。

老奶奶突然想起来，自己的针线还缝合过好几家姻缘呢。国庆媳妇针线手艺差，跟婆婆又合不来，做棉被的时候愁坏了，可又抹不开脸求婆婆，正左右为难，老奶奶带着笸箩约了她婆婆一起来帮忙，不仅让婆媳和了好，还教那新媳妇好多针线活和做人的道理。到如今，国庆媳妇已经变成了婆婆，每年过年都早早来问安。还有几个借讨鞋样子在她面前抹泪的年轻媳妇，老人也是一个个拿针线训导。她说，男人是针，女人是线，那针要是走得正，线就要紧紧跟上，都说线儿跟着针儿走，若是叫线带着走，那针和线还不脱落了缰绳啦！老人一边说着一边用线拖着针走，果然，那针脱落下来，针线两散。一向强悍的婆娘慢慢低下头。还有的婆娘嗔怪自己男人不着调：哪像正经过日子的啊！老人捻着一根针思索：世上就是这样，千种石头万种人啊，谁也不知道自己摊上个啥样的伴儿，话说回来，既然在一块儿过了，就要想法儿顺好他的驴脾气。你看这根针，我用了七八年了，其实它的针尖是弯的。抹泪的女人凑过来细看："哎呀，这样的针能当鱼钩了，怎么用啊？"老人没回答，而是在两片衣襟上继续缝着，缝到头，拿给这女人看。"你看看哪里不好吗？""好！好！缝得这么好，又直又板正，真想不到是这根弯弯针缝出来的。"老人说："过日子也一样，虽说男人是针女人是线，女人要

127

跟着男人的脾气走，可是你看，这针终归是在咱女人的手里呢。"

那个姑娘泪眼婆娑地说："奶奶，心碎了，能缝吗？"奶奶怔住了，缓缓地说："奶奶这辈子缝的最多的就是心，你爷爷年轻时候打我打得可厉害呢，我不是他中意的人。可是，哪次心碎了，都得咬着牙、忍着疼缝，不缝补，它就彻底碎了，死了。不及时缝，它就留下了永远的伤疤，越裂越大，疼一辈子；快快地缝上了，就像快刀斩乱麻，疼一阵子，时间久了就长平展了，跟好的一样。不要拿针去缝，要拿自己的情去缝，用忘记或者原谅。"老婆婆又叹口气说："再好的补丁也有针的脚印啊，走过的路，脚印可以抹平，但是，人心上的脚印还在。人不能随意走错路，走错了，早回头强于晚回头。"老婆婆这样说着，自己也有些伤感，当年那些年轻人都是太冲动，太刚烈，太容不得缝补，有些散了，有的没了，有些隔阂着，想回头已经晚了。她对转身离开的孙女说："人活着不容易，要容得下补丁。"

二

一户一个天，每家的日子各不相同，每家的针线笸箩也不一样，但每户人家的冷暖和体面都被一个针线笸箩端在手掌里。

这个浅浅的筐子，多半是用白色的去皮水柳条编成，水柳条细长绵软，性柔韧，编成器皿干透后又极轻，那新筐箩雪莹莹的样子也让人心气足。只是随着日子的绵延，雪一样的筐箩也慢慢变黄变暗，一个柳条筐箩最后变成深褐色，就像岁月浸染过的所有事物一样，一只筐箩跟她的主人在岁月里丰润过，也必然暗淡下去。有的筐箩用各种篾条、荆条编制，它们取自路边的灌木和岭上、沟里的藤条，它们也许没那么漂亮，但是更结实，缝补出的日子也丝毫不逊色。这些筐箩都储存着大野里风的唇印和花的芬芳，每一次端过筐箩，女人总是先被一阵暗香笼罩。有些筐箩是用报纸一层层糊出来的，将报纸打成纸浆，用糯米汁加草药依着模子糊制，最精巧的筐箩还戴着盖子，像个袖珍的箱笼。不一样的筐箩都肩负着同样的使命，替一户户人家缝着开口的，补着残缺的，绣着彩色的。

筐箩前坐定的女人最有温情，普通人家的女子，目不识丁不是缺点，在女子无才便是德的时代，以吃饱穿暖为目标的岁月里，庄户人家需要一个腰身壮硕、能生养能干活的屋里人，不需要一个女秀才。女子也可以没有太多打理庄稼的技艺，乡下女子最为看好的就是手艺，就是她在针线上的名声。针线筐箩可以是一个心灵手巧女人一辈子的骄傲，也是一个笨拙女人终生的羞怯。

自给自足的农耕岁月里，一个笸箩的身份充满尊严，穿的戴的、铺的盖的，哪一个远行人临行前不是要笸箩日夜兼程地缝制？那些针线已经替他走出去丈量了未来的路，走出去三千里、五千里，脚上穿的依旧是母亲纳的千层底布鞋；闯荡了三年五载，脱下了青涩莽撞，里面穿的那件棉袄、那件护胸夹衣，还是妻子做的；那块没有绣一朵花的汗巾子，针脚细密地钩起四边，让他坐下来擦汗的时候，都强烈地想念家乡的灶台、炊烟和针线笸箩边的人。他们哪怕行千里走万里，永远都走不出针线笸箩勾画的归途，男人们不贪恋异乡的繁华诱惑，依照针脚的牵引，风尘仆仆地归来，回到自己的屋檐下，回到针线笸箩的身边。

女人坐在针线笸箩边，一针针缝补着，钩绣着，这传承了几千年的女红，就是女儿家血液里的基因。藏在针线笸箩里的女红，就是一个女人的魅力，针线笸箩是女人施展武艺的地方。闺女要个毽子玩，她就找出一卷布片，挑挑拣拣，剪刀修一遍，四四方方六块布，飞针走线，不一会儿，一个布毽子就缝制好了，填上谷糠、苞米粒，闺女就兴高采烈地拿去玩了；儿子说，明年我要上学。女人早有准备，买块结实的布，缝一个带盖头的书包，书包上还用红线绣了颗鲜艳的五角星，旁边是"学习"两个大字；

男人的鞋开线了，多结实的麻绳都会被石头咬断，女人坐在树荫下，针锥帮着扎透厚厚的鞋底，一双鞋被麻线重新绱好，男人的路就走得更有力；深秋的大雁一行行飞向南方，女人在屋山下的梧桐树荫里铺下芦席，一层被里子、一层棉花套、一层被表，一床被子的草稿被女人麻利地打完。日子也有里有表啊，里面破旧些别人看不见，外表需要光鲜些，这是一户人家的体面，宁愿自己受些委屈，也要把方方面面打点妥当。所以她给男人缝制了新衣裳去开会，给儿子改了合体的衣裳去读书，她把旧的、带补丁的、拼接的衣裳尽量藏在自己身上，一个女人家，就是生活的里子，咱不求男人和孩子在人前多光鲜，但也要能正常地挺起腰杆。她这样说着，又把自己等了三年的一件衣裳料子裁给了闺女，剪刀一点都不迟疑。

她从笸箩里取过久未使用的粉布袋，这是个元宝形的荷包，荷包上还绣着喜字呢。荷包原本胀鼓的肚腹已经略微扁了些，这些年，缝了多少件棉袄棉裤，多少床被子，硬是把个饱满丰润的荷包给用扁了，多亏粉布袋给指引道路，女人的手艺才越做越精。女人将粉布袋两头的粗线在粉囊里反复拉了几下，跟闺女一人扯一个线头站在被子的两端，比量好了宽窄，女人俯下身，将绷紧的那条线使劲一扯，线跳起来后重重地反弹在棉被的大花图案上，一条白色的线在被面清晰明朗地呈现。帮忙做活的闺女瞠目结舌，原来，平素看见的那些笔直针脚，都有幕后的军师坐镇呢。不一会儿，被面就被粉布袋划分了几个畦，女人穿线入针，沿着那条白线的牵引，就像严密地沿着地垄锄地一样，针脚细密地缝起来。

针线笸箩里盛放着针头线脑，也盛放着各种各样的花样，盛放着花花绿绿的期待，盛放着女人对日子的蓝图。一本厚厚的书常常埋在杂物的底下，笸箩也办学堂吗？噢，那是各种尺码的鞋样子和各种图案的鞋垫花样。一户女主人必须存每个人的尺寸档案，她心里存着每一个尺码与节令的呼应。"不要等雁叫了才纺线。"女人这样说着。无论寒暑，她们手头总是攥一个鞋底在纳，一年小两年大，孩子的个子噌噌长高的时候，从不会因为鞋小而抱怨。穿好鞋走好路。女人纳鞋底的时候，脑际蹦出祖母常说的话。

"花儿云子不算巧，要看大鞋和棉袄。"乡下女人的一生都在针线上行走，描花儿绣云朵的浪漫和大鞋、棉袄的世俗是她们针尖上的梦想和现实。农耕时代的尾声里，男耕女织的图景解体，女人从纺线织布的机杼间解放出来，但是衣帽鞋袜仍需要手工缝制，集市上有，但庄户人不舍得花钱，还是自己动手做。婆娘知道自己男人哪只脚略宽大一些，自己做的鞋最合脚，走路不累，干活轻松；自己缝的棉袄，该厚的地方棉花瓷实，贴心暖肺地好；就连补丁都是自己婆娘打出来的最中看，一样是四四方方的补丁，一块新布贴到破皮开口的旧布上，竟然像朵花。男人从不夸婆娘，但是走到哪里都有眼睛追着夸这家的好针线。

笸箩是个加工车间的流水线。针、线、顶针、针锥、剪刀、尺子、粉荷包、鞋样子、窗花样子，老婆婆的笸箩里还有老花镜，那是她不得不向她练了一辈子的"百步穿杨"低头。坡里的庄稼迎着风长，屋檐下的娃子变成读书郎，岁月催人啊，不服不行，借助一副老花镜，她感觉一下子追上了好些年光阴。剪刀是针线笸箩里的大物件，它锋刃锐利，主持裁剪，在动剪刀之前，女人需要将裁剪的尺寸和样式准确无误地勾画出。"好拿的针线，难拿的刀剪。"一个初学针线的人，最怕动剪刀，这就像一场人生的抉择，一旦剪刀开口，裁开的布就有了命定的归宿，这是没办法回头的箭，错不得。一个做针线的女人，玩转一把剪刀，就像一个荷锄的人玩转四季里的土地，玩转时光里的人生。一块布料最后成了什么，剪刀说不准，因为后面还有漫长的缝纫，而最先成不了什么，却是它咔嚓几下的事。有心的女孩子，总是拿剪刀反复剪一些薄树叶，只有感觉那把剪刀跟自己的手指头一样听话了，才敢坐下来剪布片。

针的使用无处不在，乡下女人不仅把针放在笸箩里，插在线穗子上，老太太还把它绾在发髻上，一根粗大的针宛如一枚小小的发簪，在青丝白发的纠结处闪闪发光；青年妇女的衣襟上，处处可见一件亮晶晶的金属饰品，那是一根她随时找来使用的银针，针眼里还带着短短的线。孩子在野外疯跑，不知是被树枝扯了一把，还是被荆棘亲了一下，要么就是一个跟头与大地激烈碰撞过，或者被龅牙的石头咬了一口，那衣服生生豁了个口子。她把孩子一把揪过来，也不问缘由，也不呵斥，就那么一拍，孩子乖乖伸过袖子来，女人从衣襟上取下针线，在头发里顺着摩擦两下，顺手折个草茎给孩子嘴里衔上。孩子咬着草，呼哧呼哧喘粗气的身体就平复了许多，汗珠在阳光下闪闪烁烁。女人没几针就缝上了裂缝，俯下身子，用嘴巴咬断线，拍一把孩子，孩子像得到赦免令一样兴奋，蹦跳着又疯玩去了。

一个女人的针线笸箩也许是在娘家学女红时就置办起来的，伴随着它描画、扎线，银针在鞋垫上、绣花鞋上、衣襟上建立功勋，那是她绣花儿描云的时代；也许是在出嫁的时候由娘家陪送，那是手巧的老奶奶用纸浆糊制的，最外面贴着鲜艳的蜡花纸，笸箩外壁上贴着双喜字。针线笸箩壁上还贴有各种各样的图画或者剪纸，描画着"喜鹊登梅""金鱼莲花""石榴葫芦""蝶恋牡丹""莲生贵子"象征子孙繁衍、夫妻美满等主题的画；笸箩里满满当当盛满了新置办的针线家什，一套大小各异型号不同的针、各种颜色的线、锃明瓦亮的剪子、亮闪闪的顶针，还有带铁把或木把的针锥。这些只是一个笸箩的最基本配置，随着日子的一天天叠加，笸箩里的器物越来越多，一根粗大的兽骨做成的"拨锤"是用来绞麻绳的，一条带刻度的皮尺是用来给天天都在长的孩子量体裁衣的，一个绣着花的荷包里盛着各种各样的扣子，万能的鞋楦子、捶鞋的棒槌，还有刚刚学手的钩针和半片钩花，一个正在缝制的烟包子，刚刚缝好要塞棉花的一只花布娃娃……

针随着人长大，最小的孩子能捻得住最小的针，她们能在极小的针眼里穿过棉线，而她的祖母却用着最大的针，还要对着太阳一次次地穿线。她们同样坐在大炕上，却位于时光的两端，对针线生发出异样的感叹。

那些描云绣花儿的女孩子们，出嫁后技艺就用不上了，必修课换成了笨重的棉袄棉裤和鞋子缝制。棉袄棉裤是个近乎平面的缝制，只要有人教，就能缝起来，做布鞋却难倒很多手拙的人。做鞋的程序烦琐，鞋样子拿到布壳子上，要铰鞋帮，附鞋里子和鞋面子，布条沿着鞋口缉鞋沿子，然后要在鞋脸子前头捏鞋鼻子，有了鼻眼，才可以穿进鞋带，一双鞋穿在脚上才跟脚。鞋底要拿麻线密密地纳结实，纳得越结实，鞋底就越耐磨。鞋底和鞋帮分别制作，最后合到一起就叫"绱"，很多女人在这里砸了锅，绱出来的鞋帮和鞋底不称，看起来歪歪扭扭，还有的看起来也板正，穿起来却累脚。拙女人做出来的鞋就是一堆地瓜，直愣愣、憨乎乎。巧女人做出来的鞋就是一件工艺品，她把鞋帮缝在手纳的鞋底沿子上做成"纳底子鞋"；有时候还弄些轮胎做鞋底，做成"皮底子鞋"；她做左右分脚的"认脚鞋"；也做不分左右脚的"直底鞋"；最精彩的是给闺女做的"扎花鞋"，鞋帮的前头用五彩的线绣着各种各样的图案，花鸟鱼虫，方寸之上展现大天地。走亲戚和参加重大活动的时候，穿上花枝颤抖的扎花鞋，人家都在背后啧啧赞叹这家女主人的好手艺。

旧时乡下女人从未闲过自己的手，最常见的画面就是女人手里拿着鞋垫在那里飞针走线，她们坐在树荫下、碾盘旁聊天的时候，她们在探讨菜园管理的时候，给人说媒的时候，把羊放进河滩的时候，也忘不了从身上拿出鞋垫绣几针。

你如果现在到乡下，偶尔用到针线做些啥，不要去问那些年轻的女人，她们能做的是把你带到炕头上那个老婆婆身边，大声喊着：找针线笸箩。老人扶着墙站起来，从高处取下一个小巧的笸箩，这一生都在针线上行走的老女人，像珍藏自己的岁月一样，珍藏着一个旧时代的针线笸箩，她慢慢又耐心地翻着那些宝贝，将在你面前打开一个祖母级女人丰满而彩线丰沛的人生传奇。

星辰如梦

我时常一个人跑到野外去看星空。我不怕黑，我怕找不到纯粹的黑夜。当我还居住在故乡的时候，我拥有家的无限温馨和星空的无限浩瀚。冬日的夜晚，我站在自家院子中央，仰望清冷夜空里的星辰。那时我还如此年轻，而星辰也那么明亮。多年之后，当我再次从熙攘的俗世中仰起头，发现彼时的星辰已经不再是原先的样子。

最难忘的是童年夏夜，我们一家人在院中乘凉，我仰躺在竹床上看到的繁星。

星空展现在视野中。我无数次听母亲讲述那浩瀚天宇的神秘和美好，从幼童到长大，那些故事的魅力丝毫未减，牛郎织女的故事是最经典的章节。母亲的故事和别人不同，它交织着传统又有独特的地方色彩。她故事里的织女一会儿是被王母娘娘拆散的苦女子，一会儿又是被婆婆严酷家法约束的受气小媳妇。那些织女私自下凡与勤劳牛郎相伴的章节来自讲古人传达，而那些神仙们日常化的情节则来自我们本土的戏曲。戏文故事里的织女是明媒正娶的牛家儿媳，却被婆婆严酷的家法约束。

母亲先是指着那道宽阔而亮晃晃的银河说："这是天河，是王母娘娘画出来的。老牛婆虐待她闺女，她就要把织女领回去。牛郎来追，她画出一道天河阻挡。"我看到，那夜幕上的银河果然是一道宽阔的白色星星带，仿佛泛着银白的浪花。母亲又指着东北天空最容易辨认的三颗星星说："那是牛郎，中间最亮，两边是筐里的娃娃。"母亲的手就像向导，在繁星间穿行，渐渐向织女星靠近。织女星明亮而可爱，却并不一枝独放，它周围布满星星。那时候的夏夜清澈幽深，星星们繁茂得密密匝匝，有名没名的星星都在夜空里开花。

辨认"织女星"除了亮度外，还常以"牛锁头星"做参照。那组星星连起来是一根牛轭形状，我们乡下人都叫它"牛锁头"。这听起来有些悲伤，一头牛，被牛锁头给圈禁了自由，它一生都被一根木枷锁辖制。那是微微弯曲的一个木质器具，卡在牛的脖子上，正好被牛的"锁骨"挡住，犁耙或者牛车就在牛身上牢牢跟定了。"看，织女星前怀里有牛锁头呢。"母亲说。它们跟织女星确实太近了。母亲说："戏词说得好，'男打女人十分准，女打男人打不着'。牛郎好准头，一下子就打到她了。"接着她给我讲述这个悲情故事：天河汹涌阻断了夫妇两人，牛郎飞不过去，织女返不回来，两人都很绝望。织女手中还拿着织布的梭子，她拼命将梭子掷向牛郎。母亲找来一块狭长的木头给我看："这就是梭子的样子，以前织布机上离不开梭子，梭子是织女的宝贝。但是，女人扔东西没准头，梭子飞偏了，没有打到牛郎。戏文唱'梭子落在了东北坡'。在那里变成'梭子星'了。"我顺着母亲的手指找到了一组小星，连起来就是狭长的梭子形状。"牛郎见织女用梭子来掷他，也从扁担头上把用过的牛锁头拿在手里，冲着天河那岸的织女掷过去，恰好掷在织女胸前。无边的天河阻断了他们，织女常常抱着牛锁头哭泣……"母亲讲到这里总要停一下。我仰望着浩瀚夜空中的星辰，内心也充满怜悯。

母亲的星空故事很长很繁密，而我印象极深地记住了牛郎织女互掷物品的细节。小时候不明白他们为什么要互掷，难道他们用手里的东西去打对方吗？多年之后，当想起隔河互掷的场景，竟然忍不住泪眼婆娑。那是多少经典爱情中都没有的场面，或许是永诀的最后一面，他们相互把手中唯一的信物抛向对方，倘若今生再不相聚，那信物就是个终生的念想了。

某年七夕节，村里放了一场电影，是母亲多次讲过的《牛郎织女》，我们欣欣然在那里看电影，第一次将故事落实到荧屏人物和场景上。我看到投掷梭子的另一个版本：在茫茫天宇，牛郎被埋在云深处寻不见路，不知往何处去寻找妻子，织女掷出"金梭"引领他追上来。

永生不再相聚而只能相望的刻骨之痛，是凡人们不愿意接受的。于是，母亲的故事又给了他们转机，她把两个版本的《天河配》融合在一起，融成了天界的人间烟火味故事。她说，织女嫁给牛郎是明媒正娶的，但是她婆婆"老牛婆"（也是神仙）却凶悍专治，这婆婆大人给织女立下的规矩是："在婆家住一年，在娘家住七天。"这规矩叫老鸹（乌鸦）给传达。但是老鸹笨嘴拙舌，把话传反了，说成"在婆家住七天，在娘家住一年"。老牛婆听后气咻咻，但这是天规，不能改正，就叫织女按照这谬误的规定来行事，而且在婆家住的七天之内要干完本应一年干的活儿。即便织女这天上最灵慧的女子，也难完成这样艰巨的任务，于是她作弊了。她拿绣花针把太阳缝住，让它长久地挂在天上不落下去，于是一天就变得无比漫长。人间乱套了，人们在一天之内吃好多次饭，仍有恪守旧规的人被活活饿死。

母亲转述的家乡戏里的故事中，有一折是"刷油瓶"。每年从农历七月初一到七月初七，织女住在婆家，与丈夫孩子相聚的时候还要做一年工作量的活计。七天之后，织女被迫回娘家居住，分别这一天就是七月初七。于是"七月七"那一天一定会下雨，分别的泪雨常常让人间满是嗟叹。凡人们说：可怜啊，整整哭了一天呢！说这话的时候，那妇人自己几乎就忍不住泪水了。别夫之恨、别子之痛，这些妇人们最懂得，即便是自己家有好几个孩子，哪个有点闪失都不行，十个指头咬咬哪个都疼。分别的日子既是天规又是家法，织女泪雨滂沱地离去。但是她不舍得牛郎和幼儿，就再一次作弊，故意把两只油瓶放在角落里没有刷。这就等于没有完成约定把一年的活儿干完。她初九那天又"想起来"，赶紧跑回去"刷油瓶"，其实是再回来看看孩子。初九那一天，人们也是不敢晒东西，一霎儿雨过，人们就念叨着："回来刷油瓶了！这当娘的心啊！"听到这个版本的故事，我最恨的不是老牛婆而是天规，为什么错了也不能改呢？规矩就是用来约束人的，天上人间的多少悲剧就是被规矩制造的啊！多年之后，青涩少年对我说："规矩是用来打破的！"我一怔，儿子啊，我可没有给你讲老牛婆的故事，你却自己体察到了规矩的可恨一面。可是，谁都无法打破故事里的规矩，我们一代代讲述它也恪守了它。

夏夜星空里，最易辨认的是北斗星。北斗星是母亲的占卜星座，她看这七颗星星的排列，就能预测年景丰歉。

她的北斗星叫"勺子星"。她懂得勺子把指哪里会有什么预兆，她在特定的日子里看"勺子"是仰着的还是扣着的，仰着就代表丰收，以勺子舀饭；扣着呢，自然是歉年，勺子都闲在那里了。

我看夏夜里的北斗星是那么可爱，它们的勺子不停地旋转。而北极星我总是很费劲地去找，以北斗星为参照，按照书本上的比例去找。我原先想象的它大而明亮，但是很失望。

母亲的星空文化中还有三颗特殊的星，她说："大毛郎勤，二毛郎懒，三毛郎出来明了天。"我见过大毛郎，天刚刚黑的时候，西边的天空上有一颗特别亮的星星，那是苍穹最早的星辰大毛郎。多年之后我知道，它便是长庚。三毛郎是早晨出现的，叫作启明星。其实长庚和启明星是同一颗星星，出现的时间不同，名称就不同，它们是金星。当我无数个黄昏在故乡的西天上看见大毛郎时，也不知道它就是太阳系的行星金星，它是夜空中亮度仅次于月亮的星星。遗憾的是，出现在西方的长庚往往很快就隐没于黑夜，而当它作为启明星再次降临时，却与我擦肩而过。有些晴朗的夏日，大毛郎金星会与落日在黄昏时候相距很近，宛如一家人，天文上说这叫"金星和月"。那些与"金星和月"在一起的故乡记忆，如星辰一般永远照耀我的内心。

读六年级的时候，我们的自然课中讲到了星座。猎户座、天琴座，这些硕大的星座几乎占据了我们眼前的南半天的星空。我更喜欢夜读星空了，甚至有时候跑到野外去看星星。

我很少有机会看见母亲描述的三毛郎启明星，因为我的童年从来没有起那么早过。母亲经常天不亮就起床，对这颗星星自然不会陌生。二毛郎的确懒，它出来的时候，已经是午夜，谁会等它呢？等它的人自然有，只是我年少时并不懂。母亲是认识这三颗星星的。

机缘如此之巧，2023年的秋天，我在去看泰山日出的时候看到了三毛郎，也有幸在一个不眠之夜的山间看到了午夜才闪亮登场的"天狼星"二毛郎。

住在泰山之顶等待盛大日出是很幸运的，晚上我在山顶转了两个多小时，从不同方位饱览星辰，与露宿泰山顶等待日出的人们聊天。遗憾的是，泰山之巅也无处不光明，留给黑暗和星辰的夜浓度太小。次日凌晨五点前，我们从宾馆出发去看日出。走出大厅，一下就震撼了。昨夜的星辰已然斗转星移不知所踪，夜晚看不到的猎户座呈现在最前面。我们向日观峰方向走去，东方硕大而明亮于所有星辰之上的，那一定是启明星了。泰山之巅的凌晨时光，昨夜的太多灯火暗哑了，此刻星辰硕大明亮，真的是手可摘星辰。我定定地看着启明星，我母亲所说的最勤劳的大毛郎星，与地球比肩的星兄弟。那一刻，我感动得眼睛湿润了。我曾经幻想过某个清晨早起以便与它相遇，却不料在如此雄伟的泰山之巅，它陪伴我日出前最冷最难熬的时间。

我想我很难看得到午夜才出现的天狼星的，这颗在民间以"懒"著称的星星其实很羞涩，它出现的时间避开了人间的喧哗。我问搞天文研究的朋友，要看天狼星岂不是要熬夜？他说，冬天的时候天刚黑就可以，但是秋天要午夜两点。九月初九重阳节，我召集朋友们登高赏菊，晚上就住在了旭日庄园的山坡小木屋里。木屋外是空旷的山野，出门便是星辰璀璨。夜晚睡觉之前，隆重地出屋看了几次星空。凌晨又起床时，看见了传说中的二毛郎。它就在猎户座的左下方，一颗极亮的星。后来我将拍的图片发给天文学者朋友印证，果然，那颗星就是天狼星，我一直惦念的"二毛郎"。

我幼年的时候，农耕岁月正酣，夏日的生产活动都参考天象。母亲是位天象专家，她看星空就知道明天或者未来几天的阴晴雾雨。夜晚乘凉时，见月亮的外围有个白云组成的圆圈，母亲说要刮大风了。那圆圈是"风嘎啦"。"嘎啦"是俗语，我们都把圆圈叫作"嘎啦圈"。有时候，月亮边界不明朗，模模糊糊的非云非雾。母亲说，明后天有雨。又念念有词"月亮来烤火，明天涮涮脚"。我们都是管脚喊作"决"音的。

民间很重视七夕，人们在七月初七、初九相近几天要留出阴雨的日子，这几天不便晒东西和举办大型户外活动。也不办喜事，怕有雨，更怕织女即将离去时的眼泪给扫了喜气。"初七雨，初八晴，初九回来刷油瓶。"民谣这样唱着。初九那天的雨通常不大，不如初七的"分别雨"凛冽。老人们有时候会泪汪汪地说：哎，果然灵验，这是回来刷油瓶呢。

乡下孩子比别处的孩子更接近星空，在很多个初夏的夜晚，我们在场院里打场。在看场院的日子里，坐在麦粒垛或者苞米堆旁边，守着夜色，头顶星辰。有时候，我在一堆软的谷草前仰躺下来，满眼星辰灿烂，心中充满敬畏。

海军蓝·橄榄绿

一、海军蓝·椰树绿

父亲最美好的青春时光，与两种最美好的颜色——海军蓝和椰树绿在一起。

1960 年，大饥荒笼罩着山东半岛那个偏僻村庄的三代之家，作为长孙，十九岁的他已经在田亩间磨砺了几个春秋，挥锄、抢镢、推车、犁地样样能做，能够给家里独当一面。

那年秋天来得早，征兵的信息紧跟着并不丰硕的秋收而来。看看村里老的老小的小，还有的家庭兄孤弟单，父亲的心沸腾着也动摇着。男儿的报国之志和护家之心此起彼伏，保家和报国在他心里显然后者更重。曾祖父得知消息后眼泪汪汪却也通情达理。一家人就这么个精壮的，指望他顶梁扛柱呢。可是国家比一个小家更重要，更需要能扛事的人去担当。曾祖父依依不舍，他明白，自己已经年迈，年景又荒凉，长孙这一去，怕是未必能再见到。

父亲给年迈的曾祖父磕了头，给病弱的整个冬天都下不来炕的祖母磕头。他又回身看着妻子和一群幼小的弟妹，纵有千言万语，也难以表达心情，于是毅然含泪登程。

当父亲从胶县县城登上火车时，见一大笸屉一大笸屉的干馒头一个劲往车上装，装得车厢里满满当当。那些刚穿上兵服的新兵蛋子们都猜测：备了这么多干粮，我们一定不是在青岛当地服役，也不会在省府济南，大约要出省了吧。

冬衣一件件往下扒，身上逐渐单薄。从萧瑟灰暗的故乡启程，沿途渐渐有了鲜润的绿色，有了油菜花的金黄，有了木棉花的火红。摇摇晃晃、几天几夜的连续旅程，最后终于在一片完全陌生的地方停了下来。连县城都没有去过的新兵们，对眼前产生了幻觉。在海口下火车的时候，他们已经走到了陆地的天尽头，节令也似乎从初冬返回了夏日。这是跑到天边了啊！他们感叹。

父亲说，他一到海南就喜欢上了那里的海浪和沙滩，喜欢上了那里的天空和云朵，更喜欢那到处生长的椰子树。他下火车的时候，第一眼看见的就是这高大挺拔的椰子树，便深深爱上了它。它们材质坚硬、体形威武，风姿飒爽，深绿的叶子在亚热带的风里摇荡如波浪层层堆叠，在湛蓝天空中挥舞旖旎的线条，绿色的波痕随风荡漾。如果没有那些椰子树，海岛大约会荒凉许多。它们多么勇敢坚强，不怕硬的石头，不怕咸的海水，不怕强劲的热带风暴。从北方漂移到祖国南部边陲，驻扎在海岛荒山上的新兵们，有诸多不适应，酷热、荒凉，喝不惯的咸涩之水，吃不惯的米饭菜汤，受不了的蚊虫叮咬。而父亲热爱他的海岛，他的哨所，他的海军蓝的制服，他的满眼的椰树绿。所有生活的苦、训练的累都被海风和椰林稀释掉。

作为海军航空兵，父亲的职责是在海域服务于航空，他的制服是蓝天白云的样子，雪白的上衣高洁英气，裤子是海军蓝色，那种蓝比天空和大海都深，深得更厚重。宽沿海军帽，帽子后方有两根飘带。我没有见过父亲穿制服的威武样子，我记事的时候他已经转业，我只在家里的相框上看过父亲从军时的照片。他那时候年轻英俊，帽子上的两根飘带顺在肩膀一侧。后来，每当在电影中看见海军战士在军舰上笔者地站着，飘带被风吹得不停摆动时，我常常热泪盈眶，那是我父亲的样子啊。

海南岛的风也被称为椰风，那是被椰子林过滤的海风，虽依旧腥咸却具有别样的温情，是生命体对它的教化。对于海岛，椰子一如保护神。据说椰子树是漂流的种子在岸滩"泊舟"，根选择了热带，骨骼里就满是战斗酷热和飓风的精髓，坚守、战斗，是为了呵护。那身坚硬气质从椰子树干到披针般的叶片，再到炮弹般坚硬的椰青。一身坚硬的椰子树，是钢铁战士的化身，硬的外壳应对烈日的火焰。热带的飓风一次次横扫掠拔，没有深扎的根和韧性的气脉，仍旧不能生存，于是它把树长多高就把根扎多深。就这样，它在磨难和历练中长成了高拔不可摧的椰林。

铁打的营盘流水的兵，那些钢铁战士同样来自祖国的四面八方，汇集在这片椰林下，他们迅速适应了风暴和酷热，忍耐着咸涩的海水和过盛的阳光，如椰树一般岿然屹立。每一棵椰树都记得他们的汗水，每一块礁石都记得他们的血泪，解放、自由、民主，守护、防卫、创造，一代代驻守海岛的军人将椰树的气质铸成了丰满的碑、屹立的魂。

父亲这位来自北方的"旱鸭子"，在军舰上曾经呕吐到瘦弱不堪，但是他坚挺过来并战胜了晕船，而且在海边练就了高超的游泳技能。他说，每当遇见困难的时候，看见椰子树就充满力量，每当意志脆弱时，想想自己穿的神圣军装就恢复坚强。于是，海岛十年，父亲从一个新兵成长为连队指导员。

椰树于我意义非凡，它们就像我的亲人。当我第一次踏上三亚大地，站在椰子树下抬头仰望时，眼窝里溢出滚烫的泪水。这就是我童年无数次梦见的椰子树，那高拔挺直的姿态，那婆娑茂盛的叶子，让我迷醉。青翠的椰林一行行、一排排，多么像我年轻时的父亲和他的战友，多么像我身穿橄榄绿的兄长、侄儿。这些海岛的守卫者，站在炙热的酷暑里，战斗在喧嚣的热带风暴里，昂首展望，冷峻驻守。

当我的老父亲重返海南岛时，他的老手抚摸着粗糙的椰树，就像抚摸一个老战友的肩膀，要替他掸去巡逻站岗的风尘。我的兄长站在树下，眼睛望向辽阔的海面，这个军龄有二十多年的现役军人，正如一棵高拔的椰子树那样凌风而立，以饱满的热情爱着脚下的土地和海疆。

椰子树，这是我小时候经常梦见的树，椰子树的绿多像爸爸的绿军装啊，我想念爸爸，尽管爸爸已经不在遥远的海南岛，而是在离家几十里外的县城工作。但是爸爸讲的故事里总是有椰子树，那让我神往的海南岛上，守岛十年的父亲从青年泊近中年，把自己站成了热带风暴下的一棵巍峨的椰子树。

父亲是海军航空兵，漫长岁月里坚守雷达，他那英俊的脸一侧有一处疤痕，他轻描淡写地说，那是被雷达室的某个器械烫伤的。父亲说，他曾经坐着军用飞机执行过任务。除此之外，父亲并不多说他的职业状况，也许这是他内心的秘密。

二、椰树绿·海军蓝

海南岛太美了，不加修饰的阳光，干净清凉的海风，芭蕉林青翠，瓜果飘香，椰子树远远近近如哨兵守卫着土地和海疆。多年之后，母亲每当说起海南岛，表情还是那么幸福。

大哥四岁的时候，她第一次在父亲战友的带领下走出那个平原丘陵交错的贫苦山村。先坐车后坐船，漂洋过海好些天去看望父亲。海南岛三个月的探亲时光，是她一辈子最隆重的旅行，充满无尽的甜蜜。比起大风吹得黄土弥漫的老家，比起天不明就去挑水、做饭、出工，日头落才收工，熬夜缝补浆洗，她的海岛生活是那么幸福。父亲工作的时候，她帮着收拾洗涮，远远地看着海和海边一队队操练的、打篮球的穿海军蓝衣裳的士兵，还有沿海的椰子树。休息日，父亲带她去海岛游玩，她认识了芭蕉林、甘蔗林、三角梅、鸡蛋花，品尝了香蕉、椰子、菠萝、杧果，见识了海南人的生活。有时候，父亲还带她去电影院看电影。

这样的生活对母亲来说是幸福的更是奢侈的，她觉得这样下去很内疚，因为她知道，老家的人过着怎样艰辛劳碌的生活。

母亲原本可以一直住下去，因为那时候父亲已经是军官，她可以随军长驻海南岛。但是母亲说想家，执意要回去，哪怕多住一个月都不肯。父亲说："你的丈夫和孩子都在这里，你想谁呢？"母亲说："我来享福了，家里的一家老小怎么办？"父亲沉默了。这个家，是母亲在替他尽孝，在替他挑着担子。

母亲嫁过来的时候，二叔才十一岁，两个姑姑分别七岁和三岁。多病的祖母一年有七八个月需要人伺候，祖父在饥馑年月患上浮肿的病，几次险些丧命。那些年，父亲没提干前津贴少，帮衬不了家里太多，她就是那个最壮的劳力，像个男人一样拼命干活，就算是吃糠咽菜，也得她去淘换。她替父亲顶起了这个家，老弱病残无一折损。如今，家里多么需要她这个儿媳继续去撑起，她明白，自己有任务，不能待在那个美丽的海岛享福。

家刚刚经过风雨飘摇的饥馑，已然千疮百孔，年迈的曾祖父去世了，祖母的病更重了，祖父在鬼门关徘徊良久，她不得已去自己并不富裕的娘家借粮食救公爹。

"香蕉吃起来糯糯的，带香味和甜味。椰子主要是喝它的汁水，椰子壳里面有一层肉，香喷喷的很好吃。椰子壳还用来当水碗，南方人真会想，那最外面的皮还是刷碗的好东西。菠萝满身长着毛刺，一撮一撮的，扎人，要一个坑一个坑地挖，把刺挖出来才能吃，酸酸甜甜的真好吃。

海南岛真是个好地方啊，房前屋后都是椰子树、芭蕉树，也不用管它，季节到了就开花，结满树的果子吃。"母亲的回忆中总是甜蜜。我不高兴地说："如果你当时不回到这个穷山沟，我在海南岛出生，就是海南人了，也有香蕉和椰子吃。哪像现在，连见都没见过呢。"母亲说："每个人的命不一样，任务就不一样。你爸爸当兵，在海南岛是他的任务。一身不能两用，就因为这个，他在家里当儿子、当大哥的任务就没办法完成。我是他妻子，就要替他把这部分任务完成。我躲在海南岛享福心里是不安的，因为你爸爸心里不安，他会惦记老家的一家人。我回来了，他虽然也惦念，但是就放心多了。"我问她，爸爸几年才回来一次，你不想他吗？她停了一会儿，哽咽着说，哪能不想，没办法。看看人家有说有笑的两口子，有时候暗地里落泪。

我小时候是吃过椰子的，不记得是谁家从什么渠道弄来的，送给母亲一小块，大约觉得母亲是个懂椰子的人吧。我分到的一块，比一个铜钱大不了多少，一口就吃完了。椰子肉的香，母亲所品味的与我们定然不同。我家的灶屋还有一块椰子壳的外皮，多次刷碗后满身已是黑乎乎的油垢，似乎不能用了，但是母亲一直不扔。在她，这也许是一种念想。

母亲的晚年疾病缠身，乡人们都说，她是生生累出的一身病。她像个铁人一样，干的活比男人都多，都累。很多时候是撑不下来的，可是看看老的老、小的小、病的病，她就咬着牙硬挺。

我们小时候常听母亲说：世间最好的颜色是天的颜色、海的颜色，它们都是一样的颜色，就是你爸爸的军服海军蓝的颜色。

我见过很多爸爸的照片，黑白色的，大多在椰树下拍摄，或者是用椰树做了边框装饰，让人一看就知道是海南风情。

母亲最喜欢秋天，那时候的天是湛蓝色的，她喜欢在秋天里铺上芦席缝被子，似乎要把白云样的棉花缝进蓝天里去。她总是抬头看大雁，也寻觅着庭院上空的燕子。她说，秋风起了，它们都该往南去了。我问去南方的哪里。她很坚定地说：去海南岛，你爸爸当兵守卫过的地方。

在爸爸转业回来之前的十年，母亲有多少望眼欲穿的日子，多少回梦中跟着大雁和燕子一起飞向海南岛。也许从那时候开始她就特别喜欢蓝天，那时候她的丈夫身穿的海军蓝的色彩，是世间最美的色彩。

后来，每到天空湛蓝的时候，我就想念曾经时空里的父亲，在海南岛身穿海军蓝的父亲。于是我特别想去看看，收纳过父亲十年青春的土地。

三、海军蓝·橄榄绿

母亲有条海军蓝的裤子，那是她的压箱衣裳。后来，海军蓝颜色的布料风行，赶时髦的人都想买海军蓝布做衣裳，就连结婚的新娘子也时兴穿海军蓝裤子。

母亲的海军蓝裤子却跟她们的都不一样。她有一次自己说漏了嘴："那算什么海军蓝，我这条裤子才是真正海军的衣裳，是真海军蓝。"母亲这条裤子是用父亲送给她的一条男式裤子裁出来的，裁下的边角还做了一个拼接枕头套。母亲穿着父亲的海军蓝裤子改成的裤子赶集、出门、回娘家，那是她的骄傲。

母亲是不怎么会唱歌的人，她唱得最多的是《打靶归来》，"日落西山红霞飞，战士打靶把营归，把营归。胸前红花映彩霞，愉快的歌声满天飞"。我知道，这首歌是她在海南岛小住时学会的。在她作为军属的漫长等待和惦念里，唯一疏解心结的是看看天空，抚摸一下自己的海军蓝裤子，在没人的野外唱唱这首歌。

后来，二哥迷上了橄榄绿，每当村里有当兵的人回来，他就跑去看，去听他们聊军营里的事。那些军装的颜色母亲说是椰树绿，二哥说是橄榄绿。母亲不吱声了，她知道她没办法说服一个血气方刚、心怀梦想的年轻人。

我上初中的时候，二哥入伍了。

我也痴迷地想当兵，但最终成了我一个无法实现的梦。我就想，且好好学习吧，或许会有机会考军校，实现从军的梦想。

二哥第一次回家探亲的时候，就想方设法给我弄了身橄榄绿的女军装，我那年过年的衣裳就是这身橄榄绿，每个见了我的人都说："妮子也当兵了。"我就把胸脯挺得高高的。正月里，新张贴的门联喜庆吉祥，我和二哥在大门口合了影，我俩都是一身戎装，我还戴着他的大盖帽，这军帽对我来说稍微显大。后来，我给这张照片取了个题目《军威》，用钢笔郑重地写在照片留白处。

二哥去当兵时费了些周折，他痴迷武术以至于有些荒废学业，执意不再考大学而要入伍。如愿以偿的二哥却惹来母亲的泪水。她说："你知道你爸爸当兵家里人多么苦吗？"我听母亲说过，父亲当兵期间，祖母每到过年过节的时候，就面朝南方哭着说："儿啊！娘想你！"但是母亲没有阻拦她的儿子，她知道孩子的热血是从小耳濡目染，更是基因传承。

二哥要当兵的事开始是瞒着母亲的，怕母亲心疼他不同意。我暗中替他保守秘密，第一次背叛了母亲。那时候我知道自己当兵可能性极小，是多么希望哥哥参军间接实现我的"军营梦"啊。

二哥深知我的梦想，后来，又给我换了一套夏季女军装。那是淡淡的春茶茶尖一般的绿色上衣，橄榄绿色的裙子。我穿着橄榄绿的军装参加高中的军训，就像一只兴奋的陀螺在不停旋转。教官们都说，我是最像军人的学生。他们不知道我有多么炽烈的军营梦，而这是我唯一可以接近梦想的机会，我怎么会不珍惜，不忘我，不热血？我曾经跟教官约定，好好学习，将来一定考军校。

二哥跟父亲一样，一入军营就如鱼得水，年年得嘉奖，每年墙上都贴着他从部队寄来的喜报和奖状。他一直在军营很多年，直到母亲去世，哥哥仍旧一身戎装。

曾经在寒冬的夜晚，我和母亲坐在乡村的土炕上聊天。那时候，父亲在外地工作，多日回家一次；大哥一家在县城；二哥在军营，我上高中，只有周末回家，家里日常只有母亲一个人。母亲在灯下幽幽地说："当兵最不容易，命令来了刀山火海都得上。我这前半辈子牵挂你爸爸，后半辈子牵挂你二哥。"

母亲最骄傲的是，村里人都跷大拇指说："你们家一辈一个大军官。"儿子出息了母亲自然高兴，但母亲悄悄跟我说："军官不军官不重要，只要国家太平，大家都太平就好。"二哥是母亲的"心头肉"，他从军后，因为想念，母亲的心火走到牙上，时常牙疼，以至于有时疼得在院子里打滚。

但是母亲的骄傲和牵挂不止二哥，大哥的孩子长起来后也要去当兵，她又一次殷殷嘱托后把家里最精壮的男儿送进军营。自此，我家三代从军在村里甚至在镇上都成为美谈。自从之后，母亲每当见到身穿橄榄绿的人都倍感亲切，村里有回来探亲的兵娃娃，她都激动得去看，回来后念念叨叨，晚上睡不好觉。有时候赶集，在熙攘的人群中偶尔看见个兵娃娃橄榄绿色的背影，也要立在那里盯着看，直到那个身影消失。

我穿着那身橄榄绿军装的时候，母亲曾经看着看着就落泪了。我说是不是想哥哥了。她赶忙擦眼睛说："不想，不想，你们都是国家的人，就应该给国家去干事的。"

许多年后，我整理衣橱，突然发现自己的绿衣服特别多，茶绿色的、竹竿绿的、翠绿的、鸭蛋绿的，种种的绿色，还是当初的橄榄绿情结吧。这一生钟爱过，即便没有真正获得过，也始终爱着，比如橄榄绿。

绳索记

一

绳子来到世间，或许只是一个偶然。

它首先以一条藤蔓的形状出现在原始人的头脑中。那条缠绕着古树的软藤，被松松垮垮的他扯下来，顺手围系在腰间。他那被绳子捆绑的腰似乎有了底气，这个人也不再松垮。四野流浪的风再不能穿梭于他的粗衣之内，寄于他的皮肉之侧，让他寒冷和不安。从此，那条藤就跟定了它，成了他珍爱的腰绳。

那条藤蔓也开启了他的心智：绳是软弱的，却箍住了坚硬、强大的事物。它箍住了这些事物，让人安心。于是，他用更多的藤去捆绑更多的事物。凶猛自由的野兽屈从于人的绳子，它们被绳子牵进了人的圈栏，逐渐耗尽血脉中的野性，学会在人类面前乞食；异族的勇士被绳子所缚，成了断头台上的祭品或田间劳作的奴隶。一条绳子，太美妙了，它捆绑着什么，什么就成了战利品，谁牵着绳子的端头，这战利品就是谁的。于是，绳索几乎成了图腾，你只要握紧一条绳索，就可以去俘获世间种种利益。每个人都想拥有更多的绳子，去索取想要的东西。

绳子来到世间，或许是人的需求。

那条绳出现在祖先头脑中时，是山间的风吹动了树上的藤。山风看见那个直立行走的动物发现了些他带不走的物品，正在发愁。"一定要有比胳膊还长的东西，才能帮我箍住它，带走它。"祖先的脑海中出现了"比胳膊还长"的概念，他四处张望，风正撩拨着松树上的藤，荡了一下，又荡了一下。那条藤长而柔韧，有小动物去扯着荡秋千。现在，这个需要什么东西捆扎一下才能带走物品的人，长久地把眼光盯在那根藤上，脑海豁然一亮。他扯下藤来。它的柔韧和足够的长度，正合他的心意。于是他把物品拢在一起，交付给藤。就这样，藤成了最早的捆扎工具，成了他伸长的胳膊，走进了人类的生活。后来，很多柔而长的物品模仿了藤，成为绳索。

绳子的出现比"结绳记事"要早。那时候人类懵懵懂懂，有了伤心事无法排解，就在绳子上打个结；有了重大事不敢忘记，也在绳子上打个结。"结绳记事"不是绳子的源头，而是史书的源头，更是汉字的源头。最早的绳子是神圣的，它从高处垂下来，撩动着部落的喜怒哀乐。那些刻骨铭心的事不能让它们随风而逝，绳子替人类出场，"事大，大结其绳；事小，小结其绳，结之多少，随物众寡"（郑玄《周易注》）。自上而下垂着的绳子，犹如上天垂下的神谕，载着艰难跋涉的足迹和战胜自然的累累勋章，俯瞰人类的生活，接受人的拜祭。

我童年的许多记忆与绳子有关，好像祖先那结绳记事的遗训不经意刻在了我的骨髓里，即便岁月磨砺日久也难以忘记。

我带着一条绳子走向田野的时候，无忧无虑的日子开始沾染烟火。我需要在田野里找寻遗落的麦穗、谷穗、高粱穗、豆棵，甚至庄稼秸秆、枯萎的蒿草棵子。那些被遗落又被重新拾取的庄稼，成为我们粗陶碗里的浪花；那些被捆扎的野草，将生成漫长冬天里我们土屋中的暖。农家孩子很小就知道，用绳子去缚取自然中的可用之物。冬日祖父曾经带着我去沟壑套兔子，他用细绳绾成绳扣，这一个个柔软的陷阱，埋伏在萧索而饥肠辘辘的崖畔，被一只倒霉的兔子踩中。我注视着绳扣，一个近似圆形的井，一只兔子和我的童年掉在里面，都没有爬上来。

我还曾经牵着一只羊在河滩上行走。绳子是麻绳，父亲用绳耙子绞出来的。他每年种很多麻，绞出很多绳子，粗大的、笨重的、中粗的、纤细的……每一条绳子都找到了自己的角色，拴住、捆绑了不同的事物。一条粗大的绳子捆住粮囤子，成了粮囤的腰绳，把粮食箍得紧紧的。从粮囤偷偷抓一把玉米粒子去换糖吃，母亲都能发觉。一条中溜溜的绳子拴在两棵树中间，母亲洗过的衣服，都在这条绳子上泪水滴答地向太阳撒娇，然后被火辣辣的手抚摸得平息了对生活的抱怨。去田间劳动的母亲总是带着一根细绳子，每次回来，绳子里都是充盈的一捆，青草喂兔羊、干草喂灶火；庄稼的秸秆也被她一次次用绳子捆着背回家，分担了父亲手推车上的重压。去秧地瓜的时候，父亲用绳子吊着水桶到深沟里提水，给春旱的野地里的地瓜秧半瓢水安身。我的细绳子那端是这只小羊，刚刚从集市上买回来。父亲说：放好这只羊，过年的时候我们一家人就有肉吃，有好看的衣裳，还有红头绳和糖果。一家人的希望好像就是这只羊，这只被绳子拴着脖子失去自由的羊。

绳子的两头拴着我和一只羊，我牵着羊在野地里游荡。那时候它很小，我带它去哪里它就得去哪里。因为放羊，我不能到河里去摸河蚌，我不能在大街上扑蜻蜓，我不能去学堂的窗外偷听讲故事，也不能跟伙伴们在村巷里捉迷藏。我被一根绳子、一只羊拴在野外，直到黄昏时候，肚子滚圆的羊跟着我回了村庄。

春风不断把河滩的草吹绿，油嫩的青草长起来，小羊也渐渐长起来。我们之间最大的变化是，那根绳子的走向反了。我牵着它的时候，我俩被青草淹没。后来，羊高过青草，大过了我的力气。它牵着我，它往哪里去，绳子就往哪里去，我只能跟着绳子走。尽管我用力拽，但并不能改变羊的方向。我输给了这个几个月大的羊娃子。那时候我就明白了，并不是抓住一根绳子，就能抓住它捆绑的所有事物，力量才是最重要的。我与羊之间，好像我才是被捆绑、被牵引的那一个。

走过浩荡的四季风，冬天里，我的小羊完全长成一只硕壮的大羊。我也终于明白，绳索对它的意义，是可以始终把我和它拴在一起。这一年，我没有长过一只羊，甚至没有长过河滩上的草，它们仍旧高于我的额头，始终淹没我。我没有挣脱绳子的力气和胆量，我需要好好被它牵着走到年下，但这并不是我最悲伤的。令我最悲伤的是，长大的羊褪下了绳索，留给墙上一张羊皮。那段绳子空了的时候，我的心也空荡荡了。我们渴望的很多东西就被它换回来，我吃着糖果，穿着花衣裳，看见空荡荡的绳子，有刹那的悲伤。

那根绳索被父亲收起，明年春天，它会去捆绑和牵引另外的事物。

二

作为一部草本史书的绳子，却没有记录自己从哪里来。它从攀缘的藤蔓中来，从柔韧的野草中来，从麻的筋骨中来，从棕榈的皮中来，从脱落的发丝和马尾中来。那根垂下来的绳子，被赋予很多大小不一的结。读遍青山、阅尽人世的人，站在绳前满脸虔诚，却读不透彼时一个个结究竟发生了什么。绳无言，在岁月中擎着一个个结的谜，随风飘摆。那或许是一次地震，他们简陋的棚屋倾斜、倒塌了；那或许是一次天火，电闪雷鸣的雨中，森林大火熊熊，动物们四处奔命；抑或是某个深夜，天空突然来了场流星雨，他们惊恐万分，以为天灾降临，结果是一场虚惊；又一次，他们无意中从长久摩擦的木头上得到了神圣的火；风调雨顺的丰收年，谷子涨满粮囤，果子压折枝头，河流里突然多了很多鱼；或许是老酋长垂垂老矣，把权力的手杖让给新主……绳结上留下种种的猜测和敬畏，那些结是疤痕或者勋章，载着恐惧、敬畏，抑或喜悦和感恩。

绳的分支众多，使命各异，它们兄弟姊妹一大群分布在人类生活的各个角落。众多的绳子被人类制造出来，赋予它生命也赋予它名字，井绳、腰绳、纤绳、缆绳。落草在世间的人，跟草相亲相爱，他用韧性的草、木的皮纤维，拧成一根绳，用它来捆扎乱糟糟的日子，日子就变得顺顺当当，锦上添花。

一条井绳蜷缩在那里，它干完了所有的差事，正在享受阳光的按摩。太阳把它骨骼中的水渍一点点剔除，给它一个懒洋洋的春梦。井绳是往纵深里走的，井有多深井绳都不怕，它必定能抵达水面。井绳吊着水罐去深井里探访甘甜和清澈，它左右一晃，就像迷人的舞蹈，水罐就倒伏在水中，任水汩汩流进来。满满一水罐水被提上来，散给众多嘴巴，养育众多生灵。井绳粗大而结实，便于人的手能握紧它并提取重物。它生性泼辣，即便淋上了水也能迅速抖掉晾干，一根怕水的井绳是没出息的。井绳从水井中不停地提上水罐，把明晃晃的水面一次次搅扰，这便是井绳的一生。

一条蛇模仿了井绳的存在，模仿它静默一隅的状态。它蜷缩在那里冥思或修炼，静止得如同一条井绳。多次邂逅蛇的人，被蛇惊吓到怨怪起井绳来。"一朝被蛇咬，十年怕井绳。"他们说。不但是井绳，所有绳子都具备柔韧和蜷缩的功能，丢落草间的它，就是一条隐没的蛇。那根绳子被遗落在草丛中，被茂盛的青草遮掩。它蜷曲着，吓得行路人一声惊叫，镰刀都掉在地上。那蜷曲的绳子与一团蜷曲的蛇并无差异，差异的是，一个永远不会开口啮噬。一段没有生命的没有牙齿没有毒液的草绳，却要替蛇去担负骇人的罪责。其实，它的牙齿藏在每一个绳扣里，对要被捆绑的事物绝不姑息。

农事中离不开捆绑的绳，它是一根细绳，把篓子固定在推车上，让篓子在木质的运载工具上扎根。运送粮食的香气让绳子迷醉，运送肥料的污秽有时候也把绳子弄脏。绳子沉默着，接受着。庄稼秸秆携带着粮食在马车上越堆越高，就像一座小山，捆扎一座"小山"绳子要粗一些。它一头带着"滑子"，一件木质的捆绑神器。"滑子"就像向导，人在"山"这边一扔，它就带着绳子越过这座虚浮的小山，准确地到了对面人的手中。车两边的人用力，绳子越来越紧，把"小山"打压下来。捆绑的人最后拍拍实实在在的那座庄稼的小山，又试了试绳子，它已经绷紧得放不进一根手指。农人吆喝马车开路，绳子箍紧的庄稼，决不会半路倾倒、歪斜，甚至连一根秸秆都不会掉。

一条坚韧的绳子吊在悬崖上，攀着它的人比猿猴还灵敏。危崖有奇珍，多少次人们望而兴叹。有了一个攀缘的绳子，他去采摘稀罕的果实和救命的草药。那攀岩的人把生命都系在绳子上，他信任一条绳子大于一切。后来，有一种挑战的游戏叫作攀岩，人们模拟悬崖和可以手脚攀登的石块，腰上系牢一根护命的绳索。高空攀缘，总有失足落崖的可能，只要腰上有这根绳子，生命就不会陨落。追逐刺激的人，又凭借一个绳子的护佑，发明了蹦极。跳跃者站在高处，把一根长长的橡皮绳绑在脚踝处，他两臂伸开，头朝下跳下去。这凶险的一跃犹如高空坠下，而当人体落到离地面一定距离时，橡皮绳就会牵引人体反方向弹起，绝地重生。这几乎是一次模拟死亡的运动，一根绳子在陪着人类做生死游戏。更多的绳子是危急关头的救命稻草。悬崖边失手的人，身体几欲坠崖，手攀的石头松动了，扯住的野草也断了茎。危在旦夕时，一条绳子远远抛过来，从地狱边缘拉回了他。

乡下男孩很小的时候就拾起纤绳，那条绳子拴在父亲手推车的车头。平路上，绳子松着，甚至挽起来挂在车梁上。山乡岁月，有太多的上坡路，手推车满载着庄稼秸秆或者运送土肥，在山路上吱吱呀呀。纤绳深深勒进孩子的皮肉中，这对蹒跚的父子明白，生活的车需要他们一起往前拉。纤绳就像一根教鞭，教会孩子生活和思考，逐渐锻造了金刚一般的臂膀和顶天立地的汉子。拉纤绳的他，减轻了父亲负载着的压力，一家人的艰难日子，绳子历历在目。

我有一根深情的绳子，从父亲的绳耙子中来。父亲最结实的绳子一定是捆绑最重要的生活，只是年幼的我无从察觉。那根最结实的绳子每年清明时会挪给我用，给我带来可供一生回味的欢乐。父亲在院中画了四个圆圈，把它们挖成深坑。他把储备的用来盖房子的木料栽进去，吊成了我的秋千。我踩在秋千板上大声喊着悠，我坐在秋千板上小声哼着歌悠，我甚至学一些老婆婆跪在秋千板上悠。我从早晨到黄昏，被绳索托举在春天的光阴中。偶尔，母亲也会在秋千上悠一悠。她身躯高大，打秋千的那一刻，眉头舒展、脸上春风荡漾，像少女一样灵动。这是绳子最高光的时刻吧，终于不用紧盯着生活，板着脸捆绑、打结，行使威严和凌厉。秋千唱着咿咿呀呀的歌，绳子在木头下软成一潭春水。母亲像这秋千绳一般，享受片刻的一潭春水。

窗外又飘雪了，我想起某一年的雪天，父亲扔给我一根绳子，我们一起去给祖母买药。一个人在大雪地行走是危险的，父亲用一根长绳子分别捆在我们的手臂上，不远不近地相跟着。这样，一旦谁掉进雪坑里，另一个会用绳子把对方拉上来。

那时候我才明白一条绳子的意义，它牵着的是生命。

我们一路上都很顺利，虽然滑倒过，却没有滑进看不见的深沟。那条绳子让我感激，因为有它，我对即将到来的人世间的灾难有了抵御的勇气。

三

绳无处不在，它一头拴着遥远的先祖，一头拴着凌乱的生活。

一根束发的绳宣告了有尊严的成年生活的到来，从此不再是嘻嘻哈哈的孩童时代。这根束发的绳是岁月给予成人礼的嘉奖，也是给予童真时代的挽歌。从此，责任跟定着他，礼仪围绕着他，他必须时时中规中矩，克己复礼。还有没有散发不羁的岁月了？难！"明朝散发弄扁舟"的诗人，就是世俗眼中的痴癫。不放下所有羁绊，无视世俗的眼光，谁有勇气去掉发绳，散发而歌？

一根扎腰的绳保全着温度，提醒着折中。"老巴子进城，腰系麻绳，头戴毡帽，身穿条绒。"乡下人眼里时尚又实用的装扮，被文明人戏谑成歌谣。可是那一条土气的麻绳是乡下人的宝，老人们管他叫"腰绳"。腰绳有两个支流，一个是腰带。腰带扎在裤子上，也叫裤带，防止裤子脱落。宽大的袍子，没有内衬的大棉袄，穿在身上空荡荡并不熨帖。从外面扎一条腰绳，就束住了它们的野性。这是腰绳的另一个支流，它的功能是防御般的捆扎。乡下的许多老人，在冬天是离不开一根腰绳的。身体的火越来越弱，更需要一根腰绳收住那些温暖。修习拳脚的人，有一条宽而结实的腰绳，运气击打时，要把腰绳扎紧。那耍杂耍的魁梧大汉，在场子中间跺着脚扎紧腰绳，旋即躺在钉床上，胸腹托起一块石板。持锤者"嘿呦"一声，锤落处石板裂开。掌声中，大汉起身，毫发无损。那一根腰绳功德无量。后来我发现，人的腰绳就像器皿的箍，箍住的是最重要的地方，那里是丹田之气萌发之地，是一口气的源头。扎紧这个源头，气才不会散，才会有气贯山河的豪情。

一根红头绳，把人类的喜悦和盼望扎在乌发上。头绳是女孩家的宝贝，所有色彩中，她们最钟爱红色，那是朝阳的颜色，那是胭脂的颜色，那是石榴花盛开的颜色。当红头绳扎起乌云般的秀发，喜悦就从心里漾出来。那红色的绒线绳，是一个女孩家过年的最盼。《白毛女》中的喜儿扎红头绳的片段成为经典，令人动容。在极度困苦的岁月，衣食简陋的贫苦人家，过年时没有鸡鸭鱼肉，更没有新衣新鞋，慈祥的老父亲只能以红头绳慰藉自己心爱的女儿。即便是如此贫苦，顶着吃人的"阎王债"，他也不忘给孩子买一件新年礼物。当那双老手擎着红头绳给喜儿扎头发的时候，场面多么感人。红头绳，此刻是一个贫家女孩的终极满足。染了色的绳子，如此高光地辉耀在人类的精神世界。

在乡间，绳索随手可取，藤条、瓜蔓、稻草、麦秸、胡麻、马莲草。青嫩的草太脆，就像少不更事的年轻人，火星子哧哧地冒，"啪"就折断了自己。把那些桀骜的草放在阳光下锻打，不能晒干，要保留它对生命的渴望。曾经的血气方刚交付岁月磨砺，在生死之间挣扎过，它就妥协了，苟且了，让它弯，它会弯成一条你想要的绳索。于是，绳成了人类的帮凶，专门去对付那些青涩的少年和无辜的事物。

麦子割倒在麦田里，那些金黄的麦穗和通体透亮同样散发着成熟气息的麦秸草，都敞亮地躺在曾经生养的大地上。把两缕麦子的穗颈交叉，手一缩，就打了个结，抻开就是绳子，就能捆绑住一群麦子。这是最简易的绳子，这是农人的智慧。

绳来自于草，也捆绑草；来自于麻，也捆绑麻；来自于人的手指，也捆绑人的肢体。绳多是作茧自缚的人类自我构建的园囿，许多人被绳子绕进去捆住了一生。

街巷间、树荫下，总有小孩子手擎着线绳在游戏，那是老祖母教的。幼小无知的岁月，她们以翻花绳的游戏来度过无邪的光阴，并不知道，祖母是恨透了绳子的。她的父亲就是被一根绳子捆走，从此没有下落。她只是听人说，父亲半路上逃出来，投奔了我们的队伍。也许他在战场上牺牲了吧，从此音信皆无。她的母亲被另一条绳子捆绑着，不知道去了哪里。兵荒马乱的岁月，幼年的祖母拾起一段绳子头捆在腰间，乞讨度日，艰难地活了下来。祖母像讲故事一样说起一些往事，她褶皱纵横的脸上，仍能读到陈年旧事赋予她的悲伤。

这条绳索把祖母捆绑得太久了，她怕是这一生也挣脱不了。但是她又时常拿起线绳，用游戏的方式去重读岁月里的悲伤。"我们来翻棉单绳吧。"她对孙子孙女们说。她取了细棉绳，两端系在一起形成一个绳套，在双手间绾来绾去，以十指撑成立体的形状。棋子、大门、牛槽、老井、十字梅、酒盅……老祖母的手就像变戏法，把绵软的绳撑出不同的花样。翻线绳的时候，她就像在度岁月，有时候眉头微皱，更多是从容而安详，总能破解一团乱麻般的谜局。小孩子在翻到好的形状时，就会喜笑颜开："元宝，元宝呢""牡丹花，嗨，我翻到牡丹花了"！当翻到"鸡腚眼"时，他的嘴就噘得老高。最后，小孩子翻出了一团乱，垂下头来。老祖母把那团乱线择择抖抖，就又成了一个线圈。她把线圈打开，一条经历了百般变化戏台的线，继续缝缝补补的生涯。

乡间的小丫头都喜欢聚在一起跳绳。农闲的时候，从家里偷一根绳子出来，她双手摆绳，让绳子飞在天空中又扫过自己的脚底。她跳起来，逃过了绳子的牵绊。"啪啪"，绳子狠狠抽打地面，发出响亮的搏击声。她由前往后摇绳做前摆跳，又由后往前摇绳做后摆跳，她还双手交叉摆绳，让绳在空中形成一个扣子状，她躲闪腾挪，仍旧能够从这样的绳扣中逃脱，顺利跳过去。她又单腿跳、蹲跳甚至带人跳，有时候跑步快跳，摇着绳子跑出很远。她们有的是力气和花样，在年轻的岁月中，她们一直跟绳索较劲，逃过绳索对她们的打击和牵绊。这好像是一场预演，也有象征意义。很多女孩子跳来跳去，终是逃不脱生活的绳索，她们咿咿哭着被送上花轿，才明白，小时候玩的跳绳游戏为什么叫"跳百索"。那是一百条绳索，都是人生的劫，"绑"上花轿只是个开端。花样繁多的绳索，在人的手臂间飞舞，去套人的头和脚，不管是单人跳还是多人跳，那些绳索携带的灾难，都是人类制造的。她们身轻如燕，动如脱兔，最终还是要落进绳套中。绳子从硬的事物里脱胎而出，硬的时候，它易折，现在，它任自己软下来，就可以长久地活着。

四

人类盯着那些垂下来的藤，赋予它一个神符般的标志。后来，一双苍劲的手，把众多草拧成了绳，以众草之力，结成绳的伟大。人们用绞丝旁（纟）模仿了它们旖旎的姿势，修饰对它的热爱。"绳"字诞生的时候，悬崖上的藤在歌唱，涧谷里的草在歌唱。

旖旎的绞丝旁大都与女性有关，而绞丝旁的字都与绳有千丝万缕的联系。男耕女织的农耕岁月里，纺织的女人坐在绞丝旁的身边。纺线车前，她一手摇动，一手续递棉花，扯出棉线。纺车嗡嗡旋转着，一条棉线越扯越长。"织"是攒集丝线的游戏，织布机前，这些单一的线经纬有度地排列和挤紧，成了布匹。岁月有千疮百孔，需要一根根线绳缝纫，坐在笸箩前的女人，手持银针，穿针引线、针脚细密，没有她缝补不了的日子。

屋梁下垂着麻绺，搓麻绳的手越来越硬。男人在院子里闷头绞绳，无声地把许多韧劲绞进岁月中去；女人在炕头上搓麻绳，把一把麻缕挂在高处，抽取麻丝搓成长短粗细不等的麻绳，去缝补无尽的日子。

细的为丝为线，粗的为绳为索，众多的丝线绳索牵起手来，消隐了自己，织成一张巨大的网，笼在天地间。生活的网、名利的网、亲情的网、爱情的网、一网打尽的网、法网恢恢的网。不是掉进这个网中，就是掉进那个网中，没有人逃得掉。有些网是幸福，掉进去是甜蜜；有些网是魔窟，掉进去是万劫不复。后来人们发现，网都是自己织的，喜悲各有因果。

一根单股的线是脆弱的，这些线扭起来，才会成为多股的越来越结实的绳子。草茎可以拧成绳，往事可以拧成绳，梦也可以拧成绳。有的绳子拴着漂亮的风筝替你在风里飞，有些绳等待在岁月的暗处，等一个漆黑的夜晚和绝望的心。

"我是被一条绳子拽到人间的。"那人胸腔里轰鸣着，说出这个真理。那条绳柔软温和，他使用了十个月，他从那里获得食物、排掉废渣。那条绳是母亲抛出的，用以牵引他缓慢地长成，然后牵引他来到人世。人被那条绳牵引着在母腹中畅游，终有一天断掉它而自谋生路。也有不幸的生命，没能走出生命的暗道抵达光明，在母腹中与绳子纠缠不清，最后自缢而亡。接生婆可惜地拍着产下的死婴说："脐带缠颈讨债人，不是家人不进门。"那条脐带绳，喂养了他也终结了他。带着脐带降生的孩子很快就失去了这条绳，它被无情斩断。要活命，就要自己大喊一声，从世间获取第一口氧气，并从此激活肺，长久地获取生存的那口气。那条绳从此断了，与母亲的关系变成无形，母子间那条看不见的绳拴着彼此的心。在外劳作的母亲，乳水突然决堤而出，她就会狂奔回家。因为她知道，婴儿正在啼哭唤奶，即便相隔遥远，她的乳汁也会与孩子的啼哭声同步奔涌而出。"儿行千里母担忧",他去求学,他去当兵,他去外面的世界打拼,母亲心上的那根绳,时紧时松,总是拽着他的飞翔,不让他迷路。

绳子不想与伤害和死亡扯上关系,可是很多生命自己走到绳索前。一种终极惩罚叫作绞刑,绳成了索命的刑具。多年前,放羊的独眼老汉死于一条绳子,它看见一条绳子遗落在河滩的草丛中,就去捡拾。一根绳索有很大用处的,何况是一条看起来粗大的绳子。那绳子却突然穿行在草丛中不见了,他正狐疑中,发现手指头疼,已经肿胀。临死之前,他还说,是绳子咬了他的手。

绳子一定知道些秘密,不管它有没有打成结。我沿着一条绳子回溯思索,最先对它起了叛逆之心。长大后,我像一只风筝,试着离开养育我的黄土地,追着风飞翔。那根绳子始终在母亲的手中,就像当年剪断的脐带,虽然已经看不见了,但血脉永不消失。母亲从不用力拽绳子,她知道,每个人都有自己的天空,再怎么拽也拽不回热血青春。她只是牵着那条线,我时不时会沿着线绳回来。如今,母亲不在了,我以为那条绳子从此消亡,却总也忍不住回望故乡。原来,那根绳子已经勒进了我的灵魂深处。

君王以法度为绳,束天下人为奴;天下人以纲伦为绳,束自己为奴。

"王侯将相宁有种乎！"一个男人挣脱了绳子，于人群中喊出了胸腔里的不平和诘问。那一刻，世间所有的绳子都在发抖。绳子也有捆绑不住的时候，它们摇摇晃晃正如大秦的江山。那一声呼喊是短暂的，就像一道闪电，划过即消失。风急忙掩饰了它的踪迹。但是，这声呐喊却划破了幽暗的历史天空，铭刻在那里成了灯盏。从此，绳子们溃不成军，叛逆站成绳子的敌人。

绳子对人的捆绑无处不在，最疼的是把一双健壮的脚，捆绑成骨断筋萎的残废。那条绳开始是被长辈强加给的。后来，她们接受了这样的命运，自己不断给脚加刑，一生中无数次把脚捆紧。后来的后来，这条宽大的绳，束缚了一代又一代女儿，一直束缚了千年。那些如刀削一般的脚，在历史中呻吟。人们戏谑地说，那篇文章是"秦始皇老奶奶的裹脚布——又臭又长"，于是，裹脚布成了冗长而无味事物的代言，而且充满陈腐之气。

我已经好久没有见到一条完整的绳子了，难道它们已经杀进我的皮肉，缚住我的灵魂，化于无形？以前我用一条绳子束着我的腰，既给予我底气又束住我的野心。现在腰带不需要了，雄心像一截垂下来的绳子头，死蛇一般耷拉在中年的尾部，不仅春风唤不醒，激素也唤不醒了吧。

于是我向横里发展，那些曾经的欲望成为厌恶的赘肉，那些膨胀的不再是我的欲望，是我代谢不掉的无奈和悲伤。

我还是输给了绳子。

冬天的飨宴

北方的冬天是被一场场西北风送来的。北风是天地间的魔术棒，随意一点，天突然就蓝了，天底下的事物纷纷变身，叶子变黄变红，变得五彩斑斓后四处投递着消息。土地变得坚硬而冷峻，收获了庄稼之后，它们敞开的襟怀犹如无边的莽原。空气变得干燥，人们念着"开北风了"纷纷去晒瓜干。开北风是乡下人深秋冬初最盼望的事，他们带着工具到田野里，把秋天最后一份收成从大地上提取。秋地瓜从地垄里浮到地表，被切刀切成薄片晾晒在大地上，在北风和日头的双重照料下，这些鲜地瓜干两天就成了脆响的易于存放的粮食。

北风抚摸着北方的田野，大地上作物越来越少，麦苗嫩嫩的小腰身趁天还不冷拼命地长，适时接过时令衔接的大旗。菜园里汹涌的白菜萝卜也在做最后冲刺，一天一个样子地生长。

冬天是被萝卜送来的。天气晴朗而温暖，一片片萝卜地里却迎来了欢喜的收获季。"立冬收萝卜，小雪收白菜。"明知道天还暖着，却不再舍得把萝卜放在露天的野外。绿浪滔滔的萝卜缨子七零八落，那些水嫩的萝卜弃了昔日的装扮，纷纷净身奔向家园。菜园里汹涌的绿海仿佛失去了半壁江山，白菜们略微迟疑了一下，它们也有点想家了。从霜降到小雪，正是白菜上成壮鲜的时候。它微微笑着，鲜美的汁水从根部袭上来，它愈加丰润了。立冬了，早晚会有些霜冻，但是白菜的筋骨结实，它不怕，越冷，越长得瓷实，越冷，越生得鲜美。

"猫冬"从堵上后窗那一刻开始。父亲们踩着板凳和木梯子，手托着泥坯把后窗堵了，又抹上厚厚的泥层。这些后窗要等明年清明甚至到端午时节才会被重新捅开。后窗变成了墙的时候，家里突然暖了许多。这样的冬天真正开始了。地瓜藏在屋棚子上，盖着薄薄的豆秸叶，老奶奶天天偎在炕头上，背靠着一卷铺盖，从窗户的那一小块玻璃片往外观天看地。就连平日里忙碌的母亲，也常常坐在炕头上摆弄窗花和鞋垫。炕头上有个松软的铺盖卷，里面有一个陶盆，早晨吃剩下的地瓜饼子都被包袱盖着存在陶盆里。冬天里，大多数乡下人家中午不做饭，大人几乎也不吃午饭。他们说日短无事，吃不开三顿饭。孩子们中午饿了就到铺盖卷底下摸干粮或地瓜吃，那些饭被捂得暖烘烘的。

思念一场雪从树叶子还没有落光开始。

那时节或许只是刚刚立冬，日光朗照，地气煦暖。人们看向天空的眼神有了些期待，默念着：小雪就要来了。小雪是自家的妹妹或是邻家的女娃，也是早已经出嫁儿女成群的姑姑。在乡村，叫雪的女孩子很多，傍晚你站在十字街口大喊一声"雪儿"，会有好几户烟囱的炊烟猛烈颤抖一下。不久，巷口就会伸出扎着各种发髻的脑袋。老奶奶在暖暖的炕头上说，雪儿出生的时候，天正下着小清雪。

我不知道乡人们说的小清雪是哪个"清"，是清澈的"清雪"，还是轻悄悄的"轻雪"。但知道他们描述的是细小的轻柔的雪粒子。初雪常常就是这样，初雪是撵着小雪节气来的。那一天风里有了些不一样的气味，天空也变得低沉，而人们却如过节般兴奋。不经意间，耳际有了沙沙声，抬头看天，似乎并没有什么。可是，那草垛上、树枝上，甚至墙头的草上，都传来沙沙声。那是雪的脚印。不久，落在干树叶上的雪粒子就汇聚成一小块。听雪的人高兴地跑过大街，一路喊着："下雪了，下雪了。"大地还是热的，那些芝麻粒大小的雪粒子落地就化。孩子们跑回家告诉炕头上的奶奶下雪了。奶奶笑指雪白的窗户纸说："它已经告诉我了。"

雪在那个北风不紧的黄昏只是遥遥地打了个招呼，人间却热闹地接待。小雪节气的雪，你还要它怎样热烈呢？它就像那垂髫少年，羞羞涩涩地不敢见人。但是，小雪的仪式却非常足。人们纷纷在大锅灶上用肥膘炼猪油，炒了一锅大白菜、豆腐，加了粗粉条。这是齐鲁大地胶州地界标准的雪天大锅菜，用刚刚收回家的大白菜炖猪肉粉条，仿佛是给白菜过节，也是为小雪过节，更为接下来要休养生息的冬天过节。

不下雪的冬天常常是万里晴空，那些在墙根晒太阳的老人昏昏欲睡。他们擦一把嘴角掉落的涎水说："十月小阳春啊！"这时候已经不止十月了，或者走进冬至月，或者靠近了腊月。有什么区别呢，日头依旧那么慷慨地照着，大地风丝儿也没有。大好的天气里最适合一帮老伙计凑在一起，排在南墙根晒油。

有风的日子村庄都很安静，连狗儿鸡鸭也不叫。西北风刮得树梢呜呜作响，风粗暴地刮奏世间所有的琴弦。玉米秸垛窸窸窣窣，高处的槐树豆叮叮咚咚，白杨树笔直而向上的枝丫就像竖琴。有时候风很肆虐，就像饿极了的野兽四处撕咬，它们把天空都吹混浊了，把日头吹暗淡了。扯天扯地的大风，把人间吹得七零八落。谁家的茅屋顶被风掀走了，谁家的草垛被吹歪了，谁在大路上赶路被风吹到沟里去了。沟里确实蹲着个人，他还拢起过一小堆火，那一小堆灰烬后来被拾草的人看到。那是一个怎样的人啊，在茫茫天地间无处隐身，在滴水成冰的寒冬里，在背风的沟底拢一堆小小的火温暖前程。

我的故乡把农历的十一月叫作冬至月。我小时候不懂得这个月因为有隆重的冬至节而得名，却觉得像"冬枝"，理解成冬天的一段花枝。想象那段花枝一定是老人们嘴里的"干枝梅"。当母亲说出"冬枝月"的时候，我觉得那个月似乎都美了好多。我看看院角那几棵高大的月季，它们的枝干骨感而不乏丰润，尤其是丫口处，有微微的凸起，那是春天里开花的地方。好多年后，我在文章里写道："每一个姹紫嫣红的春天，花朵都在冬天开始孕育。"我想到的就是冬天里的月季枝丫之上的微小花苞。

腊月似乎更与"干枝梅"接近，那"干枝梅"就是蜡梅。乡下人的语境之美，常常一个词语就能引发乡愁。冬天的田园鸟雀在盘旋，不到下雪的日子，它们不去啄那些高树上的柿子。秋天采柿子的时候，竹竿足够长，母亲却不让采最高枝上的十几个柿子，每棵树上都留着几个。那些柿子长得饱满而丰腴，看起来很好吃。母亲说，留几个柿子"看冬"。天空下只剩下光秃秃的枝丫了，那几个看守着冬天的柿子越来越红。每当我远远看它们的时候，内心很温暖。后来，大雪覆盖了原野，那柿子树成了鸟雀聚会的地方，它们啄着柿子，享受弹尽粮绝雪天里的盛宴。有时候，一个冬天也不下雪，那些鸟雀便敬若神明般不去碰枝头的柿子。田野里有的是散落的粮食和各种喷香的草籽。柿子在枝头等得太久，就"吧嗒"落下来。落在那厚厚的蓬草上。我去西岭常常会遇到刚刚落地的柿子，成熟到蜜罐一样，在草上完整地擎着，那是我的一杯甜酒。有时候它们是落在雪窝里，红的柿子与白的雪紧紧镶嵌，看起来就让人垂涎欲滴。从雪地里抠出的柿子是一枚冻柿子，寒凉似乎增加了它的甜度，家乡人称呼这样的柿子为"水晶蜜"。

下大雪的日子鸟雀们并不只吃枝头留给它们的柿子，它们会冲进村庄，那里家家都备有它们的美餐。我很小的时候就知道我们家有冬天"斋鸟"的传统。母亲在下雪天会挂一把高粱穗在屋檐下的长橛子上。或者放在猪圈的屋顶上。那些高粱穗不几日就变得轻了，母亲拿起来掂掂，它们的粮食已经被啄光。若雪还没有化，母亲会另选一把穗子挂出去。她还喃喃地说："都不容易，老天爷饿不死瞎眼的家雀。"雪天我们小孩子去村边野地玩时，偶尔会遇到冻死或者饿死的鸟，就偷偷把它们埋进深雪里。这场景是不能叫村里的老人们看见的，它们看见了死去的鸟雀，便会自责没有很好地照顾这些邻居。住在热炕头上的老人们，常常操心天底下的寒暖，比如沟底的一堆小小的篝火让他们知道了，便会抹眼泪，认为这世间还有苦人。

　　日子一天天冷下去，交九了，小孩子跟着大人唱数九歌"一九二九不出手，三九四九冰上走……"乡下人的交九就是冬至节令，这样的月份就叫冬至月。冬至其实被乡下人叫作"冬飨"。过冬飨是乡下隆重的节气，是"冬年寒节"四大节令之一。乡下人自己也编排九九歌："三九和四九，冻煞光溜头。"小孩子每当背诵这样的九九歌时，都会忍不住大笑，甚至把伙伴的帽子突然摘下来，指着他的头说"冻煞光溜头"。"光溜头"原本是指剃得发丝不剩的光头，在冬天，不戴帽子也被称作"光溜头"。我母亲的九九歌里却唱着"三九四九，冻死趴牛"。母亲说"趴牛"是指刚刚生下来的小牛犊。那样的冷天气，新生的动物会被冻死。所以若冬天里有母猪牛马产崽的事，都会挪到屋里去。让小牲畜在人住的屋子里过满月，是人对它们的极大疼爱。在交九这一天，母亲总会说起一个节俗，冬飨日折桃枝用水浸着，每九天换一次水，到过年守岁的时候会开花。我脑海中就浮现出一帧画面：一段桃花的花枝，顶着含苞的骨朵在隆冬的窗台上，窗外正飘着纷纷扬扬的雪，它就要开花了。

总得有一场鹅毛大雪才对得起冬天的想念，天地都被扯不开的芦花填满。芦花雪是数朵雪花粘在一起，像一枚枚柳叶船，硕大仍不失轻盈。它们飘荡在天空，慢慢降落并栖息在稀疏的篱笆上、草垛上，落在那些毛茸茸的干扁豆藤上，落在月季花干透却未凋零的花骨朵上……那样自然，那样和谐，好似它的到来就为这样的相依，就是为给那些枯木干藤开一季花。雪成了藤上的花，花上的蕊，蕊上的蝶。

　　大雪来的时候，乡村是沸腾的、喧闹的。孩子们在雪扯起的帷幕间奔跑着，欢呼着，庆祝着。小手冻得好似小胡萝卜，捧起一把雪扬向对方，好像擎着落地的雪做了又一次飞翔；将散如面粉的雪攥成团，成为一粒硕大的弹丸，"嗖"地打在对方的肥大棉袄棉裤上，飞进对方的脖领子里。

　　大雪封门的日子，人们都喜欢去地屋子里。地屋子很宽大，是一个多功能冬日劳动休闲场所，兼有储存功能。地屋子边角存放着白菜、萝卜、地瓜和土豆，中间宽敞的地方编席的人在忙活，其他地方是讲故事的老头和一群听故事的孩子。编席的男人一人一铺席，他们驾驶在上面，不断扩大自己的领地。有个闯过关东的乡人，讲一些关东逸闻，使我们大开眼界。地屋子里很温暖，太冷的日子，偶尔也生火盆，编筐的时候，也在火上烤一烤棉槐条、柳条，让它们的身体更柔韧，编出的筐笼就更细密更好看。

雪持久不化的日子，娘除了在屋檐下挂束高粱穗子款待麻雀，还会做药膏。她从月季花风干的花芯里收集雪，装满一只旧瓶子，掘开院子一角埋下去；夏天的时候，她取出瓶子，用融化的雪水调制一些药膏，等第二年冬天谁的手脚被冻得生了疮，她就拿那药膏给治疗。

下过大雪，屋里开始点泥火盆，它既可以取暖，又能烫热一壶酒，在暖炕上斟饮。大雪封门后最宜饮酒，炉灶上吱吱啦啦，炒鸡蛋的香，炸花生米的香，煎白菜包的香，烤小干鱼的香混合在炊烟里，飘荡在雪的曼舞中。落雪的冬天，故乡被酒香菜香醺醉的雪花，飘得更舞步翩跹了。

化雪的屋檐滴滴答答，可一到下晌，水就结冰，成了一根根尖尖的冰溜子，小孩子不免要敲打几根，"咯嘣咯嘣"地吃得好像很甜。

故乡的冬天是浪漫温暖的。那些冬夜，乡村寂静得只听见风吹草叶的轻叹，薄薄的窗纸里，或是一盏温暖的烛光伴夜读的身影，或是一位默默在衣裤上打着补丁的母亲，守着一炕香甜的酣梦。尚有余温的火盆在屋角安然打坐，像极了一尊泥佛像。

竹筢

在荒凉而空旷的冬日乡野上，一个孩童独自在岭坎上行走。她手中拖着一张竹器，那竹器淹没在乱草中，若隐若现。走一段路，竹器便被草密密包裹。她站住，把收纳的干草叶子取下来塞进篮子，然后继续在草间用竹器收纳荒草。

这便是许多乡下孩子的童年，那种劳动叫搂草，搂草的竹器是竹筢。

筢在乡间是个寻常的农具，它就像一张大的手掌，抚摸兼收纳，给了日子干净与条理。它并非多么必需的农具，但是缺了它，乡间生活就会变得局促而荒凉。

"筢"这个字很形象，上下结构的字好像是一个"手把着竹器"的妇女站在那里。这个手把竹器的女人身形隐退在竹筢和手的后面，但你一定想象得出，她该是戴着一方土黄色或深蓝色头巾的乡下妇女。

竹筢在我们胶东大地就叫筢，干脆利落，毫无缀饰，用不着加一个"竹"字来修饰它。在我的故乡，你只要喊一声它的乳名"笤",就没人不认识它。在"笤"的概念里,人们忽略了"竹"的存在。竹笤的故乡在南方,它从茂密的竹子里脱胎而来。竹在北方是稀罕物,但北方人的庭院里、场院里短不了各种竹器。变身的竹子骨头被劈成手指粗的竹条,在火的疼痛警示之下,做着超越自己体能的一次次蜕变。当火焰的高度萎下去,一根根竹条的顶端就成了弯曲的鱼钩形状。这些被炙烤变形的竹篾,经过时日的塑造,永远弯下了身躯,不复有当初直指云天的梦想。就像经过了成人礼的人们,注定要鞠躬于大地和草木,注定要在大地上深深扎根。

一竿竿曾经摇曳在江南水滨的青青翠竹,变身后在北方的庭院里很难看出竹的样貌。青翠的颜色变成土黄,它被篾刀改变了容颜,它被火和匠人修改了使命,不再摇曳成茅檐村舍的风景和帷幔,而是投身到大地,与人一起热烈地过日子。

在乡下,每户人家都有笤,笤替一个个乡村妇女收束着日子,探听生活的虚实。笤站着的时候,风清月白,农事疏朗,屋檐飘荡着炊烟;笤趴下的时候,农事匆忙,它和手把它的人一起紧锣密鼓地收纳庄稼和杂草。

远远看去,站在墙角的竹笤就像一朵半开的花。木杆的手柄是它的花茎,顶端是一朵蒲公英一样散开的花序。

竹箅是乡下女人延长的手臂，对准了想要收进箩筐的草木。一杆竹箅是一个女人亲密的帮手和姐妹。"搂"是竹箅最常规的动作，箅这把小手，弯曲起五指，灵巧地抓住了琐碎的或者轻飘的事物。搂草是乡下女人终生的劳动课。一个粮草紧缺的年代，箅的眼睛，盯紧了任何一棵可以生火取暖的草茎。竹箅像个全方位巡视员，哪里都能看见它的身影。打下的粮食在场院里平铺，要不断翻晒，粮食才能最快地脱掉水分。一张竹箅"哗哗"地在粮食间犁起波浪，将压在最下面的潮湿颗粒翻过来，呈给阳光亲吻。

长长的麦秸草要打苫，过多的草叶会蓄积雨水，把竹箅的半弯竹齿朝上，就是一把梳子，把枝叶繁乱的麦秸草在竹箅上梳理一下，就有草叶顺应了箅齿的挽留。麦秸秆瘦了身，成为根根光洁的草，便能打出更密实而沥水的苫。

站在农事里的竹箅，命运就是操劳和磨损，最后磨得形容褴褛，只有一副骨架靠在土墙壁。读了一辈子土地，现在它停下来面对着土墙沉思，好像是一个乡村哲学家。弯曲的箅齿磨损得不成样，紧身的麻绳松了，箅的肋骨也脱了。一张破败的竹箅无语地面对岁月。不需要说什么。风不说话，大地不说话，那埋藏着诸多故事的土堆和茂盛的蒿草也不说话。颓败到破衣烂衫的箅，仍旧引起了注意。心灵手巧的姑娘买回些花花绿绿的毛线，眼睛对着那只破旧得牙齿疏松的竹箞思量。她拆下几根旧箞齿，剖开，用斫刀细细地刮磨，四根细长的织针泛着金黄的光泽出现在面前。原来，竹齿变旧的只是一层皮囊，它的内心还保有鲜亮的希冀。花花绿绿的线在竹织针身上绕来绕去，织成一副手套，一件背心，一条围巾。竹织针最懂姑娘的心思，把毛线织得针扣均匀、松紧适当。那些手套、背心、毛衣、围巾是要寄给远方的，给那站岗放哨的人抵御风霜雪寒。说不定哪一天，织毛衣的人也就跟着那身绿军装落户到遥远的哨所或者边疆了。

那个当年手持箞的女人已经苍老，就像箞一样动一下都吱呀乱响。箞一样的人生啊，总是在不断地抓取中磨损着自己。她哪里知道，抓了那么多，最后却须一一放下，就像站在墙边的竹箞，孑然一身，手里空空如也。

一张箞立在那里多指弯曲，那些均匀的竹条如一排丝弦等待谁人的手指来弹拨，它的妙音都是与土地交锋的时刻想起，"唰唰，唰唰"，它随时准备抓什么。这世间的一只大手，不放过任何一点有用的东西，不要说它贪婪，它是尽职尽责。

箞的竹齿又像极了梳头发的梳子，把散落在土地上的头发（枯枝败叶）收拢在一起，还大地一片干净。竹耙的齿经了火的烘焙，有了火性和韧性，能屈也能伸。风是个淘气的孩子，把土地吹得衣衫不整，竹耙耐着性子一点点去将土地收拾得清清爽爽。竹耙的手柔柔的，像极了妈妈的手，在我的身上挠痒痒，挠到的地方，骨节骨缝舒服得想跳起舞来。

落地生根

萍

一

　　白玉般的细瓷盏里，竟然养了一盏萍，袖珍的一簇翠绿，就像这个小小的花房：一帧朴素优雅的门脸儿，小心翼翼地缩在繁华大街的角落里。

　　花房的名字叫"萍"，字体瘦弱，纤细得让人微微有些心疼，白底上的"萍"字是绿色的，"萍"字周围散落一些淡绿色斑，仔细看，是三叶、四叶的青萍。瘦白的花房姑娘站在花草中间。姑娘是外乡口音，虽然她尽量用普通话跟这座小城的土著谦卑对话，但尾韵里还是掩饰不住外乡口音。她衣饰素朴，黑白的搭配看起来像个中学生，在花房的浓艳色彩里，这黑白的衣裙显得更突出了。一览无余的小花房里，养着各种香和色彩，康乃馨、百合、玫瑰、雏菊们花枝招展地盛放着。一盏萍，一簇苔，在桌角鲜绿得惹人怜爱，这是她的花房与其他花店最大的不同之处。

　　我端详着桌上这盏萍，暗地里在端详这个异乡女子，她在为我打一个小小的花束，那是幌子，我不是为花而来。那盏萍被她养得绿色快要溢出叶子了，清水半盏，瘦石一棱，绿萍簇簇，无限生机。而她的眉间却有一点淡淡的忧郁。喧闹小城的街角，一间不足十平方米的花房，养了她满室的芬芳、浅浅的笑容和暗藏的心事。

大约从十几年前开始，我所居住的小城女孩们就意识到了危机。因为地处交通便利的沿海地区，地皮和房价比大城市便宜，众多外资企业和民营企业迅猛发展起来，于是涌进大量外来务工人员，当一两万打工者涌进县城时，大家还不觉得有什么不对劲，甚至有些沾沾自喜，觉得小伙子们找对象更顺利了。那些外地来的女子，大多家乡贫瘠穷苦，在这里赚着相对较高的工资，过着比较富裕的生活，就想让这种生活长久下来，而最好的办法当然是嫁在这里扎根成为永久居民。于是，外来妹"追婚"大潮远比经济大潮要汹涌，她们几乎没有什么条件，只要是当地男孩，高矮胖瘦不大挑剔，工作家境不太考虑，她们很容易以身相许，甚至倒追男孩子。品相稍好的男孩，会同时被几个外来妹追求。她们疾速出击、死缠烂打，直到成为当地媳妇。当这样的女孩涌进近十万的时候，本地女孩就惶恐了，原先的矜持越来越脆弱，甚至"哗啦"碎了一地。

近十万外乡女子潜伏在这座一百多万人口的县城，她们在工厂的流水线上机械运动，在觥筹交错的酒店、会所里端盘子洗碗，在洗头房、足疗馆、美容店捧着人类肢体的局部精雕细琢。她们在霓虹闪烁的闹场做着卑微的挣扎，在机器轰鸣的工厂咬不住牙被淘汰或者厚着脸皮豁上尊严赢得短暂的晋升。苦力、眼泪、血汗与她们眼里的所谓高薪、屈辱、利益、践踏、苟且都是她们的饭，不那么容易吃，但她们在竞争着吃这碗饭。这一切都可以忍耐，她们忍耐的最大动力是攒足了劲，拼却青春，在这座县城把自己嫁掉，这是她们人生最大的一单生意。

嫁进县城不是那么容易的事，远比一天工作十二个小时更艰难。那些当地男孩子被惯坏了，条件稍好的会被几个外来妹同时瞄准，作为稀有品种被猎捕者用各种方法进攻，他像选妃一样俯瞰着这些竞争的小兽，从中渔利。她们暗地里互相厮打，用美色用殷勤用小小的恩惠甚至用提前献身的策略来赌这场与当地人的婚嫁。

"萍"的花屋主人也是一个努力要在县城扎根的女子，她在这个县城扎根的方式是一边寻觅一个出嫁的屋檐，一边努力做一点自己的事业。而我认为，所谓事业的花店就是个幌子，嫁掉才是目的，如果两者要做出选择，她将毫不思索地把那些花花草草抛弃。现在，她成功地蹚过对手云集的各个关口，走到了被亲友考查这一步，这离嫁进县城，只一步之遥。

我今天以一个土著的眼神挑剔着这个外来的女孩，用神圣的一票来表决她是否可以成为我的外甥媳妇。我感觉神圣又有些卑鄙，身在明处的女孩，并不知道我这个万般挑剔的主顾在暗处正用更加挑剔的天平决定她命运的三分之一。其实多年前，我也是从远郊杀进城里来的，如今换了一身装束，最重要的是换了口音和身份证上的地址，我已经学会了县城土著惯常的腔调而不是用普通话跟人对话，跟土著一样，含着不屑、居高临下地称呼她们为外来妹。

因为角落里的那盏萍，我对这个年轻女孩的挑剔瞬间大打折扣，心柔软下来，我们是从同一条河流漂来的，萍是我们共同的病根。

二

萍是我乡村生活的胎记，我只能遮掩却永远也洗不掉，那种骨头深处的泥塘气息，是我抹多少高档化妆品都掩盖不掉的。夜深人静时，我蘸着各种伤害的猛料舔这个伤口，然后又把它们还给世界。更多的时候，那塘泥变成了我的胃，呕吐一万次也没办法剔除。

在我生活过的乡下，萍密密地散布在溪边沟壑，乡下人不喜欢萍，他们去河边提水浇菜、浣衣洗被都要避开它，拿铁水桶的箍底左右一荡，萍的家族就四分五裂，陡起的波澜摧毁着萍的家园和亲人谱系，那波澜驱逐着萍流徙漂荡，就像一股狼烟在追逐破碎年华里的逃亡。或者，洗衣妇们撩起水和萍，将它们泼洒在岸上，让离水的萍面临枯竭的绝境。在她们眼里，萍是无用的，碍事的，虽然她们跟萍一样卑微，身世充满动荡。割草剜菜的小孩子去河边，偷空就摸鱼捉虾捧蝌蚪踩河蚌，他们把河沟边角的萍扯起的绿帷幕粗鲁地搅碎，在他们眼睛里，萍是一些琐碎的事物，最多附着在哪一段游戏里当作几乎被漠视的背景。

作为植物的萍原是我的旧友，却又多年不见。我努力地融进这座四线城市，秘籍就是迅速忘掉过往，当然包括旧相识，那些一起拾草、剜菜、放牛，一起偷吃过豌豆角的乡下伙伴，包括榆钱、槐花、毛尾巴虫，染指甲的凤仙花，包括那些河畔沟汊里卑微的萍和水藻们。夜深人静稍有闲暇的时候，也微微有些想念，但是，如果有一天它们认出我来，喊我的乳名，我知道，我没有勇气停下脚步应它们一声，伴着呼啸的人流车流，我会消失得如风一样快。

这些乡下的萍，是身份最为卑贱的植物，聚生在河边沟畔，越是水流清澈的地方越是容不下它，它只能在一潭死水的窒息般的凝滞里迅速繁衍出几个萍仔，在泛着淤泥腥臭气味的沟里，忍辱偷生地把身体努力长大。乡下亲戚来信说，瓦儿娘死了，偷生下第三个孩子之后就得了不好治的病，受不住，喝了农药。我长久地站在窗前看楼影变成黑暗。瓦儿娘，多年之前她有自己的名字，她勤快手巧，每次挖野菜打猪草的时候她都比我的多，每次她都会匀给我一点。我们有好几年的时间一起在田野劳动和玩耍，她也曾跟着村里人出去打工，被父亲一声召唤回家嫁了人。如今那片田野多了一座崭新的坟，她那些孩子将继续着她打猪草、打工的生活，或者走上她所向往的读书、考学的轨迹。

乡下人虽然很小的时候就在大槐树下被"老学究"扇着蒲扇教会了"身世沉浮雨打萍"，但一脸调笑的孩童不知道，日后这就是他们的命运。他们总以为，萍是冬夜说书人故事里的那些女子，远嫁的王昭君、和亲的文成公主，甚至远征的花木兰，这些轰轰烈烈的故土背离永远不会与自己相干，他们替那些女子叹息，却不知道，自己的脚步已经踏进了相似的故事里。

萍的族系庞杂，它们依附着水把自己长成了各种样子。青萍、紫萍、浮萍、绿萍，破毡帽、补丁衫、黄头巾、旱烟袋，一年年在风里流转，在时光的鞭子中漂泊。抬头看天，没有一片淋润的雨云，背过身去擦泪，还得硬起腰来赶路。风兀自吹，该来的谁也拒绝不了，该去的谁也挽留不住。那些年轻的萍壮着胆，狠狠甩掉祖父留下来的蓑衣、斗笠和锄头，学着电视里的样子留起长发、穿起喇叭裤、戴上茶色眼镜。再好的扮相也还是萍，骨子里早就烙上谶语，一辈子离不开水的植物，连茅草叶子上书写的墓志铭都早已是命定的。它们饥渴的眼睛不断往外瞟，把黄澄澄的一地麦子、稻子看成了一坨坨粪。

摩托车、小公共、绿皮火车，一节又一节车厢载着扛蛇皮袋子的流浪者，这些萍四散漂开，用陌生而兴奋的眼神打量崭新的世界。建筑工地、搬运货场，修绿化带、筑高速路、装修百万甚至千万一栋的楼房，他们用吃惊的感叹面对新的生活；草帘子遮风、塑料布挡雨、旧棉袄一裹就是一个冬天，麻雀抖落的粪便落在久未修剪的长头发上。睡裸板房里的日月，他们怀念乡下的暖炕，可是，离乡容易回乡难，都是为着一个梦出来的，哪能那么轻易就叫它破碎呢？月光被霓虹遮蔽的深夜，他们对家乡的想念掺杂在一声声呻吟和沉雷般的鼾声里，瞬间无声无息。

三

乡村记忆像一块碑，青草枝蔓遮掩不住，漫漫沙尘遮掩不住，越是时光流转便越是凸显于颓败下去的枝蔓之上。乡下的池沼，是萍密集生长的地方，它们用极小的个体扯起一大片幕布，像一层浓密的青苔笼罩着水面。在城市一定也有萍吧，楼再高也有落地的砖瓦，路再硬也有边角的湿地。谁家院落无风入，何处檐下无沟渠？只是城市人的眼睛早已习惯看高处，看明亮闪烁的霓虹簇拥处，那些水塘与河流里，荷花、红蓼、睡莲摇曳多姿，谁肯去留心蛙声嘀咕的边角，留心那些尘埃之下的萍呢？城市里的萍是卑微的植物，它与藻、苔等混杂在一起，是被模糊了印象和身份的植物。

风从远古来，吹来了绵长岁月也吹来了萍，翻看植物的名册，要仔细寻觅，才能在边角里找到它，就像现实一样，它们再怎么努力呈现自己，都是一个尘埃般的气泡，是风抛出去的一把沙子。"于以采蘋？南涧之滨；于以采藻？于彼行潦。"《诗经·国风·召南·采蘋》这样吟诵，蘋，大萍也，在乡下唯一的用处是做猪饲料。一株植物一旦进入《诗经》就好像有了牌照，身份貌似高贵了，可以在追溯源头上沾沾自喜。而萍终究是萍，进入《诗经》也无非是卑微的边角植物，进入城市也无非得一口口辛苦刨食吃，不是被谁赞扬一下、吟诵一下，身份就高贵了。

萍这最古老的物种，在进入《诗经》之前就在奔袭。原始的史书被风印刻在荒蛮的土地上，祖先沿着季节的谷黄果香采摘，追逐野兽的蹄印迁徙。食物和暖是迁徙的水流，那些最古老的萍们拖家带口地在大地上跋涉。

萍也是变异的植物，半坡的村落、河姆渡的木屋给它们扎根的土地，不再随风流转。但是一阵阵欲望的风，刮着十万征夫去了阿房宫、去了秦陵、去了崇山峻岭，捐躯成基，累骨成垛，这些卑微的萍，筑起了万里长城。开疆拓土，收复失地，马鞭一挥，生灵成土。

屠杀和移民，侵夺和兼并。乱纷纷群雄逐鹿，一扎史书里明晃晃的，是战火和兵刃的寒光，那些卑微的子民们，流转如萍，只是史书背面的一抔黄土。

史书里的一滴巨大的泪是那些远嫁的女子。

原以为世界就这么大，日子无非是田间地头、园里菜蔬、浣纱洗葛、绩麻织布、锅碗瓢盆、油盐酱醋，一辈子就守着这个村庄或那个村庄，顶多就是三里五里、邻街邻瞳。谁承想，一道诏书，聚天下美女于京华，她们一个个梳洗打扮，洒泪离乡，旦辞爷娘去，却不知道暮宿何处了。

也许，一走就是一辈子，一转身就是把乡井永远背在身后，一把家乡的土能带多久？一件旧衣能给出多少温暖，能抵御多少茫茫前途的黑夜？一切，都禁不住颠沛流离，抵不过尘世风雨。那些花朵空听着梧桐细雨，偷念着故园家乡，在后宫的刀光剑影缝隙中偷生，在权色的拼杀里煎熬，熬到一个"白头闲坐说玄宗"的境地已经是难得的善终。风雨路上，一个个孤女，如何主宰得了自己的路径。这时候，她们想起了萍，那些在她们家乡的溪水边盈盈簇簇的卑微的小绿植。那时候，她们浣纱在溪边，嬉闹在溪边，从无忧无虑的孩子慢慢长大，在豆蔻年华里，在垂髫静坐里，说着神秘的不懂的山外、远方。那时候，远方就是一个无限绵长的故事，永远没有结尾。而后来，远方成为她们未卜的命运。

她们曾在河岸顺手捞起一把水萍，看着它们肉滚滚的小绿叶片，数一数那狭小的叶片几何，看一看水中的根须多长。她们原以为萍是无根的，如今知道，村中老先生也有误，祠堂里也未必都是金子的箴言。先生说：萍是无根的，风吹到哪里就在哪里，水流到哪里就在哪里。一个女娃子，注定要走出去，这是命定的规矩。她们那时候有过淡淡的悲伤，但是作为萍一样的女子，她们默认了祖宗的教训和飘零的前程。可是她们也有微微的不甘，因为发现萍是有根的，而且根系很长。既然萍可以有根，那为什么不能在自己爱的地方落地生长，一世不离不弃呢？那个村头茅檐下粗衫补丁的读书后生，那个田园里臂膀雄健的年轻耕夫，注定要错过吗？萍，有着纤弱细根的萍，对生活有了幻想，对祖训有些微的质疑的萍，一声叹息里，不知道会不会后悔那努力生长的徒劳的根。

漂得最远的是哪个香脂红颜呢？是王昭君吗？在匈奴的彪悍铁骑面前，在温柔乡里过惯了富贵平稳日子的王朝，借造福百姓不动刀戈之名，将一个柔弱女子推向了历史的风口浪尖。昭君的"漂流"是成功的，她的美貌和牺牲，暂时勒住了长嘶的马缰绳，多少收拢了一下呼韩邪单于的侵夺雄心，如若不然，一个孤悬塞外的女子，被风吹成干尸，被沙砾掩埋百米也茫茫无人知；漂得最远的是文成公主吗？大唐的恩泽是派一个小女人携带一队浩浩荡荡别家舍族的远征人，到高高的山脊上栖息一生；漂得最傻的是那三千童男童女吗？在茫茫的大海上，被妄想的风吹扯着，被谎言的帆承载着，究竟去了哪里，是在海上炼丹成了仙，是做了某些岛屿的祖先，还是早已经被无边的风浪吞噬？漂得最痛的是李清照吗？国破家亡，背井离乡，金石散尽，祖宗的牌位被战火焚烧、被污泥吞没，愁与痛化作麻痹的酒，一杯杯，醒来后，心死。她的根呢？她的济南府，她的青州府呢？临安，临安，一个临时的安身之地，或者乳名叫苟且偷生。

行走的萍、飘零的萍、拥抱着取暖也互相争夺着路径的萍，这些卑微的事物走不进卑微者的眼睛，却走进了悲悯者的胸襟。魏文帝曹丕的情怀是丰盈细腻的，他俯瞰众生，歌咏飘萍，"泛泛绿池。中有浮萍。寄身流波。随风靡倾"。萍的卑微和渺小，不是一个趾高气扬的人所能发现的，谁低下头、俯下身，谁才能看懂最低处的风光和动人的青春。他不仅看见了芙蓉，看见了鸳鸯，也看见了华丽事物边角的萍们。在史册中，不论才学还是官爵，南朝的刘绘都是一个被历史筛漏的角色，他为萍倾心做过吟咏，"可怜池内萍，葐蒀紫复青。巧随浪开合，能逐水低平。微根无所缀，细叶讵须茎？漂泊终难测，留连如有情"。吟咏之间饱含怜惜。晋人夏侯湛也作《浮萍赋》，赞叹过它，"散圆叶以舒形兮，发翠绿以含缥"。

被帝王关注的，被布衣吟咏的萍，被塞进一卷史册里，莹莹闪烁。文天祥是漂萍，他左右不了家国的命运，就只能任人宰割；苏东坡也是一株漂萍，他不讨巧取悦统治者的笑脸，注定被玩弄于股掌之间，在大好河山的棋谱上不停跳跃。被卖身、被赎身、被转卖的青楼女子们是萍，千里迢迢奔赴功名的士子们也是萍。萍饱尝了人间冷暖，阅尽了世态炎凉，任何一株萍跌宕的身世都能够给青萌的后生做导师。

"啪"的一声，说书人惊堂木一拍合上书卷，月光下的听书人如梦初醒，他们品鉴着这流浪的说书人带来的萍们的故事，不知道自己是不是一株萍。

四

月光下听书看戏的娃儿们，逆不过风的吹拂，一眨眼就长大了。"高粱高、谷子黄，三年五年娃离娘。"一声叹息里，女孩子走进了萍的角色。喇叭唢呐，吹吹打打，那出得起厚重彩礼的人家，背后必定绑着一个秕谷一样轻贱的男人。一哭二闹三上吊，哭过闹过，日子还要过，她是卑贱的萍，没有勇气抹脖子抗婚，也没有钟情的人可以撞碑投坟，化作春风里的蝴蝶飞舞，那都不是她的命。在回娘家的路上，她把瘸腿丈夫甩得远远的。冤家路窄，这株萍，恰巧遇见了赤膊推车的送粪人，她白了下眼睛擦身而过。没血性的，当初他要是敢，我就跟他私奔了。几年后，她看见他一次次喝醉酒把自己的婆娘打到大街上，便在心里默念了句阿弥陀佛。换来的彩礼还上了生养的恩情，她觉得这一生不再有什么牵连，于是一狠心，剪断了所有的梦，咬牙过起了鸡零狗碎的日子。只要认了命，也就不觉得命那么薄、那么苦了。她接二连三地生下一群萍，她们长着她的模样，做着她做过的梦。而她坐在碾台上，纳着鞋底打量一个个长起个子的女儿，该给她们找媒婆了，这一个个萍要找什么样的婆家，走什么样的路，都在她的一针一线的算盘里。自古，都是这样。她很轻地叹口气，将孩子们的梦都纳进鞋底里，要不了几天就踩在脚下。

桃花开了，杏花落了，它们落在沟渠里，跟那些新长出小脑袋的萍掩映着。那些小小的萍，刚刚看见春天，哪里知道风雨的滋味，哪里懂得花落的惆怅，它们正努力地簇拥在一起，豪情万丈地大声朗读春风写下的诗句。

坐在碾台上扎鞋垫的女人就像那春风里飘零的花，那一刻，她跟杏花互换了身份，怀抱着酸的果实。她想起当初一起玩的姐妹们，一起挎着篮子扯草、挖菜，一起绣花，一起在村外仰望星空。如今都散了，草花去了东北，麦穗被山西的煤老板带走了，秀珍还算近的，嫁到五六十里外，许多年没回过娘家。散了，散了，女人只有这一个命运，她抚摸了一下头发，摸到几瓣冰凉的落花，她自己没留意，黑发的深处，正涌起霜花般的雪涛。

儿子扶着门框诵读"可怜池内萍，葐蒀紫复青。巧随浪开合，能逐水低平。微根无所缀，细叶讵须茎？漂泊终难测，留连如有情"。她听不懂这些萍的命运和身世，但她知道，有学问是好的，当初她们一群女孩去劳作，故意绕路经过小学墙外，就是为了听听那些朗读的声音。秀菊还为了听一个外乡口音的男子读课文和吹笛子，做了许多不可思议的事。可惜，秀菊被她爹逼着给哥哥换了媳妇，嫁给罗锅腰子的男人，白瞎了她那百里挑一的才能。从此小学校园里的笛声一日日凄凄惨惨，把乡村的夜晚打湿过许多年。

她猛地回过神来，轻声嘱咐儿子一句，该把牲口卸下来饮水了，顺便捞些萍来喂猪。

那个从城市里闯荡归来的儿子，已经不认识村庄里的萍，他只在一首古诗中领受了讽喻自己的命运。他的萍跟他一起去闯世界，昨天还爱着他，第二天就嫁了。原以为萍跟萍会紧紧相拥，彼此温暖，谁知道，一阵风就能将它们拆散。

五

萍，阴暗潮湿处的卑微植物叫萍，偏僻乡野的女孩子也叫萍。

萍，绿叶五六瓣，纤根三四枝，青碧的面颊，短暂的青春，一辈子都努力想抓住什么却永远在漂泊的路上；萍，姐妹四五个，补丁衣服拣着穿，半饥半饱，给兄弟换媳妇还是换彩礼，她心里没谱；给爹换酒钱还是换腰杆子硬，她说了不算。

其实萍不是无根，不是想靠脸蛋吃饭的孩子，那三两个微小的薄叶片之下长着如丝线一样细长的根，那根长得那么长，长得出乎意料。也许萍自种子落入水中那一刻起，或者从母体上脱离一个幼芽的那一刻起，它就在努力从水中吮吸养料，养出它自己的根，它坚信，自己没有吃不了的苦，只要付出努力，总会柳暗花明。它不知道作为一株萍的命运，生来就与芦苇、菖蒲不同，再怎么努力，都难以改变自己基因笼罩下的宿命。它一生都在努力，它的根高过自己的能力几倍，但是仍然没有办法在水畔立住脚，长成壮阔的风景。一个卑微者，一生都扮演着卑微者的身份，唯一无憾的是，它毕竟对生活努力过。萍的根多么纤细啊，能抓住什么呢？那根再长也比不过水的深度，那根再努力，也抗不过水的速度、风的速度，终究只是一株株柔弱的萍而已，在苍茫的世间，如一粒沙尘，空有一株大树的梦想也是徒劳。她们转过一条又一条流水线，她们逃过一个又一个贩奴船，她们甚至滚过一个又一个凶险的猎捕圈套，在漂泊中胆战心惊却也越战越勇。浸润在水中的那些萍根，那么纯洁、那么美丽，她们当然不知道，纯洁是没有用的，根再长也抓不住水底的淤泥，也抵挡不了风的驾驭。当她们一次次努力去抓取靠岸的稳定根基却又一次次失败之后，有的萍索性一抹脸，不要了那份有根的坚持和那种高傲的奋斗，就那么随风漂吧，漂进谁的港湾就是谁的旗帜，谁把她揽在怀中她就对谁笑。人们看见在水中流转的萍，似一瓣轻盈的落花，主宰不了命途，就说，漂萍无根啊，如落花流水不可依靠。萍有满怀的委屈，可它又能为自己辩解什么呢？毕竟，有些萍已经自绝了根，阉割了梦想和尊严。就算他们有"一网打尽了满河的鱼"的偏见，可那些水性杨花的想法，难道你没有过吗？或许不是自己足够坚定，而是那些诱惑不够强烈而已。

萍的漂流不完全怪风，它们是被动的，但也有主动的，当一汪死水的塘中拥挤了太多的面孔，困顿相伴着愚昧，它们窒息般地拥在一起，连思维都凝滞了的时候，它们就鄙视同类，甚至践踏同类，那些不安分的头颅就渴念改变境遇。它们顺着轻轻荡漾的风和几乎不可感知的溪流，沿着塘边慢慢游弋开去，从沟汊进入溪流，去寻找别样的日子。闯关东、下南洋、走西口，他们沿着季风漂进的大河，寻觅不一样的生活，他们是生活的叛逆者，也是生活的挑选者。也许，此去便是一去不还乡，一生都把乡井裹在包袱里，只有夜深人静时悄悄打开，用思念和眼泪去问候；也许归来锦衣华服，门楣光耀，成为一个故乡的传奇和榜样，但是华衣之内满身伤痕；也许归来日薄西山他仍一身寒酸，两鬓斑白，村人不识，他已经成了家乡的客；也许湮没在飘零的路上，招赘成异乡的一个谜，也许客死在苦涩的他乡驿站，被埋成一座无人祭奠的孤坟……那一场场出走定然有怀乡之痛，但是他未必后悔。

六

　　我在一盏透明的玻璃杯中养过萍，它的根纤细雪白，但是比池沼中捞起的萍，根短了许多。这些没有生存压力的萍，或许不需要那么长的根。河渠中的萍，生来就面临竞争与淘汰。那白胖的根被岁月拉长，被生存的压力拉长，被欲望拉长，被水的深不可测拉长。拉长到纤细如丝的根，最后仍然继续着漂泊流转的命运。就像人类那被生活无限拉长的韧性，像那条背上的绳索，越挣越紧。生活的水太深了，且风一阵雨一阵，多少在风雨中跋涉的身影破帽遮颜、疲于奔命，萍小小的身体被一次次打翻，它玩命想拼一个扎根如磐的结局，于是在艰涩的命运里一次次昂起被打翻的头颅。它仰望岸边树：挺拔傲岸，树高千尺就有千尺的根；它看到身边的蒲与苇，那些空心的植物，根在塘泥深处盘根错节。萍眼热着它们这样的生活，拼命想挤进去。

　　萍是背着故乡流浪的植物，一株植物一辈子都不停地在漂泊，所有的行囊都背在弱小的肩上，既没有办法到达它想去的远方，又没有能力逆着水、逆着风回到生长地。一株萍，只能随着滚滚洪流和风潮的走向而走，它知道所去的地方并不是自己喜欢的地方，但是它没有办法，没有选择，那么多萍随波逐流地往前走，它被风推着，被浪推着，被众多出门讨生活的兄弟姐妹推着去了异乡，去了众趋之地。

有时候萍也聚集停留，在一处处泡沫枯叶堆积着的边角，它们被风忽略，被流水筛选并抛弃，于是，那些边角就长满了萍，葱葱郁郁，生机勃勃，掩盖了原本的垃圾。那些累了的萍，它们追不上清澈的流水，就在混浊的地方降低梦想的高度、放宽生活的尺度扎根。不就是一些卑微的萍吗？干吗眼睛老瞟着天空？它们这样宽解着自己。城中村的矮小厢房、低矮的库房、拥挤的吊铺、潮湿的地下室、工地上的临时建筑，这些都是生长着泡沫和苔藓的地方，也是萍聚集的地方。萍，进不了华美的器皿，它们远远看着精致的洋房，就像看一部神话大剧。顶多，一些手脚麻利、身体健壮、姿色稍好的作为出色的保姆在那些洋房里清理不是她们制造的污垢和垃圾。一丛莲，高高盛开的花朵，裙裾摇曳的荷叶，最下面的石槽里，有一撮小小的萍，它们是水的点缀而已，荷的陪衬而已。那个有名的画家，精耕细作之后，用一点点颜料浸泡在水里，在边边角角"嗒嗒嗒嗒"地敲打几下笔杆，给过于纯白的流水"点苔"，萍与苔都是被忽略成面容模糊的一种意象，它们拥有一个笼统的代号，外来妹或者农民工。这个城市的史册和老百姓的记忆最多记住这个代号，在茶余饭后偶尔说起：某年，酷暑，一个农民工中暑从工地脚手架上摔下来死了；某名人真慈善，一个从乡下来的小保姆生了白血病，他四处募捐给她治病，真是有情有义的人；或者她们恶狠狠地说，那些外来的保姆是贼，专偷人家的男主人，活该被女主人剥掉衣裳打到大街上，警察就不应该管。在她们凶恶的骂声里，有一些没来得及听懂几句这个城市官腔的外来妹，揣起一叠薄薄的钞票，在男主人凶狠冷酷的眼神里辞工，擦着眼泪，偷偷到另一个地方堕胎去了。或者，在另一个垃圾遍布的角落，生下另一株身份不明更加卑微的萍，尽管那株萍有芦苇甚至大树的基因，却一生缩在萍世界的角落里，连一株萍的光明磊落都不敢有。

七

当留守成为一种坚持，漂泊就成为一种时尚，他们被叫作"漂儿"。

原以为只要离开家乡，到处都铺满金子。后来才知道，一切都是传说。原以为嫁得好就一生无忧，后来才知道，嫁得好有多么艰难。那么多叫萍的女子在乡间顺风顺水地长大，她们的父母知道，养女只养小，大了就天南地北地飞了。只是他们怎么也没想到，那些儿子们也一样，眼睛望向天空，你给他良田他不要，盖好的房子他不要，给他锄头他更不要，他的心早就飞了。那些守着空大院落和荒芜土地的爹娘暗自叹息：为什么给你一个扎根的土地你不要，却要去做一株萍呢？

爹娘明白，货离乡贵，人离乡贱，你在乡下就是一棵庄稼，有肥沃的田地，有丰沛的雨水，有风的梳理和红媒，有爹娘的爱护，离开家，你就是一株萍了，你不知道萍吗？你当然知道，这最常见的水草，无用的卑贱植物。萍？少年的脸上懵懂着，接着嘴角露出一丝讥笑，不就是那些碎屑般的东西吗？在池塘的边角，水淤堵不流的地方，不几日就萌生了翠绿的萍。洗衣的时候，提水浇地的时候，都要使劲在水面泼荡一番，绕开这些绿色植物。有时候萍多了惹人烦，池塘慢慢地被它们完全覆盖。人们用树枝把萍捞起，肥大的甩进猪圈，被腌臜的嘴巴咀嚼，更多碍事的萍被甩到岸上，被日光敛干。萍？我是萍？太好笑了，我怎么可能是一株萍呢？那些年轻人以足可吞天的气势准备横扫江湖。今天的离家远行，他日的衣锦还乡，都是黄历上没有的，要看到时代洪流。王侯将相宁有种乎？这是个机会均等的时代，谁都可以独领风骚。他们嫩黄的嘴角在父母面前复述着学来的腔调。父亲用一锅锅旱烟表达着他的忧思：唉，谁还没有年轻过呢，只是盐吃得再多，苦尝得再厚，也挽不住拼命往外走的野心。少年意气风发，爹娘苦劝不住，那个身影闪电般消失在村口。

曾经以为，她比那些城里人不缺鼻子不缺眼，甚至眉眼比她们要俏，所不同的就是一个在城、一个在乡，如今她们进了城，这唯一的差别也就不存在了。你们不是也吃不成商品粮了吗，也捞不着接班了吗？相比，我们有一双更勤劳的手，更健壮的骨骼呢！实在闯不下去，退回来可以当个不愁吃喝的农民。话是这么说，谁想退回来呢？那面小镜子一直珍藏在包袱里，年轻和俊俏就是资本。她曾经梦想着，离开乡村就可能攀上高枝，依附在一棵大树上一辈子好乘凉。或者，直接就长成一棵树。一株萍到一棵树的距离，最高明的精算师也算不出。那样的依附只能埋在暗处，是一个被称作"小三"或"二奶"的反派。那棵她想依靠的树，有另一棵树和她背后的森林，萍只能在角落里痴痴地等那个弥天大谎变成了薄情的分手。熬干了青春的萍，大梦醒来的萍，从此在世间销声匿迹，谁都不知道，当初那个心比天高的最漂亮的姑娘到底到哪里去了。一株人老珠黄的萍消隐在众多萍中无声无息，这，谁又会在乎呢？

萍的无奈是现代人的无奈。谁能够把握自己的行踪和未来？这世间这么多风雨和潮流，这么多诱惑和陷阱，守住自己不做漂萍有多难啊，尤其是对于那些怀揣梦想的年轻人。

每一株离开故地的萍都想飞翔，他们有的可以飞得很高，直到不知道如何降落。拼着酒、拼着命、拼着脸皮和尊严，弯腰卖笑唯唯诺诺，人前两张脸，人后鬼不理。一步步艰难地爬着，不敢松一口气，一松气，对手就杀将上来，订单被拿走，客户被夺走，官位被占走，风光被抢走。这株明媚鲜艳的萍，光鲜的外套里千疮百孔。

一个打拼了十几年的后生，仍旧没有办法在他羡慕的城市扎下根，可家园已经荒草丛生，他回不去。他坚持当流浪者，让孩子继续说普通话，城里的学校容不下乡下人的课桌，说普通话的孩子在他的千辛万苦中，仍旧是个旁听生。这株幼萍，怎么甘心？他又将如何地漂泊呢？

八

一株萍遇到另一株萍，从遥遥的身影上，从身躯散发的气息上它们就嗅到了同类的气味。它们原可以抱团取暖，却都心有不甘，早知如此，何必风一程雨一程地跑到异乡来。这萍水相逢让它们满眼泪水，但贫贱夫妻百事哀，两株萍要厮守，要抵御多少风的皮鞭抽打，水的强力拆散和外面众多诱惑啊！谁能与谁白首偕老？在风潮汹涌的时代，所谓的海誓山盟只是电影里的一段经典对白。他们拥有的或许只是刹那眼神擦出的火花，或许就是擦肩而过的缘分，或者就是生理心理的短暂需求。萍聚，也许就是没有承诺和信守的苟合。一切太快了，水的速度，风的速度，高铁的速度，飞机的速度，相守就变得奢侈甚至不靠谱。老乡一个信息，当天他就到了天南海北的另一侧，其实只是一个转场而已，仍旧是工地，是车间，是传销的窝点，是霓虹闪烁的洗脚房、按摩室，换了的是老板是客户，不变的是出卖着力气、身体和尊严。长相守，长相守，那是一首遥远的古诗，让孩子们去背诵吧。就算想长相守，他们也逆转不了自然的安排。萍聚是一场流水落花的缘分，"别管以后将如何结束，至少我们曾经相聚过，不必费心地彼此约束，更不需要言语的承诺。只要我们曾经拥有过，对你我来讲已经足够。人的一生有许多回忆，只愿你的追忆有个我"。他们一遍遍唱着别人的歌，伤着自己的心。渴望不离不弃白首终老，可这世间多的是背弃和无奈的抉择，多的是镜花水月的两地相思，移情别恋也不独是萍的心性轻薄，太多的诱惑和欲念，太多的信息带着她们劳燕分飞各奔东西。聚了，散了，这是萍的遭际，也是萍的命运。

　　浮萍一样的众生，都在天地的洪流中辗转，说好不分离，顷刻间天灾人祸，誓言被风撕碎。那些叫作萍的人，生来就没有多少负担，陋屋简舍，脚下的土地拴不住他，衰老的爹娘拴不住他，他就漂去了外面。大家说，他们是"北漂儿"，是"深漂儿"，是"广漂儿"。萍们寄居在城市的屋檐下，寄居在灯红酒绿的喧闹处，把自己打扮得唇红臀翘，企图猎获一个可以长久或者短暂依靠的港湾，或者用色相魅惑着城市之夜，暂时过迷醉的生活。有的费尽心机，终于伪装着混进一汪烂泥一样的豪宅，才发现，它不比乡下的塘泥更高贵。午夜梦回，家乡的月牙儿纯洁高贵地挂在老榆树梢头，她嘴里咬着一秆麦秸草嚼出了芳香，而此刻，冷藏箱里发了馊的生日蛋糕让她的心变霉并疼痛难忍。

九

我这一株萍漂泊的路径比较单纯，苦读，在高考的独木桥上斩杀了众多的萍，自己才可以漂得更远。那些被我斩杀的对手都是我的旧友，她们在故乡的农田里戴起草帽割麦割豆，种谷种椒。草帽的遮蔽太有限，她们心有不甘，沉寂之后，转身逃进工厂的流水线，躲避着阳光的灼伤。我在美丽的岛城漂泊过，也像所有在那里读书的人一样，想入非非愿意寄居在那豪华的大屋檐下，曾经去各个地方求职，以避免毕业分配被一纸行政指令发配回原籍，仍旧陷入土地和庄稼的包围。但是每一个向我这样身份开口的职位前都挤满了密密麻麻的人。城市增容费！我在这个"门神"前败下阵来：我是来求生的，不是乞讨也不是捐献的香客。我抗拒命运的无情拒绝，折中的办法是尽力挣扎留在了离家乡还不算远，只有七十里的县城。县城也曾经是梦寐以求的，小时候只要听到大人讲起县城，我就生出一副乖巧的样子，在县城的光环里，那么小的我都会生出一副讨好的媚相。可谁又不想去县城呢？县城有电影院，有戏院，有书店，有饭店，有汽车站、火车站，有文化馆、公园和人山人海的交流会，县城有太多的好，去县城看一次，眼珠子都滑溜好几年，他们这样说。要是能在县城扎根，吃了商品粮，那就不是一般厉害了。在县城扎根至少要有一个县城的户口，一份县城的工作，一所县城里的房子。但是，跟我一样进了城的姐妹都没有那么幸运。美娟是第一个进城打工的人，她在亲戚的介绍下跟一个年轻男裁缝学手艺，她学会自己设计服装，用最廉价的布做最时髦的裙装，漂亮的她回乡下的时候，人们擦擦眼睛以为是从电影上下来的人。靠漂亮嫁给年轻裁缝的美娟，终于在城市的屋檐底下扎下了根，几年后却被一纸离婚书撵出了那家的屋檐，但是她有了城市户口，这是她失败婚姻的唯一馈赠。她在自由市场租了一个小摊卖杂货，再不穿貌似华贵的衣裳。她不会算账，一年挣多少钱也没数，她说，肉烂在锅里，反正能养活自己。秀芝在一个个外资厂打工，一年年把自己熬成了大龄青年。工厂里除了打工妹就是出苦力的男工，秀芝挑来挑去也没挑中个有房的城里人。为了在县城扎根，最后她嫁了个有点残疾的城市工人，但是村里人从来没见过他，秀芝怕丢人不让他露面。晓云做了小三，又被小三一脚踢开，她被经商后有了点钱的男人领着小三给打出家门，她一个人带着孩子在城里混事，但她满足的是，男人给了她一套房子，还给了孩子不低的抚养费，自己做点啥也挣出吃喝来了。听说她慢慢喜欢上喝酒，有时候喝多了就说，带着个孩子，再找个人那么容易吗？

有一天我突发奇想，我要是建一个我们村的群，命名为诸葛村那些混进县城的人，群主是谁呢？叫读了几年书戴着眼镜捧着伦理装模作样的我来做吧，管理员是政府机关里头戴小乌纱的昆叔。昆叔只比我大三岁，没人比我更知道他的底细，如果不是抛弃了一个未婚妻娶了镇长的侄女，当时身为临时工的他，这会儿也许在诸葛村种地呢。群成员怎么安置呢？还是按辈分排列吧。在诸葛村，辈分比法律更大。首先放进去我的校长爷爷，他从一个民办教师做起，一直做到了县城第一中学的校长，在诸葛村，这足以被永久仰望。只是他卖掉了祖屋，叫诸葛村的留守者多少有些伤心，那个中医世家、书香门第的大院子，被一个杀猪户买去了，血腥弥漫，早已经遮盖了草药的香、宣纸的香、墨迹的香。人们敬仰爷爷还在于他那两个留学移民的儿子是诸葛村的巅峰。但是这个并不苍老就高薪退休的爷爷每天骑着自行车从城市转到市郊，有人传言他已经半老年痴呆。他的儿子去了远方，他的妻子将自己许给了上帝，爷爷的自行车把上常年带着一把伞，有时候遇见诸葛村的人，就要把伞送给人家，说你回家怕是要下雨的，带上伞吧。后半生都被一场雨笼罩的爷爷常常到火车道边的草丛那里找什么，他找到一棵棵苍耳，一棵棵蒲公英，一棵棵灯笼草。他这个被带离故乡的人，还能寻到一盏灯笼吗，一盏照他回家的灯笼？诸葛村的第二把交椅应该就是我的父亲吧，这一点私心请原谅，我总是感觉父亲在漂出诸葛村的移民里是数一数二的，他在海南岛当了十年兵，喝了异乡那么多井水，依然在转业的时候回了乡镇，回到离老家最近的地方，一个转业干部，却被母亲和三个农业户口的儿女拴在土地上一辈子。其实父亲有过几次进城的机会，他都漠然视之，大家都不知道他执拗地留恋什么。可是老了还是被儿女们给带进城市，就连老家的老房子也给翻盖了。偶尔回家住的父亲，总是站在一棵老臭椿树下发呆，那是翻建房子的时候，唯一保存下来的旧物。跟父亲一样被儿女从村庄里强拉出来的人还有很多，凤翔爷爷、安治伯、瓢把子叔、大拉呱，他们大多数是进城来给看孙子的，等孙子看大了，他们也就回不去了。谁想得到，他们老了却身不由己地做起了漂萍，被儿女的风推着离开家乡。我的这个群里，接下来该是红云姑姑吧，为了叫嫁出去的姑娘不是泼出去的水，没有兄弟的红云把爹娘一直带在身边。这个脾气火暴性格倔强的姑娘，在县城做搓澡工、卖烤地瓜、蹲夜市、摆地摊、开饭馆、卖服装，她干过十八般买卖，最后弄得自己一腔饥荒，据说差点当了坐台小姐。滚过水深火热的她现在是水产市场的海鲜批发商，当年的杨柳细腰胖成了一坨肉，嗓门开阔，太过娴熟的售卖话术让人觉得她离诸葛村已经很遥远，远得不只是一盆泼出去的水。立涛哥哥刚进城那几年运气最坏，一次车祸瘸了一条腿，搬运过重扭成致命的腰伤，为追欠款差点把命搭上，他娘哭着说，城里打不出食就回来吧，你出去的时候还是全毛全翅的，服不下那块水土是咱没那个命。立涛哥哥不服命，一年年硬是撑着，后来，他在县城买了楼房，把儿女的户口迁进居委会，变成了城里人。那些扫大街的、当保姆的、在外资企业打工的姐妹，那些卖调味品的、做豆腐的、贩卖臭鱼烂虾的、搞搬运的、蹲工夫市揽活的兄弟，那些看厕所的、收废品的……诸葛村是一株繁殖力极强的浮萍，漂进县城的种子还真多，我需要一个个去发现并收集，悄悄地在这个群里给他们一一安上家。但是我知道他们永远都不会来，甚至不知道有这样一个部落，他们只会他和他相好，她和她私聊，她的饭店只进他的调料，他买鱼买虾总是光顾她的摊位，他们见面的时候说得最多的是诸葛村的事和诸葛村的人。有时候，她搭乘他回老家祝寿的面包车去看看老人，或者她们在回老家的乡村客车上相遇。他清明回家添土顺便浇树施肥，他冬至回家上坟收收地租、交交电费，只有春节时他们开着各自的新交通工具回家，运输车、面包车、大货车摆在大街上，小轿车停在胡同口，摩托车藏在院子里。他们都衣着光鲜地站在诸葛村的大街上寒暄，互让一根带过滤嘴的香烟，大家都不问在外面怎么样，大家都说着吉利的好话，客气得像诸葛村的一个个客人。

十

那个叫"萍"的花屋很快就消失了，每天都有开张的鞭炮，每天都有悄然关张的门店。走马灯一样的网点房，只有药店的牌子持久。这个城市，需要吃药的人太多了。

这个养了一盏萍的女孩子，终究没能成为我的外甥媳妇，外甥娶进门一个有稍厚嫁妆的本地人。我们还是喜欢本地人，知根知底。大家的意见是，谁知道她以前是干啥的。我们自然而然地将许多故事中的反派角色往这个不知底细的姑娘身上联系。是啊，谁能证明你的清白呢？

跟"萍"分手，也没见外甥有多么伤心，只听见他总唱那几句歌："一波还未平息，一波又来侵袭。茫茫人海狂风暴雨。"我问他这是什么歌，他笑笑说，《伤心太平洋》。后来我一个人搜索歌曲《伤心太平洋》，前奏一响我就难过。"离开真的残酷吗，或者温柔才是可耻的，或者孤独的人无所谓，无日无夜无条件……我等的船还不来，我等的人还不明白，寂寞默默沉没沉入海，未来不在我还在。"当未来不在了，我真的可以还在吗？听说那个女孩曾经跟外甥一起在南方打过工，也算是同甘共苦过，终究在各种风力下，两株萍没能牵手。毕竟到了外甥家住的四线城市，姑娘依然是萍，而外甥却变了身份。我总是在猜测，那盏被花屋淘汰下来的萍，被我亲戚家屋檐拒绝的萍是否被重新投入沟渠，绕了一圈世界，它是不是仍旧在肮脏处拼命抗争？有事没事就会想起那个女孩和那家花屋，想起养在盏里的纯洁翠绿的萍，总感觉亏欠那个女孩些什么，尽管我投了她赞同票。

那个开过花店的女孩子，被这个城市又一轮筛选下来的女孩子，下一轮会打开什么迎接这个或那个城市呢？那个不知道是不是叫"萍"的姑娘继续在这个城市或那个城市漂着吧？安放她命运的，该是怎样一盏器皿或者角落？

四十五岁的我，再一次换了工作，说不上新工作有多好，我只是渴望改变。这种漂，是内心欲念刮起的风。

爱上了一首歌，一首被时尚的人早就抛弃的歌——《伤心太平洋》，"往前一步是黄昏，退后一步是人生。风不平浪不静心还不安稳，一个岛锁住一个人"。人生的进退，谁能把握得了啊！

也许，什么时候止住脚步，人生，也就看见了尽头。

达子香的眼泪

我们永远不知道一朵花与大地、苍穹之间的真实关系，正如我们不知道一只夜晚飞行的蝙蝠，与人间一场巨大灾难之间的关系一样。灵长类的聪明与贪婪，狭隘和无知写满了自然史，在自然界的审判台上，面对众生灵，人类是需要忏悔的。

我要对一朵小花忏悔，这丛野生的花其实一直在远远地回避着人类，它远离人群，避居在高高的山脊，它不需要谁赞美，甚至害怕人类的赞美。美好就意味着会引来祸端。它在几千米的高山上兀自开落，用根系和植株、花朵挑战着高寒极限，把生态疆域的分界线一再往禁区上移动。

这种卑微而坚硬的小花叫达子香，每当念起这个名字，我就会有泪水汇集在眼眶，内心充满深深的痛楚。

数年前，我随作协采风，与一个貌似江南女子的作家同行。她长得娇小柔美而且声音特别甜润。我问她籍贯，她说，其实她是内蒙古人，有一半蒙古族血统，只是很小就随父母离开了内蒙古。她现在经常梦见小时候的家乡，那里紧靠着兴安岭，春天，漫山遍野的达子香开得那么美，那么壮观。她的眼睛突然蒙上泪水说，她见过很多宏伟的事物，没有一样如童年的达子香那么辽阔和红火。

达子香是什么？这名字听起来很有异域风情。记得我小时候随母亲去看戏，好像演的是穆桂英出征战辽国，母亲说，穆桂英是与"北国鞑子"打仗。那乡土语言里的"鞑子"是不是与"达子香"有着某种联系呢？此刻，女子不好意思地抹了抹眼睛上的泪花说，达子香太美了，它在高高的山上，是一片火，一片霞，也是一片梦。见我应答迟疑，她解释说，达子香就是高山杜鹃啊。她目光望向远方，好像看见了她的家乡，她的童年，她那漫山遍野盛放的达子香。

女子满脸忧郁地说，她家乡的生态恶化很厉害，达子香售卖火爆，老家许多人以采野生杜鹃为致富之路，大面积的山体、草甸被破坏。"你知道吗？他们为了追求速度和产量，就把达子香连根拔起，把山上的土和花根部的草等防风固土、涵养水源的植物都破坏了。在高山地区，一块巴掌大的生态被破坏，都需要好几年甚至几十年时间来弥合伤口，那么多的山体、草皮因达子香的祸事而遭殃。美丽真的是错误吗？我的家乡，好好的山林变成了荒漠。"她眼睛里又一次充满了泪水。"达子香在高山上冷笑呢!"她忧郁地说。那一刻,我突然怔住了,我竟然没有意识到,一棵达子香背后的惨烈。我为我曾经水培过达子香感到羞愧。

那是几年前一位朋友送给我的,这位朋友开花店多年,每年春节都会送我些花,朋友性情温婉而清高,所送的花也特别,她很少送大红大绿的市面常见花。在节庆的花团锦簇里,她送从南方快运过来的蜡梅枝条,粗硬的几枝,疏密有致的蜡梅骨朵点缀在枝条上,斜插在粗墩墩的花器里,那满屋的香气实在是太妖娆。蜡梅花枝把大花蕙兰、蝴蝶兰、仙客来、百合、郁金香等花朵艳丽的花都比下去了。又一年,她送的是蓝莲花,记得有一首好听的歌就叫《蓝莲花》,搜出再听,确认是歌唱自由的,只可惜这些花被采集、售卖,早已经失去自由。跟蜡梅不同,蓝莲花没有坚硬的枝干,花柄跟花骨朵一样,都是水嫩嫩的。花店总是这样,他们购进的花都是花苞,趁花未开之时,花农就采集下来,等辗转到了终端客户手里,它们仍需保持含苞待放的样子。"全开了就不值钱了。"花店朋友说,她曾经将一枝盛放的百合从花丛里挑出来插在旁边的瓶子里说:"这枝花废了,谁愿意买一枝完全开放的花回去呢?人们喜欢买回去的花在家里慢慢开放。"很可惜,这次她送我的蓝莲花没有像蜡梅一样开得芬芳四溢，也没有像诸多花店出售的花那样在新主人家慢慢打开自己。蓝莲花拒绝了生存下去慢慢开放的机会，两天之后，它的茎先柔软垂萎，充满期待的花苞也垂下来慢慢干枯。那个春节，我没有等到蓝莲花的花儿开放，它们以花苞的样子来到，又以花苞的样子退场，那炫魅的蓝，那未曾等到的开放使我非常遗憾又有些痛感。又一年，朋友送了我一把旧报纸包着的花，回来打开一看，竟然是一把干柴！打电话去问，她说这是兴安岭的高山杜鹃。"你插在水瓶里，会发生奇迹。"我如她所言，将冠以"高山杜鹃"之名的枯枝插在花瓶里，但是奇迹并没有顺利发生。到春节的时候，它们无非是从枯枝上发出些翠芽，绽放些稍有弯曲的叶子，而那些所谓将会开花的骨朵却没有捧出绚丽的色彩，而是逐渐干枯，我用手指捻一下，它们竟然碎成粉末。

后来，我在综合超市的柜台也看见类似的枯柴，但是它们开着紫色的花，花瓣如绸缎一样美丽。我问友人怎么回事，她说，可惜了，我的花枝浸水的时候是不是没有剪掉最下一层的枝条？但是我觉得根源并不在此，那些花骨朵在枝头干成一捻就碎的粉末，大概是因为我家太干燥。捻碎一个个花苞时，我想起一句诗："宁可枝头抱香死，何曾吹落北风中。"这高山杜鹃是孤傲到宁死而不开花吧。面对那些干枯花苞的时候，我想起传说中因为拒绝违逆时令开花而被迁往洛阳的牡丹。我跟朋友说起这个想法，她笑答："别说得这么神神道道的，谁不想活着啊，花也惜命。"可是，它们已经被折下枝头，何谈命？已经没有日子去活着了，最后的时刻，它有权利留一口志气吧。朋友听了我的分辩，笑我是"书呆子"。

我着实为那些高山杜鹃的枯枝可惜，如果存留在高山上，它们可以一年年绵延生长，花开不断。那时候，目光短浅的我所怜惜的仅仅是一株杜鹃花的生命，根本不知道，因为一束高山杜鹃的南下，它的母体兴安岭遭到了多大的伤害，我们人类和所有生物的共同母体受到了多大的伤害。

杜鹃是个兴盛的家族，全球有九百多种花，达子香这种具有异域风情的名字是杜鹃花庞大群体里的一类。杜鹃的本名由来已久，在我国被分为五大类：春鹃、秋鹃、东鹃、西鹃、高山杜鹃。杜鹃的五大类中，有时令的"春秋"，有方位的"东西"，然后就是高山杜鹃，可见，乳名叫达子香的杜鹃花，是非常重要的一支。原以为它居于高山，与人不争、于人无碍，只是燃起一片远方的美好。孰料，不断进化的人类也侵入它的领地，动摇它的生息和繁衍。

杜鹃类的花卉，我最早知道的名字叫"映山红"。自小生活在一个相对闭塞的平原村落里，花是稀罕的，只能从一些电影中输入这些美好的意象和词汇。"映山红"这个名字太美妙了，它是个很美好的词组，具象而立体，有动态的"映"，有空间感的"山"，也有浓重色彩感的"红"，使人一见倾心。这个名字来自小时候看的电影《闪闪的红星》，潘冬子在盼爸爸、盼红军、盼春天的时候，母亲告诉他，等山上的映山红开了的时候，红军和爸爸就回来了。电影中多次出现山上开满红花的美好镜头，那一曲《映山红》的女高音歌唱，高亢明亮，深深烙在童年的记忆里。后来，我又读到一篇文章，讲"映山红"名字的来历：在战争时期，一个小山村来了敌军，他们杀害了几个红军战士。敌军走后，乡亲们含泪把红军战士的尸体埋葬在他们牺牲的山上，第二年春天，山上长出一种花，开得火红一片，人们叫它"映山红"。映山红在我童年的认知里，除了美丽还有壮烈和坚贞。

上中学之后，读书多起来，逐渐知道这种叫"杜鹃"的花总是与被叫作"子规"的布谷鸟缠绵在一起，一个是杜鹃花，一个是杜鹃鸟，子规啼血是悲情而伤感的，杜鹃花的美丽是杜鹃鸟（子规）啼血染就，就让这花的文化背景充满悲壮意味。杜鹃花与杜鹃鸟携手在中国古文化里行走，令人睹之也莞尔也唏嘘。大唐才子李白写的关于杜鹃花的诗——《宣城见杜鹃花》，就是鸟与花一起写，"蜀国曾闻子规鸟，宣城还见杜鹃花。一叫一回肠一断，三春三月忆三巴"。诗中闻鸟声断肠，见花开心碎，满是缠绵和伤感。还有一首韩偓的《净兴寺杜鹃花》，"一园红艳醉坡陀，自地连梢簇蒨罗。蜀魄未归长滴血，只应偏滴此丛多"。这首诗里依旧是滴血染花的悲情，杜鹃花终是与子规啼血的故事密不可分。大唐的成彦雄有《杜鹃花》一诗，将杜鹃鸟啼血染花写得更明白："杜鹃花与鸟，怨艳两何赊。疑是口中血，滴成枝上花。"而诗后半篇中最可人的一句是："一声寒食夜，数朵野僧家。"使这杜鹃花在悲壮之外有了山野的闲适归隐之气。无论是红军战士化作的"映山红"，还是古诗中子规啼血染就的色彩，杜鹃花的美艳总带着悲壮色彩。如今，连避世而居于高山的达子香也真实地献身于悲壮中。达子香的传说一样悲壮，故事中的达子香是一位鄂伦春族少女，因为外族侵略要屠杀村庄，她驰马报信并把敌人引进伏击区域，后被敌人枪击，马驮着她跑上高山，一路洒血染花红，后来，那种开得无比娇艳的花叫了她的名字：达子香。现实中达子香的悲壮来得更彻底，这种连根拔起、折枝浸泡，取其短暂花开的急功近利，直接是灭顶之灾、灭种之祸。采卖它的人，是当年被少女达子香报信后救下来的乡亲们的后裔吗？购买它的人，是不是像当初进犯村庄的异族敌人一样带着杀气？

前些年，我居住的小城流行起年节花卉，由野生驯化到大规模培植，杜鹃花成了人类的"弄臣"，只是这些艳丽的花走进人类居室厅堂的时候，就像阉人一样，没有了骨性。杜鹃花是春节花卉市场的主角和常胜将军，可惜的是，它们从养殖棚来到供暖的居民之家，因为湿度变化大，很多都是连花带蕾一起干掉了。家养杜鹃花，需要不断给它们喷水，我还曾经买来一个加湿器，一天数次对着它们的枝叶喷雾。但是，极少有杜鹃花养到第二年还开花的。一盆杜鹃花几乎就是一次性消费。问起一位做花圃生意的朋友，怎么样让杜鹃花在平常家庭养好，且能年年开花。他笑笑说，给他们卖花人留口饭吧，他们一盆花培养好几年，卖出去后，买主就一年年养着不死，再也不买了，他们还不得喝西北风？这话证实了我的结论，这些万千娇媚的花卉的确是一次性消费品，在花农手中便是它们生命的全部，在最好的开花之际，它被售出，就像出嫁一样进入千家万户。婚期接下来就是葬礼，一盆花开放数日几乎就走完了自己开花的历程，即使主人家还一直养着它，它也像一个太监一样，面对着轰轰烈烈的生活，再也捧不出自己的热血。我问这位朋友，难道在花里用了什么药，把它阉割掉，使花开一次就完成使命吗？他没有回答，只是说，反正花农不希望自己来年的花卖不出去。于是，我一年年续养着杜鹃、蝴蝶兰、大花蕙兰，它们给我呈现了非常生动的叶子，却再无花开，养几年之后，我也没有了耐心，总觉得过年时，屋里没有鲜艳生动的色彩不够喜气，便再去买枝头堆彩的新花，逐渐地，那些曾经的花开灿烂只留下一摞空花盆。

不久前，在一场中韩交流演出中，我倾听了一个朗诵节目，虽不懂韩语，但是朗诵的音韵之美和节律之美，是语言不通也无法挡得住的，那饱含深情吟诵的诗歌叫《金达莱》。金达莱，在我们少年的阅读生涯中，有多少美好和崇高是靠"金达莱"这个词语来传递的，有多少影视和歌曲靠"金达莱"这个意象给我们传递着朝鲜族以及朝鲜、韩国的民俗风情。

以前每当阅读到"金达莱"这个词语的时候，它从字面溢出无限的能量，神圣、美好、吉祥、阳光，就连这个名字也是不可替代的，你不要告诉我它还叫什么别的名字，我只认它作"金达莱"。其实金达莱是朝鲜语的音译，它别名叫尖叶杜鹃、兴安杜鹃。当知道这个知识点的时候，我还真有点不愿意接受，想象里的金达莱是一种金色的花，吉祥神圣如一朵祥云。在朝鲜，这寒冬孕育花蕾的花被誉为田野中开放的第一朵花，朝鲜民族将金达莱看成是春天的使者，是坚贞、美好、吉祥、幸福的象征。它是朝鲜的国花，也是中国延边朝鲜族自治州的州花，延吉市的市花，同时也是韩国世宗特别自治市的市花。金达莱就是金达莱，它是图腾层面的事物，已经远远不是一种花卉那么单纯，更不能拿任何名字去替代。

无疑，作为高山植被，不管是叫"金达莱"还是叫"达子香"，这些高山杜鹃是被粗鲁地移植了。高铁、动车甚至空运把它们的躯体分发到各地，它们来到平原的冬天会错以为春天来临，尤其是在暖气锁定的十八摄氏度以上的空间里。它们沉睡的时候还不知道发生了什么，也没有感受到躯干的剧烈疼痛，它们在温暖里慢慢睁开眼睛，却悲哀地发现，它这一次醒来是余生唯一的醒来，醒来的结局是清醒地看着自己正走向死亡。如此，便是金达莱的宿命、达子香的宿命，也是许多美好事物的宿命，是痛彻心扉的绝望、无奈的宿命。

作为自然界强者的人类是生态的最大害虫，只要瞄上哪个物种，哪个物种就大概率要迅速遭殃。

在北京南海子麋鹿苑博物馆有一座触目惊心的墓地，是世界灭绝动物的墓地。这里有近些年灭绝的九十多种动物的墓碑，每一个墓碑上都刻着一个灭绝物种的名字和它灭绝的时间，还有灭绝的原因。其中百分之八十的灭绝原因是人类的扩张和暴力干预。墓碑一块压着一块倒在地上，就像坍塌的多米诺骨牌，它的警示之意在于：每一个物种的灭绝，将导致与它密切相关的十至三十个物种的灭绝。这里统计的仅仅是人类了解到的动物，那么，那些未知的和正在面临灭绝的呢？所有这些疼痛的统计，还没有包括植物。植物的灭绝所影响的不仅仅是几个物种，而是我们整个生态环境。在它未灭绝的时候，其实生态已经在急剧恶化。谁都无法估量，一株达子香的连根拔起，会不会引发一场风暴，就像一只蝴蝶翅膀的扇动，也许关联着一场巨大的龙卷风。这微小的事物与巨大的灾难之间，有着人类精算师也算不明白的数据关联。

在草原，有一种极具破坏力的致富行为叫"采地毛"。人类经过漫长岁月的辛劳，好不容易把沙漠治理得有了起色，有人却在区区小利面前不惜严重破坏生态，将叫作"地毛"的固沙植物采集售卖，把草原重新变成沙漠。而这些行为恰恰是依赖草原存活，在草原上世世代代生活的人做的。当云南古树茶因为珍稀和品质难得而被炒作得越来越响时，很多比古茶树更加珍稀的物种就惹祸上身。相对于茶，它们不能给人类变现，而刚刚采下树的古树茶都卖两千元一斤的时候，茶农就疯狂了，他们变得六亲不认。原来，古树茶与其他树种杂植在一起，他们为了让自己的古树茶长得更好，产量更高，就辣手摧毁那些红豆杉等珍贵名木。一个森林警察说起这件事，坚毅的脸上布满阴云，"几百年甚至上千年的珍稀大树，因为几斤青茶被杀戮，我们用了多少年，多少精力去呵护啊！因为怕直接杀树会被警察抓捕，他们就用各种卑鄙的手段来摧残，比如用偷偷割掉一圈树皮的方式毁坏树"。

"天下熙熙，皆为利来；天下攘攘，皆为利往。"人类走了几千年，仍旧没有走出"利"字的牢狱。人类总是从身边的事物入手，"杀熟"是一个现代词汇，其实就是"农夫和蛇"的简化版本。"采地毛"的是草原人，毁古树的是树下长大的人，如今，把高山杜鹃达子香变成商品这一毁灭物种、摧毁生态的行为，也是从高山边缘的居民开始，他们看着达子香长大，长大后却去毁灭达子香，眼睛里竟然没有泪水，而只有获得一叠薄钞的喜悦。

毁灭达子香和青山绿水红花生态的不仅仅是采集者和售卖者，更是我们这些在隆冬里养着达子香枯枝，祈愿它们的花开给我们带来好运、吉祥和愉悦的众多消费者。没有交易就没有杀戮。这句话振聋发聩，地球上每年都有物种在绝迹，而绝大多数绝迹生物跟人类的涉足有关，人类是直接的刽子手。

在花友送我达子香的次年，我在很多花店看见了这样的枯枝，一大捆一大捆地在卖，在很多门店里也看见养着这花。在我们这座小城，售卖高山杜鹃已经非常普遍。2019年的春节，我在赶年集的时候特意去花市看，在距离县级市胶州小城几公里和三十公里、五十公里的不同集镇上，都有大量的达子香在售卖，而且价钱不贵，一把足以插两三瓶的干枝杜鹃只需要二十元钱。

后来我在网上搜索，发现网上销售更是火爆，现代化快捷的运输，可以将那些干枯的达子香运往任何一个市镇。网上也有少数禁止售卖花的呼吁，但是对于潮起的售花大军和追逐时尚的养花大军，这呼声太微茫了。

地震、山体滑坡、泥石流、沙尘暴、瘟疫，我们能看见的灾难每年都以超出我们预测的速度和力度抵达，我们无奈地称它们为"天灾"，却不反思，天灾始于人祸！

因为过度违法开采，达子香的存在数量在迅速、大幅度减少，生存逼迫兴安杜鹃不断挑战严酷的环境，它们竟然可以在零下三十摄氏度的环境下存活，很多生长在三百至七百米甚至更高的高海拔地区，抗逆性极强。可是人类的手太长了，灵长类有更多的办法猎获它们。它在高空，在众人仰望的高度为生态做了巨大的贡献，而得生态之惠的人们现在却回过头来屠杀它。那被拔起、被折断的地方，流出的是达子香的体液，是它的泪，它的血。

我完全理解了当初一说起达子香被采伐立即眼睛里溢满泪水的女子，那时候我还有些怀疑，她的精神是不是有些异常。现在真的明白了，明白的人在众多糊涂人的眼睛里，就是精神异常。达子香在遭遇屠杀的时候，其实也在冷笑，笑我们这些精神异常的砍伐者和消费者。

　　每当看见被当地人叫作枯枝杜鹃的达子香被养在水瓶里，看见花房里一捆捆的快递到货和人们挑选的欢快，我竟然也忍不住像当初那位文友那样，眼泪就要流出来了。

　　杜鹃花这个名字是近些年走近大众的，它是个庞大的群体，九百多种花里面有很多名字，达子香只是杜鹃花的一种。这么庞大的植物群，竟然在著名的医学巨著《本草纲目》里没有踪影，寻遍每一个字行，就是没有"杜鹃花"，以至于有人迷失了，认为杜鹃花是不入药的，或者李时珍疏忽遗漏了。世间岂有不入药的花木？何况杜鹃花不是罕见的物种。其实李时珍用的是它的别名"山踯躅"，《本草纲目》这一张大网绝不会漏掉美艳绝伦的它："山踯躅，处处山谷有之，高者四五尺，低者一二尺。春生苗，叶浅绿色，枝少而花繁，一枝数萼，二月始开，花如羊踯躅而蒂如石榴花，有红者、紫者、五出者、千叶者。小儿食其花，味酸无毒。其黄色者即有毒，羊踯躅也。"可见杜鹃花有多个面具，红踯躅、山踯躅、山石榴、映山红、杜鹃、艳山红、山归来、艳山花、满山红、清明花、灯盏红花、山茶花、虫鸟花、报春花、迎山红、红花杜鹃、春明花、长春花、应春花……

杜鹃花的别名不一而足，一片山坡有一片山坡的风俗，它也就有自己在山民间的名字。但是达子香只在高高的峻岭上，它与这些亲友们关系疏远。现代人以方便快捷的科技手段，让相同物种的不同分支在人烟鼎盛的城市相见了，这次相见却是分别。达子香的眼泪，与当年啼血的杜鹃鸟一样让人唏嘘。它的眼泪也是兴安岭的眼泪，是所有美丽花开的眼泪，是人类自己的眼泪。

风过紫云街

一

时光可以吞没一切，伟大的事物、川流不息的风和人的记忆。但是紫云街的记忆扎根在我的脑海中，一直那么鲜活。某个清晨醒来，与时光里的清晨完全重合：秋风从窗户溜进来，风中有果子熟透后微微发酵的甜香。那是紫云街半梦半醒的清晨。

紫云街是我一个人的街，它是我种子一般落地在县城，开始扎根生长的地方。我乘坐绿皮火车沿古老的胶济铁路慢行而来，心里在舞蹈：我终于要扑进这座县城的怀抱。穿过开满紫红合欢花的杭州路，进入渗透着悠悠古蕴的袁家巷，挤进沿墨河岸熙熙攘攘的工夫市，在洪福寺旧址边的鲁班庙小学围墙处一拐，我飘进了紫云街。

落脚紫云街的岁月，是我在一座城实实在在的烟火日子。

紫云街不是街，而是一个大院，一座废弃的学校。紫云街是我给它取的名字。对那时候的我而言，县城就是秋日傍晚的火烧云，美得让我惊诧却只能望而兴叹，我给落脚的地方命名为紫云街，后来发现这个名字与这个地方的气质是那么契合。

我把简单的行李放在这个破旧空寂的大院里。这所顺德中学的旧校址因年久破旧几乎成了危房。学校迁走了，只留下空荡荡的操场、破烂的教室和满树叽叽喳喳的麻雀。

学校大院像个巨大的四合院，长满杂草的操场是院落，东面是几排教室，南面和西面是家属房，北面是两排办公室和仓库，北面中间那个缺口就是大门。旧教室门窗玻璃都已破碎，门框、窗框破损严重，顽皮的孩子们正在钻进钻出。教室里空荡荡，落满尘埃。雨天，那些看孩子的老人，抽烟、下棋和打扑克的教工家属以及附近的闲人，随便扭开哪间教室的烂锁就躲进里面接受它的遮蔽。

和我一起进大院的是另两个新分配来的女教师。教地理的静，眼睛大，长得黑，下巴上有颗黑痣，看上去性子慢；教历史的媛媛白菜帮子头，胖乎乎、矮墩墩，细眉细眼，眼睛出奇地亮。学校安排我们仨住在最北一个带套间的三间房内。这原来是学校的仓库，最里的套间内仍是仓库，我们仨住外面那两间连体房。前院还有一个年长的周老师，是个大龄未婚女，已留起中年妇女的齐耳短发，脸盘白皙，嗓音甜美，善唱民歌，除牙齿有点大，无可挑剔。

我们住的大房，中间被两个高大的厨子截开，像屏风，又像墙，把房子分成两间，里边安放我们三个人的行囊，外边却是个杂货铺子，炊具、水桶、笤帚、晒衣杆等诸多杂物，这些都是周老师的。周老师的卧房在前排原先的学校办公室，大龄女青年的优厚待遇就是她可以独居一室，而且房子比我们的要好得多。黑脸膛的总务主任从仓库里翻出三张床说，这已经是最好的三张了。床都很破旧，我那张木板床已经黑得做烧柴都嫌旧了，还断了几处木板，后来我站在床上的时候，有几次脚穿过厚厚的草褥子陷了下去。静的铁床没有了骨板，只有网状的软铁片，人坐进去身子就倾斜了，像个网兜一样。每次早晨静醒来都会说："睡这一宿累死了。"媛媛的床看起来最好，那俨然壮实的外表却包着一把老骨头，一碰就咯吱响。她说她每天晚上都尽量克制着少翻身，以免吵得四邻不安。

宿舍地面铺着青砖，青砖在当地有个瘆人的名字叫"坟砖"。旧时用这种青砖砌坟。青砖湿漉漉的，缝隙里生长着绿莹莹的青苔，靠门口的砖缝里竟然长了簇狗尾巴草。

早晨天还不亮，我们就会被惊醒，勤谨的周老师"咚咚咚"来擂门。我眼睛半睁半闭给她开了门，却无论如何也续不上黄粱梦。周老师在她的厨房里（也就是被厨子隔开的那块地方）一通忙活。她是个活得精细的人，在饮食上绝不亏待自己，几乎每天早餐都要炒菜。爆锅的油星满屋飘荡，香气弥漫，锅碗瓢盆的交响乐和伴随爆炒的略微颤抖的民歌小调，使我们忑也不得不变得勤谨早起。

晚上的时光并不寂寞。年轻的我们精力充沛，要强得很，白天在学校里不停地听课学习，晚上回来就研究教材，进行备课。我们向总务主任要了一间前排办公室的钥匙，里面虽然尘土厚积，倒也桌椅俱全、灯具明亮。这办公室的后窗是堵死的，晚风从门前扫一眼并不进来做客，蚊子却极亲热，迅速咬得我们像孙悟空一样东抓西挠。备好课后，还要到那些空荡荡的旧教室里，拉开电灯，站在高高的讲台上，面对斑驳四壁和破碎不堪的门窗像模像样地一遍遍试讲。

住进来的当天，就有大院的"土著"居民来参观我们的住所。那些大姨操着乡下口音，堆着满脸褶皱的笑。她们说："潮湿呀，注意身子。""门破旧些，但是放心吧，大院是安全的。"有个眉眼清秀的大姨提了瓶开水来说："别喝凉水，伤身体，你们刚来，啥都不方便，有什么需要用的去家里拿。"那时候我们都还没想到要准备热水瓶。当我们喝光热水才想起，不知道这大姨住在哪里，竟然没办法将暖瓶还回去。第二天她又来了，又提来一瓶热水，把原先的空暖瓶换走了，我们问她家的门牌，说喝完水好把暖瓶送回去。她连连说："不用送，我也没什么事，来取就行了。"

没有电视、收音机的深秋夜晚显得格外长。床板"咯吱咯吱"响；树枝扫打着屋瓦"唰啦唰啦"；窗户漏风，小风"嗽嗽"似口哨尖叫，大风"呼呼"，震得屋顶漏沙落泥；地面潮湿的痕迹泛着油光，苔藓在角落里静静生长。屋子后窗外就是巷子，总让人联想到江南的雨巷和一个撑油纸伞的姑娘。现实是这条巷子并不浪漫，而是一条曲里拐弯的窄窄街道，道路坑坑洼洼。夜半三更时，常有晚归的三轮车颠簸着经过，发出"咔嗒咔嗒"的响声，也有自行车的铃声"丁零零"作响。

我们仨关了灯仰躺在破床上，月光从没有窗帘、用我的一件旧秋衣草草遮挡的窗户边缘照进来。它照着我草绿的蚊帐和床头半米处的一只电炉子，一个"烟袋锅"大小的铝锅，它们过家家般供给我三餐茶饭。听着巷里传来的那些劳碌声响时，我会学着吉卜赛女郎，像朗诵一样感叹：啊！生活，多么好！另两位舍友就哧哧地笑。我问她们俩，进入县城工作，最想做的一件事是什么。静说，就想无牵无挂地端着课本上讲台，只要不在老家种田就很好了。媛媛死活也不说，最后咯咯咯笑起来。我们猜想，她都脸红了，她年龄稍大，肯定是想找个好对象，在城里安个富裕的家。而我最想做的，是去看看城里的火车是不是从白菜地里开过来的。

很显然我们仨没有合作好，小小的卧室里摆了三套厨具，也许刚刚开始新生活，谁都想自己当家做主一次。一开始我们仨都用电炉子做饭，电炉子很便宜，十几块钱就能买到，巷口就有馒头卖，也不怕冷，小锅只用来炒或者煮菜。在那些大姨们看来，我们的居所和饮食太过简陋。我们仨都是农村孩子，十几年冷板凳热鏊子煎熬，挤进这座县城不容易，尽管住得破败，食得简单，但毕竟在小城里有了一块落脚之地，也不觉得苦。许多年的求学生涯里，我们像一朵朵在风里飘着的蒲公英，现在终于落地了，终于可以抱紧泥土开始真实的生活了。简陋，粗糙，终究是自己的家。在这些感恩的思绪里，在巷里偶尔晚归的车铃声里，在慢慢西移的月光里，在不时穿户而入的风里，我们满足地睡去。

二

在仓库宿舍住过三个月之后，我们搬家了。从地面湿漉漉的大套间，搬到前面周老师闺房旁的办公室，就是我们曾经挑灯夜战与蚊共舞的办公室。我们仨仍住一起。房间亮堂了，地面也不潮湿了，只是门板太烂，缝隙大得可以钻进一只半大狗。老住户杜老师会点木匠手艺，帮我们捣鼓了半下午，狗猫是钻不进去了，风还是畅行无阻。这是间最破旧的办公室，屋顶是漏的，我床上方那道裂缝使我午睡时总能看到一角蔚蓝的天空。我们搬进去的时候还是秋初，雨水多，我平日起床后都需要把铺盖全部卷起来，躲开那道缝隙，免得天降雨水湿了被子。就算这样，晒被子也是常事。一个深秋中午午睡时，下起毛毛雨，后来越下越大，屋顶就开始唱歌。我找出伞撑在被子上继续睡，以为无恙。午觉醒来，发现被子被打湿了一大片。第二天晒被子的时候，一帮小孩子跟在后面看，疑惑地问："你尿床了？"此后每每晒被子，好开玩笑的老师或大姨们就要说："又尿床了？"

为排遣漫长冬夜的无聊，我们开始学习织毛衣。尽管脸盆常常结冰，但坐在开着电褥子的被窝里，还是很幸福的。我们一边聊天一边飞针走线，不时说出些逗趣的句子，蹦出些欢快的笑声。静的男朋友天天来，我们仨把他培养成了缠毛线高手。我们需要把一股股的毛线缠成线团来织，先是由他协助，一人撑线另一个人缠线。后来，他竟然用两把椅子背靠背撑着线，一个人缠得飞快。那男朋友主要任务是来给静做饭的，他声称自己做饭味道好，我们就说静好福气。静撇嘴悄声说："不是手艺多好，主要是舍得放油，我要是舍得放那么多油，比他做得好吃。"

后来，学校特许我们把旁边一间杂物间收拾出来当作公用厨房。放学后，我和媛媛就先在操场上和大院的孩子们玩耍，等静他们俩做好饭端回卧室共进烛光晚餐的时候，我俩才去厨房做饭。这时候虽然我俩已经饿得饥肠辘辘，可还是从心里高兴。为了给这对小鸳鸯腾个说话的地方，我们就在厨房里吃饭，吃完饭也不回宿舍。冬天的夜晚我俩经常去串门。那些年长的老师和家属们对我们非常好，我们就到她们家里看电视。最常去的是尹老师家，尹家大姨就是一开始给我们送开水的热心大姨。她一边热情招待，一边匆忙把手头的一些东西收拾起来。媛媛眼尖，回来后告诉我，那是些核桃和磕核桃的工具。我琢磨了半天才明白，一定是没有工作的大姨给人家剥核桃来赚钱的。我们每次去，大姨就收起活计陪我们，就算不聊天也很热情地陪着看电视。我们不忍再打扰大姨赚钱，就换到杨老师家、孟老师家串门，有一次串到杜老师家门口，听见两口子在低声吵架。从此，我们串门就少了。

那时候我们迫切地希望静和他男友能成，我跟媛媛就千方百计成全，只要静的男朋友不走，我俩就不回去。我俩在冷清的厨房吃完饭就去散步。我说，咱去串街道吧，把这附近的胡同街道走一遍。寒冷的冬夜，街道上的行人很少，我们就开始数街道，出大门往东走，穿过细柳巷狭窄的路口向北，是一条老河叫墨水河，沿墨水河一直走，有时候惹起几阵狗叫，有时候听见一屋子的欢笑，有时候有叹息声伴随磕磕绊绊的拐杖声。一直走就离开居民区，到达广州路，这是小城最繁华的街道。有时候我们沿岔道往南走，经过白日里经常去买菜的大石头街，这里街道宽阔，摊子摆在街道两旁。我们经过时，还剩几个摊子和临街几家杂货店亮着冷清的灯光。走过石头街，沿着墨桥河走到方井园，这里曾是一大户人家的水井，周围是菜园，如今只有密密麻麻的民房和迷宫一样的小巷。街角建了个八角亭，挂个"方井园"的匾额，算是对历史的纪念。窄窄的亭子常被情侣占据着，这里好歹也能避避风寒，有几个石头凳子可以坐。方井园一带的地形真的像迷宫，走着走着我们就迷路了。许多巷子很深很窄，走进去是死胡同。我们深一脚浅一脚，七扭八拐地走回大院，真感觉像经历了一次鲁滨逊式的漂泊。

进入大院门口，看见团支书（静的男友）的自行车还在宿舍门外停着，就又折返回大院外的马路上。我说冷，媛媛也说冷。我说："咱俩跳舞吧，我在大学里学过慢三步，不难学，我教你。"于是我们在巷子里昏黄的路灯下一遍又一遍地跳舞。偶尔，夜归的自行车丁零零从我们身后经过，探询的眼神和北风一起吹过来。我心里觉得好笑，猜想他回家一定会跟他的老婆说："奇怪，这么晚了，还有两个女青年在顺德中学的大门外跳舞。"大院里没有路灯，一到晚上就黑黢黢的，我们只能在巷子里跳舞。终于跳到那白马王子骑着自行车从院里出来，看见我俩他大吃一惊："静见你们这么晚还不回来一直担心着，原来在这里。"后来静说："你们俩这么浪漫，竟去马路上跳舞。"媛媛马上反驳她："叫你的白马王子请客吧，还不是为了你们俩。"静就抿嘴偷偷地笑。

三

入住紫云街的第一个春天，被它震撼了，大院门口的那条无名街都被紫色的云霞淹没。梧桐花开的时候，别的树才刚刚绽出新芽，就像一缕轻烟融入蓝天一样，融入紫色里看不见了。这条街道突然热闹起来，影楼老板把客人带到巷子里拍婚纱照，扛摄像机的和背相机戴遮阳帽的人在一些老房子的飞檐翘角边拍来拍去。街巷到处弥漫着馥郁的梧桐花香，使人微微有些眩晕。大院里一样紫气缭绕，操场西南角上也有一棵梧桐树，简直就是棵树王。它树冠庞大，树身粗壮须两人合抱，树干上刻过许多歪歪扭扭的字，又被小孩子们摸得滑溜溜的。晚饭后，我喜欢对着那一树数万朵的梧桐花唱歌，唱的是《伤逝》里的子君浪漫曲，"一抹夕阳，映照窗棂，桐花阵阵送来芳馨……"歌剧里是藤花，我唱时做了一些改动，我愿意将它唱给我的梧桐花听。有一次我唱完三遍就收工了，邻屋的周老师从屋内探出半个身子恳求说："可以再唱一遍吗？"她的表情凄惶，充满伤感。这首浪漫曲我一直认为是伤感的，与暮春黄昏和失恋的爱情有关，虽然在剧情中并不如此。我小心翼翼又唱了两遍。原来唱歌也伤人啊！我感觉自己闯祸不小。我不知道周老师三十多未嫁的情感世界里，是不是被子君的伤逝之曲碰伤了。我唱歌的时候，经常会闪现出静那白马王子灿烂的笑脸，他说："真好听啊。"我也不停歌声，只微笑着把手指向屋里或者厨房，总之是静的所在。

操场西面一圈平房住着已经退休的老教师家属，我们虽然不熟识，也跟着别人叫他们许主任、李主任、刘校长等，女人就一律叫大姨。白天里大院是欢腾的，许主任的老婆带着孙女，孙主任的老婆带着外甥，还有一些大院外的老人在院子里看孩子，把孩子们撒在一起抠土、摆石子，这些女人就凑堆拉呱。庄主任的老婆腔调最高，她不管在操场的哪个位置说话，满大院都听得一清二楚，我们暗地里叫她"高音喇叭"。聊天的人群里还经常迸发出笑声，笑得最响的一个女人外号"大野蛮"，她高大粗壮，笑声粗糙浑厚，毫不遮掩。她不经常梳洗，早晨见她蓬乱着头发提着尿罐往菜园里倒尿；经常见她一身油垢到菜园拔菜；偶尔也看见她拿个二齿钩子撵着她那淘气的儿子，却总也追不上，二齿钩子在操场上抓出一对一对窟窿。"大野蛮"性情豪爽，为人慷慨，她家是这个学校大院里唯一的非教师家庭。她原在农村生活，因为超生了儿子被罚得上无片瓦，觉得在村里没法过，就出来谋生活。她丈夫租了校园最南端的几间房子开着小工厂。我们去参观过，有两台机床，一地散碎铁器和铁屑，到处是油污。"大野蛮"跟一个四十多岁的女雇工开机床。她男人收拾得衣衫整洁，利利索索，尤其是头发梳得油光可鉴，专门跑销售。"大野蛮"的女儿小芸是大院里最文静最漂亮的女孩，十一岁就亭亭玉立，大眼睛长睫毛皮肤白皙。小芸天生文静，"大野蛮"说她哑巴样的。小芸在大院长到十岁才去鲁班庙小学上学，原先没户口，小学里不接收，她就在家照看弟弟，洗衣做饭。

　　操场南墙根被勤快的大院居民开辟成了菜园。是"大野蛮"最先把操场边的地开出来种菜的，她说闲着这些地真可惜。乡下人不喜吃的六月韭，石头街上都卖八毛钱一斤，不如自己种。黄昏时候，她两手各提一桶水，腰不打弯、腿不打颤地从公用自来水处往菜园里提水。她收了菜经常送给这里的住户，也对我们说："想吃什么自己来拔就行。"她很羡慕有学问的人，对我们这些老师很尊敬，说戴个眼镜真体面，我这辈子是混不上眼镜戴了。

黄昏时候，尹老师和杜老师相约好似的都在浇菜地。尹老师是一个矮胖男人，他长得黑，腿还有点不齐，走路的时候一颠一颠的。尹老师五十多岁就秃顶了，有些男老师开玩笑说，他是被学问烧得没了毛。他是山大的毕业生，还是才子，毛笔字写得棒，据说整个冬天不停地写对联，腊月里他老婆去乡下赶集卖，收入不菲。我们去他家串门时，一直没见他挥毫泼墨过，倒是遮着门帘的内间屋里，飘荡着墨香。我到这所学校的时候，他已经不再教课，在总务处当保管，一身钥匙哗啦啦地响。尹老师似乎一肚子典故和笑话，傍晚时，他给菜园提水像开堂会。提两趟他就抽袋烟讲几个笑话，直到"大野蛮"浇完了菜，他还在那里呵呵笑着不紧不慢。"大野蛮"说："尹老师，日头落下了。"他笑着说："回家早了还得干活。"尹老师浇完菜也不着急回家，他跟杜老师在菜园边抽烟，有时评点时事，有时愤世嫉俗，有时抬抬杠，有时吹吹牛。直到天黑下来，尹家大姨到操场边的胡同口喊"尹老师，回来吃饭了"，他才答应着满足地和杜老师分手。尹家大姨总是这样称呼他。大姨长得漂亮，而且比尹老师小好几岁，是农村户口。孩子们也跟她一样没城市户口，招不了正经八百的工，尹老师家的日子就过得紧巴。他那早秃了的头据说跟这有关。尹老师家有三个孩子，老大已经快三十岁，在一个工厂当临时工。但是这个儿子心气很高，发誓要找个城市户口的，婚事就一直拖着。有人开玩笑说，尹家大姨对我们单身女青年这么好，是不是想要从中找个儿媳妇。这确实是冤枉了大姨，她那骄傲的儿子我们来了好久都没见过。曾经有一段时间，有一桩悬案我们曾猜测过是骄傲的尹公子所为。每天晚上九点左右，一辆自行车从外面回来，正好走到我们窗外的时候就拨响自行车铃。时间长了就让我们猜疑，是谁呢？为什么要这样做呢？最后我们就很庸俗地猜测上尹老师的大龄公子，不免有些不屑：要是有勇气就直接来追一个，何必这样躲躲闪闪？出于好奇，我们几次想抓这个人。我们曾经假装在外面溜达，九点左右回屋，但是几次都没遇见打铃人。后来还是我早有预谋并无比勇敢地在铃声响起的时候噌地蹿出去，见一个慢吞吞的老人骑车刚刚经过。原来我们冤枉了那个傲气的帅哥，想想曾经暗地里这样卑鄙地猜测过人家，真是有些对不住。

　　尹老师的菜园里长着多种菜蔬，春天的时候，当天空中的紫云慢慢消退，那片菜地上就开始了新的色彩。马铃薯的花开得紫泠泠的可爱，韭菜一茬茬油绿油绿。傍晚时候，尹老师常常手提一把鲜绿的油菜走到我们的厨房去说："菜园里的，看看我种的菜比市场上买的好吧。"一年到头，我们吃过尹老师菜园里不少新鲜菜呢。尹老师还特别爱管我们的闲事，春秋时节的傍晚，我们搬出凳子在门口闲坐，他看见就会大声说："离门口远一点，'溜檐风'伤人。"什么是"溜檐风"，我们真的不知道，可见他着急的样子，就挪动座位，避开屋檐下吹过来的风。在院子里洗头被他看见，又是一通教育，说凉风侵湿头，中了湿气可麻烦大了，赶紧到家里去烤干。于是，冬天里就到他家去洗头，直到在火炉边将湿发烘干才回来。

傍晚是大院里最热闹的时候，孩子们在操场上追逐打闹，小芸却独自在自来水边洗一大盆油迹斑斑的衣服。"大野蛮"的儿子龙龙虽然淘气，却是大家的开心果，晚饭后他带了一群大院内外的小孩在玩各种各样的游戏，欢呼雀跃。有时候我们单身女教师也参与进去，玩得几乎回到童年。最经典的游戏是由坤发明的，她比我晚一年分配到学校来，与舍友住在另一间简陋的办公室内。她最能和半大孩子们打成一片。她经典的玩法是自己骑自行车在操场上兜圈，一群小孩在后面跑着追。尖叫声，欢呼声，吭哧吭哧的喘气声，追不上的孩子一屁股坐地上的沉闷声混杂在一起。那激烈的追赶还引来很多大人笑眯眯地观看。后来，操场东边的一排排旧教室分给了学校的老师，大院里更加人丁兴旺，更多孩子在操场上追逐，有毛狄、信封、龙龙、春丫，还有高大的弘治，还有一帮穿开裆裤的小家伙奇奇、可可、孟冬、雪琪等。上初中的学生通常不在操场上玩闹，有时候在菜园边溜达，有时候捧本书在心不在焉地读。

四

前不久我在马路上看见了弘治，紫云街唯一一个模样变化不大的人。我喊住他，问他跟谁在一起，他说跟爸爸。我就明白了，他妈妈一定是去世了。我们初到紫云街被弘治给来了个下马威。第一天中午在仓库宿舍睡午觉，却被一个粗重浑厚的男人声音吵醒了，一个高大粗壮的男人，长着短短的胡子，表情冷漠，双眼似乎深不可测，跟一个虎头虎脑的小男孩在我们门口的大石头上玩耍。听不清他们说的是什么，但是心里真吓得咚咚跳，这是个女生宿舍的门口啊，你个大男人站在那里还理直气壮地聊天。我们本来打算开着门午睡的，那样热的天，开门睡也是一身汗。这个久久逗留在女宿舍门口的彪形大汉着实让人寝不得安。直到要上班的时候，他还不走。我们开门，羞红着脸从他旁边过去，他稍微让了一下，眼睛直直地看着我们。

这是件最没有安全感的事了。过了两天，我们的狐疑没有结果，他还是会到我们门前窗前溜达，有时候有小孩一起，有时候就他自己。

一天晚上，我终于忍不住，闪烁其词地向周老师打听这个男人是怎么回事。周老师是大院的老住户，应该熟悉情况。周老师第一次在我们面前失态，她没有回答我们的疑问而是笑得前仰后合，笑得炒菜的锅铲子差点掉在地下。她笑着反复说，竟然叫弘治给吓成这样。竟然被弘治吓得睡不着觉了。哈哈！

后来知道，这个"弘治"是顺德中学的一位老教工的孩子，五岁的时候，她母亲把他撒在操场上玩耍，自己去给学生上课。这小顽皮爬上一段矮墙，头冲地摔下来，把自己的精神世界永远留在了童年。弘治的母亲一脸皱纹，瘦得有些轻飘飘。她好像还有一个儿子，但是因为弘治这个累赘，他弟弟的老婆一直不好找。

偶遇时，弘治就像跟老熟人说话一样应对着我的话。我不需要解释我是谁，也毫无必要，他只要知道是一个曾经的熟人就足够了，或许对一个五岁智商的男人，你是谁都不重要。我问他，谁做饭？他说："有时候我做，有时候我爸爸做。"弘治竟然也学会做饭了，这是那位老教师临走之前教会的吧，她总得教会他的儿子尽量少拖累别人，以后的岁月能够刨口食吃。当年的一堂课，一段土墙，给这个瘦瘦的老教师留下多么深的创痛啊。

就像谁也留不住风，紫云街的青春时光匆匆流逝了。静要出嫁了。此时紫云街里人心惶惶，居民们说这一带要拆迁盖楼，旧房全部拆掉，住户都要分到楼房。我正抚摸着那棵巨大的梧桐树兀自伤感，我之所以给这个驮载我青春的院落取名紫云街，源头就是它的万千花朵。大院里在大兴土木，家家力图在本来拥挤的小院落里盖上间小屋。年轻人到底浅薄，对这种拆迁前的建设不解。"大野蛮"说："拆的时候算平方换楼房，现在多盖上点，到时候就多换点。"学校分给静一间住房，在新校区。静唉声叹气，说如果在这里就好了，可以换成楼房，哪怕贴点钱。哪一天才能有自己的房子呢？！于是我和媛媛就悄悄商量，如果咱俩去新校区住，静就可以在这间屋里结婚，那么等紫云街拆迁的时候，静就可以有自己的楼房。当我们把这个想法告诉静的时候，她眼里立即被雾气蒙住。她看向远处，半天才说："我想也不敢想，你们俩这样慷慨。"就这样，我们"两家"悄悄换了房。

来到新校区我才明白，为什么校长要把七八个单身男青年安排在这里住，而女单身职工在老校区。这里太空旷了。白天学生闹着浑然不觉，可一到夜幕降临，周围的树林招来许多归鸟，乌鸦哇哇叫着，肆无忌惮，风吹过，树林如怒涛狂吼。家属院里仅有的两户住家都蜷缩在自己的家里，连狗叫声都显得异常胆怯。这时候，突然感觉，热闹的大院、美丽的紫云街真的那么美好，只是已经从我们的生活中过去了。

但是我们太幼稚了，偷换房子换不了学校的账本，校长逐个找我们谈话，让我和媛媛搬回去，我们说，房子已经给了静，她也已经换了锁。校长冷漠地说："撬开。"我和媛媛战战兢兢地被教导主任用一辆三轮车连行李"押解"回来。一把新锁锁在那间破旧的小宿舍门上，那个寒酸的住处将是一对年轻教师的新房，他们在这里等拆迁，等一个不算远的好生活。总务主任找来"大野蛮"，她手持一根铁棍只一下，就将那把新锁撬开了。我和媛媛把简单的铺盖卷重新放进我们的小屋，相对无言。我们知道，昨天晚上被谈话之后，这对小夫妻曾经抱头痛哭过。

成家的静住进新校区的一间校舍不久，他的白马王子很出息地考上了县委招聘的公务员，成了政府大楼里的人。半年之后，"大野蛮"那几间租赁房归还，学校就将其分给几位老教师，静以最年轻的资历分到了两间。人们羡慕不已，说静是个有福之人，看下巴上的痣，那是福痣，结婚后男人就有出息进了市政府，自己又分到了房子，明摆着的一套楼房。有的大姨甚至开玩笑对我和媛媛说："你俩不赶紧结婚，要结婚早，这间房子就分给你们了。"我和媛媛还有坤都搬到新校区去了，老校区大房子大家都红了眼地争。

后来，我回紫云街多次，看见那些小孩子依然闹得欢畅，看见静的女儿在梧桐树下抠土，看见巨大的挖掘机把大院门口的石碾挖起，看见挂着花布窗帘的碎窗户倒在一堆花生蔓上，看见那些黑色鱼鳞瓦和正开放的金银花一起被铲进运土机。

一座座新楼覆盖了古城的版图，把那些浪漫的旧街巷淹没。紫云街，伴随着我青春的斑斓脚步，已成一枕旧梦，成了县城的旧版图上的图标。那些高大的梧桐早就归于尘土，被风吹散的紫云，也就是一个飘荡着的意象，或许只有我还对它念念不忘吧。

那毕竟是我的青春。

每一块土地都有自己的名字

东园

村庄被大片土地围绕。地有优次，不同的土地上庄稼也长得高矮胖瘦各不相同，就像各家柴门里走出来的人，虽然都鼻子是鼻子，眼睛是眼睛，但相貌迥异。

紧靠村东的一片好地是挖湾时造起来的，那里原来是硬土层，纵横着几条大沟，人们挖塘填沟，留出最好的土铺垫在表层。于是，水湾周围就造出一块块上好的地，分给村民当自留地。因为取水灌溉方便，大家都在这里种菜，地就叫了"东园"。

我幼年的许多时光与东园有关。从村西我的家穿过整座村庄去东园，对我来说就是一场有趣的远足。父母在东园犁沟、打垄、种菜、灌溉、收菜，一年四季都不闲。寂寞寒冬里，枯败中埋藏着生机，比春风还早的春韭最早露出红色的芽，就像红脸蛋的娃娃；春葱的绿裹在枯败的老叶子中间，等你发现它的时候，它已经长成了一支箭；越冬的菠菜不知不觉就从铁青的脸变成了妖娆的春天模样。

春分时节，东南风带着海边的寒凉吹来，东园里劳作的母亲还没有摘下头巾。她把土豆横切竖切，切成许多小块，挑选那些带芽的块茎埋进地垄深处。这些冒着春寒下地的土豆，不久就成为东园里崭新的童子军。绿波逐渐荡漾起来，韭菜、葱、菠菜都绿莹莹，土豆叶的新绿覆盖了地垄。土豆的绿波涛上渐渐开起紫莹莹的花，那些烂漫让菜园里劳动的人眼神温柔。春渐渐深了，吃过了头茬二茬的韭菜，渐渐就能从土豆垄里摸出鸡蛋黄般的土豆。只是悄悄地扒开土偷看一下而已，它们腰身没长齐，乡下人不舍得吃，又用土掩埋上了。

紫花谢了，浓绿的土豆秸日日发黄。终于到了刨土豆的日子。镢头一抢，土垄里就滚动着喜人的淡黄色果实。老家的土话叫它们"地蛋"，"地蛋"大的像鹅蛋，小的如葡萄，那些最小的葡萄样的"地蛋"大人不稀罕，小孩子会用来玩拾石子游戏，玩够了就扔到土豆堆上，后来煮熟了喂鸡。它们太小，不值得刮皮做菜。土豆是菜也是粮，刮皮切块炖菜是好的下饭菜，擦丝加少许面粉煎土豆饼是极好的饭食。与地瓜一起煮熟的土豆喷香，算得上主食了。"瓜菜半年粮"的饥馑岁月，土豆填充了乡下人的半根饥肠。

我在东园参与的劳动是浇园，父亲用扁担挑着水桶去东湾里担水，我也用一个水壶去提水。这点水对于那些干旱日子里的菜来说杯水车薪，但我的成就感很强。有时候，大人忙别的农活，我就用小水桶和我的小担杖去浇园。我担着水爬那陡峭的坡很吃力，但我喜欢看生长着扁豆和茄子的干裂的土地咕嘟嘟喝水的样子。当扁豆架上垂垂结出长条的扁豆，当紫色的茄花落后，茄子腰身越来越大，我就更喜欢去菜园了。那时候我已经学会了骑自行车，从大金鹿自行车的大梁下斜着身子蹬车，遵从母亲的号令去东园剪茄子，摘扁豆。与茄子扁豆在夏季一起丰盈着东园的还有各种瓜，北瓜、倭瓜、方瓜、南瓜。收获的时候，各种颜色和形状的瓜装满了小推车。这些瓜放在一个旧粮囤里。母亲喜欢煮地瓜的时候切块蒸煮各种瓜，也喜欢擦成细丝包包子吃。油煎瓜丝饼是我的最爱，那年月，无论什么，沾点油星就是上等饭。

秋天到初冬有一大片碧绿的大白菜，有一垄垄萝卜，地头上还有辣菜疙瘩，根是圆的，叶子汹涌碧绿。嚼辣菜缨子时会有猛的一股钻鼻子的辣气，顶出人的眼泪。

东园是温暖而带着味觉的地名，它是每家每户的灶台蓝图。但是，东湾里的水开始出现干涸的时候越来越多。初次干了湾大家还觉得很新鲜，湾的浅水里浮起那么多大鱼。人们从湾中捉出一篓一篓的鱼，诸葛村的炊烟中荡漾着少有的炸河鱼的香气。连泥鳅都被捉净之后，湾底干出一条条巨大的裂纹。有些老人说，这些口子要吞东西呢。

夏天的雨水也填不满那些裂纹，湾底的水再也没有以前的盛况，东园就凋敝了。有些人家就不在东园种菜，而是种上了庄稼，菜园变得花里胡哨。再后来，集镇上有了企业，年轻人进厂打工，这一小块庄稼地也懒得分神，就有人家在菜地上种了树。树荫遮掩下，邻居的菜就很受影响。就像传染病一样，从一家的林地开始，周围的人家陆续也不再种菜。那些人家也许是另外找到了水源旺盛的地方种菜，也许是因为种菜辛苦，集市上的大棚菜越来越多，而且便宜，比自己侍弄的还实惠。随着东湾的干枯，东园也成了名不副实的地块，它最后完全沦为林地。

东园，它的名字挂在诸葛村的历史中，只被一些在此种过菜的老人记得。

墙南

诸葛村的土地沿袭着古老的名字，也许是从第一代到这里垦荒的祖先开始，逐渐开垦土地并给它们命了名。最好的地也有动听的名字，它们土层厚、油性大、保水好，种下的庄稼省心还高产，它们的名字也亲切如自己的家人。

"墙南"和"家后"都是这样的好地。我根据地名猜测，我们诸葛村曾经是有"城墙"的，"墙南"的田地就在城墙根下。

父亲的童年记忆验证了我的推测。他说，他很小的时候，村庄四面都是高高的土墙，后来村西的土墙倒塌了，就栽了很多棘子树，成了树墙。棘子树学名是枳树，高大而多坚硬的刺。村西树墙之外的那一片田地名字叫"西洼"，如果不赶上涝的年景，西洼地应该算得上好地。家乡十年九旱，"西洼"这片洼地总有比较好的收成。每年雨季，雨水汇入沟渠从村东流泄到村西，经过西洼地的大沟，流到"西河崖"里去。有时候雨水急，就会漫溢出沟，把西洼地淹得一片明晃晃。西洼地的墒情比别的地块都晚，比"东荒"等岭地晚二十多天。抢麦的季节是好的，大家可以从东坡里开始收起，等把岭地上早熟的麦子打完场，"墙南""家后"等地片的刚好收割，然后，"西洼"地里的麦棵才慢悠悠变黄。有时候人们收获急了眼，等着腾麦茬地种庄稼，"西洼"地里还青绿着的麦子也就给割了。

我家分到的最好一块地是"墙南"。"墙南"地平整、无沙石、土层厚，又在家门口上，每年都由绿茵茵的庄稼产出黄澄澄的果实。"墙南"地有好几阡，在其中一阡地里，有一口废弃了的老井。我小时候多次去观瞻过。说是井，全然没有井的样子，没有石头砌的井帮，也没有井水，而只是一个大深坑。老人说，这个井叫"葛家井"。传说很多年前，我们村里住着诸家和葛家两户人家（所以叫诸葛村），都是大富户，后来葛家犯事，被朝廷抄家。葛家人把无数金银财宝掘地埋掉。后来人们挖掘出这些财宝，把藏宝的地方挖成了一口井。这个传说很不耐考据，我们村是无一杂姓的张姓村庄，有家谱为证，诸葛两姓完全是杜撰。但是，那口枯井样的大坑，在我童年的"墙南"地里成了一个传奇，它的确叫"葛家井"。

我的劳动时光大都在"墙南"。刚承包土地时，我家和二叔家合伙饲养一头牛，牛拴在二叔家由他伺候，我们家入伙草料。在玉米即将收获时，我们都要钻进玉米地"打叶子"，把玉米株上的叶子劈下来晒干后喂牛。这是我经历的最残酷的劳动，玉米地里闷热，能把人蒸晕；玉米叶子上的小毛刺刮着哪里都是小口子，刮破皮肤之疼，汗水流进这些小口子又腌渍得疼，实在很煎熬。

"墙南"地是我家耕种时间最长的地，我家的最后一块地是从墙南消失的。我家的土地分别在"舍茔后""四十亩地""家后""大井""凤嘴子""石头窝子""河崖"。我们村没有实行"三十年不变"的土地政策，而是随时调换。我们家兄妹分别把户口转出来，土地一次次被收走。母亲的原则是，把最远的地先交出去。大井、四十亩地、石头窝子等好坏不一的田地，随着家人变成城市户口而易主，最后就剩下母亲的地了。她这个资深农民，绝没有把户口迁出的可能，她留下了"墙南"。我家在"墙南"地里耕种了二十几年，那里留下了我青春的汗水。母亲去世的第二年，村里把"墙南"的地也收回去，如此，我们家在我们村只有家，却没有一寸土地了。

每次回老家，我总要在大街上走走，走到村南头就是"墙南"的田地。我常常站在我家耕种过的那片土地前浮想联翩，这些土地不知道换过了几茬主人。

舍茔后

不管好的还是差的地片，都各有自己贴切的名字，一听名字就知道它们的秉性——涝场子、东荒、砂岭子、大北岭，或远或荒或砂或涝。舍茔后、技术队、大井就不那么好琢磨了。

涝场子在村的东南角，一块四面被高地围攻的地片，每年都有拔不出脚来的时候，如果我乡尝试种水稻，倒是可以利用这块地做试验田。涝场子不远有个湾，不圆不扁，是周正的四角形状，因此叫作"四角湾"。湾周围的地片也都叫这个名字。

东荒远在村庄之东，是片岭地，石头沙粒特别多，盘根错节地生长着茅草和杂乱的灌木，人们在学大寨的时候将这片乱岗子开出来种地，犁铧常常被石头咬崩。它离村庄太远，脚力是苦痛的；庄稼种子埋进土里不是被沙子吃掉，就是被旁边反扑过来的茅草吃掉。过了些年头，村里又把这不够成本的地种了刺槐树，哪怕长几棵烧柴棍子，也比白扬了粪和种子合算。东荒，真的成了荒地。

沙岭子更是块操蛋的地，不仅沙石多，而且在高岭上，种啥都头疼。大北岭那个远啊，吃过饭去上工，出村一直走，几乎走到肚子饿了，才到小北岭，越过小北岭才是大北岭。后来我知道夫舅的村庄有一块地叫"草鸡岭"，那块地在一座大岭的南坡上，他们去种地，出村走老远，要翻过一座类似小山的石头嶙峋的山岭。等走到那片地时，人已经筋疲力尽，还怎么干活？所以，地名就叫"草鸡岭"。夫家曾经分到一块地叫"鹰嘴石"，像老鹰的嘴一样带钩且险要，而且在一大片石板上。收成如何不说，耕种就很艰难，根本没有路，连小推车都进不去，爬沟越岭地用最原始的挑担来解决土地上的产出和投入。有一年秋天我开车带姑姐出村，经过一片地时，她说，这是"薄板岭"。薄板是俗语，就是指很薄的石头层。她的村在丘陵地带，这样的地在我们村都算三级四级地了，而她们却认为比较平常。

我童年时对叫"舍茔后"的地片很害怕。这片地的南边原先是荒地，是"舍孩子茔"，简化成"舍茔"。"舍孩子茔"就是专门抛舍死小孩的地方。"舍茔"是一块自带肥力的地，因为那里有好多个孩子尸体化成了肥料。村里的老规矩是，凡三两岁的小孩子夭折，是不能入土的。要将这孩子抛掷在野地里，任野狗和乌鸦吃掉或者腐烂入土。

旧时傍晚，"舍茔"那里时常鬼火跳跃。晚归的种田人走在回村庄的路上，经过"舍孩子茔"旁边，就有鬼火跟着这个人走，它行走的速度和人行走的速度一样。胆小的人跑起来，鬼火也跟着跑。若停步在原地，那鬼火也就像人一样站住，在原地"突突突"地散发着火苗。据说曾经有个大胆的人，回身对鬼火说，你要跟我回家？那鬼火簌簌跳动着，好像点头。所以在傍晚收工的时候，人们远远看见"舍孩子茔"那里跳动着鬼火，都宁愿绕一点远路走，也不去逗引它们。

总有不信邪的人，麻子爷背后搭着条使唤牛的鞭，就是要从"舍孩子茔"边的近路回村，他说，那都是些水泡一样的小娃子，能有多大能耐？他想跟我回村我就带他回村，看看他是谁家娃，在谁家门前停下。麻子爷背着手不回头地走，拐弯的时候看见三点鬼火在后面跟着，奇怪的是，走到"四角湾"那里拐弯后，那几点鬼火却不动了，在原地跳啊跳。难道鬼火不会拐弯，只会走直路？有一次，他回家的时候天已经麻麻黑了，一团鬼火在他后面跟得很近，这团鬼火比以前的鬼火都大，跳跃着蓝色的火苗很有火力的样子。难道它要作事？麻子爷心里也有点打鼓，他用手攥紧了牛鞭，猛然一回身，一鞭子抽出去，"吧嗒"一声，鬼火落地，火苗弱下去，渐渐熄灭了。麻子爷大着胆子走过去看，一块棺材板子样的老朽木颓然瘫在地上。

"舍孩子茔"曾经是医疗落后年代里夭折婴幼儿的群葬之地，随着医疗水平的提高，新生儿和幼儿死亡率已降至很低，这片地就失去了原有的功用。于是村里将它开垦耕种，成了一片最有肥力的地。土地联产承包后，我家分到的一块地就在"舍茔后"，每次到地里劳作，我远远地看隔着一阡地的"舍孩子茔"，内心还是有些害怕。那里长着郁郁葱葱的庄稼，其实与别处大致相同。

石头窝子和康家埠

我家分到最差的一块地叫"石头窝子"。那里有一个打石头的大坑，地名由此而来。据说村人发现村外有石矿时，很是兴奋了一阵。如果自己村里产石头，盖房子垒房基就不用到外边石矿上买石头了，而且我们的村庄也可以卖石头，这不是坐地生财吗？村里也曾经开发过，不过这些石头太不争气，刚打出来还像石头，一旦风吹雨淋，就散了，一层层迅速剥落成粉剂。不知是原本就有这种叫法，还是村人给命名的，这石头被叫作"糁面子石"，人们垒猪窝都不用，还不如那"蜂窝石"呢，它虽然有孔洞，不那么结实，但毕竟是石头。

石头矿的梦破碎了，人们继续在那里种庄稼。"糁面子石"极不利于庄稼生长，土层太薄，两拃厚之下就是石头，庄稼的根很容易就走到绝路上去。而且"糁面子石"的土层极容易吸水，这里的土地比别处更容易干旱。父亲核算过这里的产量，亩产小麦二三百斤，苞米四百斤是高产了。有一年我麦收时回老家，二叔指着一小堆麦子说，这是"石头窝子"一亩半地的产量，我看那堆小麦也就百十斤。机器收割一亩地也要几十元，连收割费几乎都不够，更不要说机器耕种和种子肥料的开支。我说，这样的地还种它干什么，净赔本。叔说，难道叫它荒了？还有一季苞米，也许能补补亏空。我家耕种"石头窝子"地块的时候，父母的唯一理由是，不能叫它荒了。但我的记忆中，那块地每年都吞吃了我家人的汗水。

我家没有耕种过"康家埠"的土地，但那里有我的祖茔，想必祖先拥有过那块地。多年之前，祖宗们在那里勤勉耕种，也许是哪个祖先吃苦耐劳攒钱买下的一块好地。

每年父亲、叔父去上除夕坟的时候，都会先去康家埠，我曾祖父以上的亲人们在那里安息。入合作社时村里平坟收地，土地交公，绝大多数人家都选择不迁祖坟，只把祖父辈甚至近至父母辈的先人迁走。那些被平了坟头的祖先们，就消失在土地深处。村里的坟茔迁到更远的土质不适合耕种的"凤嘴子"。据说那是一块风水宝地，曾经有一只凤凰在那里降落过。后来，新一辈人长起来，哥哥、侄子替代父亲、叔父去上过年的喜坟，但最初的几年仍然需要叔父率领。他一年年不肯从帅位上退下来，一年年详细地给他的儿子、侄儿们讲述他祖父母和伯父伯母下葬的地方。那已经是一片广阔而平展的耕地，谁也看不出庄稼曾经扎根在一片骨殖上，也没有哪一块土坷垃有人类的痕迹。祖先已经彻底融入土地，跟土地长在一起养育庄稼，然后同庄稼一起养育后代子孙。自然界的循环圈子原本竟然这样小。

上除夕坟这样的事情是我一个女孩子不能参与的，所以我终不知我的祖父以上的祖先们确切的埋骨之地。我偶有机会经过康家埠那片土地的时候，总忘不了肃穆地站住，深情地打量周围，以我独有的虔诚向那片土地行注目礼。每当此时，我心里想的是，我一定好好的，不愧对大地上的祖先。

南岭

每一块土地都有自己的名字，每一块土地也曾经顶过一个人的名字，这些人先后离开村庄，把农民身份和土地一起丢弃。那些接手土地的人家会给土地重新命名，比如我的小学同学萍，她把西洼的几户村民的口粮地流转过来养猪，她就叫那片地为猪场。村南大沟以南的那片土地曾经也是沃野，后来建了砖瓦厂烧砖，那一片土地慢慢由"沟南崖"叫作了"窑场"。"四十亩地"因为后来村里号召种植山楂树，慢慢演化成"山楂林"，后来山楂树因为品种不好难以销售，大家纷纷砍伐后继续种地，那片地名也已经不再纯洁和唯一，常常被人"山楂林""四十亩地"地混着叫。因为最初树不大的时候，人们还在山楂树的树空隙种地，这儿还有一个名字叫"山楂空"。

所有这些地块的名字里，"南岭"是最甜的，也是最香的。春天里，东南风从南岭那个方向吹过来，它经过一片片妖娆的桃树和苹果树，将苹果花的香气弥漫在村庄里。这香并不能让人太过骚动，顶多是大闺女们相约着去苹果园里看花，并合伙从集市上请一位照相的来给大家拍苹果花为背景的照片。这是与布景上的花不同的诸葛村南岭上果园里的花。夏日开始，南岭就发酵一般地荡漾着甜味。

各种各样的苹果先后成熟，香气一直腌渍村庄几个月，直到秋天的小国光收下之后，那落地浆果的香还远远能闻到。

那片果园母亲参与过种植，她嫁进诸葛村之后，在南岭的荒地上栽了几个冬天的果树。后来，南岭也叫作"林场"，苹果园外是高大的洋槐林做外围。香的园地和蜜的坛子也是人们的禁地，无关人员是不能走进果园的，它的诱惑力就更大了。

"西河崖"的北边是邻村的果园，每天晚上，夜将深时，那果园就会响起枪声。我们村的人都知道，那看果园的人放了枪后就去睡觉了。他的枪声多年来由一个震慑信号成为一个警报解除信号，也许他自己并不知道，这佯装强大的虚张声势，在邻村已是妇孺皆知的笑谈。我们村的果园"南岭"却从不放枪，总是在幽暗中沉寂着，这沉默恰恰是多年来针插不进的忌惮。人们在发酵的甜里，面对黑漆漆的东南方向，心中充满畏惧。

"南岭"这个词还偶尔在用，但是"林场""果园""技术队"的地片已经完全消失，因为那片果树经过多年的风光之后，因为品种陈旧而没有市场，最后竟然被砍伐掉，复种了庄稼或者栽植了别的树。

几年前在老家，听叔父说很多地不要承包费都没有人种，我竟然动了承包几亩地耕种的心思，此事立即遭到父亲反对。我一再强调现在机器耕种不需要我下地干活，父亲仍然面有不悦。我只好打消念头。我内心其实是多么渴望拥有自己的一片土地，投入我的身心去耕种它。如今，我是一个看似跟土地没有一丝关联的人，父辈做了那么多牺牲供我读书，目的就是脱离土地。我们曾经以此为荣，但是我内心一直有背叛土地的亏欠感。

我们的土地，每一块都有自己的名字，可它原本是没有名字的。我们给它命名的时候，它就像我们的孩子。我想拥有一块土地，我用我的汗水养育它，我们互相滋养，在这世间，拥有一块土地会让我漂泊的心有个依靠。我会给它起一个独特的名字。

地瓜月令

　　正月里农事闲，可也只能闲半个月，过了正月十五花灯节，农事就从内心的盘算落到现实的日子中。该育地瓜苗了。地瓜有的高卧在棚子上，有的甜睡在地窖里，它们的表皮渐呈鲜润之色，开始醒来。做了一个冬天的春梦，此刻，它们热烈地渴望泥土、水和阳光。一双慈祥的手抚摸着躁动的地瓜们，安慰着：不急，不急，雪还没有化尽呢。

　　二月里春风急，南风一遍遍敲打榑子窗的纸，催促着。一双遒劲有力的手已经搅拌着雪水在垒砌地瓜的温床。选野外避风向阳的崖畔，垒砌一畦地瓜床，下面是空的火道，有一个烟囱。灶口燃起柴草，火爬过火道，从烟囱那里冒出袅娜的炊烟。火道上的地瓜床就温暖如三春。地瓜将在温床上娩出新芽。

　　户里到处是地瓜的温床，老人们卷起被卷，开始迁徙。他们把金贵的热炕头腾出来，让给那些精挑细选出来的精壮地瓜，它们在炕头完成繁衍的神圣使命。

从棚子上把地瓜们小心翼翼地取下来，由心细的女人或老者担任筛选的导师。

被"秧"在暖炕上的地瓜种叫"地瓜母子"，它们个头壮大、表面红艳鲜润、水脉充足。经过一个冬天的睡眠，有些地瓜走了水分，干干巴巴没精打采，已经没有了战斗力，它们只能落选成为灶上的餐食。那些鲜润的地瓜，生命深处储积着奔涌的岩浆，正期待爆发；还要逐个给地瓜体检，拿在手里旋转一圈，要没疤没痢没刮没蹭过的才好，若是有个小小的疤，传承的后代就未必精良，根正才会苗红，庄户人懂得。"地瓜母子"们要腰身匀称，要像一队士兵一样规整，似一个模子里印出来的整齐，七大八小的成什么气候，不是一盘散沙吗？太大不好，妖气，太小的不要，不出挑；地瓜种还一定要合理搭配，红瓤的、沙瓤的口感最好，煮到锅里泛花开沙，吃在嘴里搅蜜加糖；白瓤的甜度小可是产量大，吃起来更充饥，更能抵挡捉襟见肘的寒酸日子。每样都要一些吧，既不亏待嘴巴，也得填饱肚皮。

三月是一场赛事。

带着荣誉和使命的地瓜们被密密地摆在炕上，那是它们的起跑线。身下铺设了柔软的细沙，那是男人到河滩里挑回来，晒得暖洋洋之后，又用筛子筛过的细沙，是地瓜新娘的锦缎花被。相邻的地瓜之间要有些微的空隙，以便它们伸个懒腰，展下拳脚，有些私密的回旋舞姿的空间。间隔的地方用柔软的细沙均匀偎住了。水像天上洒下的雨丝，不急不缓，不冷不热。女人们每天用水瓢端着温热的清水，卷起帘子用炊帚给它们洒水，还不时拿文火烘一下它们的暖床。三两日后的清晨，洒水的农妇发现平整湿润的沙面有了一个个小小突起，像一个个小脑袋往外拱，突起边是细小的裂纹，露着好奇的小眼睛。

接下来，地瓜芽长势汹汹，黄灿灿、绿生生的叶儿纷纷鼓出来、涌出来。

四月里忙出征。

被雨露润泽过的地瓜秧一派鲜亮，芽尖顶着闪闪烁烁的水珠，满炕像一匹珠光闪烁的珍珠锦。地瓜芽的被子要有层不透气、不蒸发水的塑料薄膜，再就是稻草帘、麦草苫子，奢侈的人家用破旧的门帘，细心地呵护着秧苗。勤洒水，勤通风，就像照料一个粉淡淡的婴儿一样上心。地瓜秧长到离了沙土两指高，苫子薄膜等呵护的帘子就要揭去。是放它独自闯天下的时候了，瓜秧由嫩黄变成翠绿，等它们变成绿茵茵的一炕碧波时，地瓜垄早在田野里敞开怀抱呼唤它们了。

地瓜芽打着旋地长，一天一个样地旺，育瓜苗的两口子看在眼里，喜在心上，就商议：趁着好墒情，栽了吧。

起瓜秧的时候到了，女人跨在波涛汹涌的大炕畦上，小心翼翼地挑拣着已经长成身量的地瓜秧。那一拃长的地瓜秧有五六片叶子，根部的大叶子像心形的翡翠，叶面油光光的，翠色凝碧，脉络是微紫的，清晰得如掌纹；顶端晚长的小叶虽然小，却也形神兼备，只是颜色还是淡淡的米黄、鲜亮的鹅黄。

拔完第一茬地瓜秧，就像第一顷波涛涌了过去，地瓜炕上矮下去一层，那些后长的地瓜秧就像站岗放哨的儿童团、童子军，毫不犹豫地顶上岗位，预备着浩浩荡荡的春播。

地瓜蔓一茬一茬拔走，新的瓜秧一茬又一茬撺上来，地瓜似生生不息的浪头，没有枯竭的时候。

地瓜秧被栽到高高隆起的垄上，叫"秧地瓜"。地瓜秧被拇指与食指捏住根部，其他三个手指头在地瓜垄顶部一抠，一个小小的土碗就生成了，就像一个灯盏。地瓜秧是灯盏里的那根"灯芯"，一半在"灯碗"里，一半在阳光充足的春天里，在四月浩荡的春风里。"灯碗"里要添平碗的水，这是地瓜秧对生存的唯一要求。水渗下去，农人那粗壮的手拢住它周边的土，牢牢一按，就像一个仪式，也像一句嘱咐。从此地瓜秧养在野地里自立门户，就要成为一棵繁衍子孙的地瓜了。

五月在野，它们缓苗、定身，然后，野蛮生长。

只有半"灯碗"水的盘缠，地瓜秧的家安得好简单。一根根鲜嫩的地瓜秧在春风里摇晃着，单薄得有些可怜。它举目四望，一棵棵瓜秧驻守在高高的地瓜垄上，它们那么孤单。但是，横成排，竖成趟，它们又像训练有素的士兵，各自驻守一个重要的岗位，连成片就是强大的阵容。遥遥地相互问一声好，鼓一下劲。春风太野了，逆不过风吹的力度，它索性匍匐在地，蔓子上生出细根抓牢泥土。

六月里伤心啊，地瓜梦破碎在汹涌的夏天里。

好容易长得蓬蓬勃勃，步步为营地扎下根须。可是，带着长竿子降临田野的主人，将地瓜长蔓挑起来，扯断了那些细根，把它掀得肚皮朝天，掀翻到地瓜垄的另一侧去。喘息未定，主人又杀回马枪，一股脑把蔓子掀回到这一侧去。这样一折腾，地垄两边的地瓜蔓，都没有幸免这残酷的搅扰。

那根专门翻地瓜蔓的竿子细长，是没长足身量的小树，一端细尖，可以插入地瓜蔓的肋下把它挑起。一人在前面翻地瓜蔓，另一人挥锄头在后面锄草。翻地瓜蔓的有时是半大孩子，他们用劲不均匀，地瓜蔓被挑断了，断口流出乳白色的泪珠。

挑断的地瓜蔓被拿回家，嫩叶掐下来蒸了吃，其他的就扔到猪圈里喂猪。青黄不接的时候，鲜地瓜叶就频频被蒸上餐桌，成为果腹的美餐。回忆着暖炕上的养育恩情，如今反哺着这家屋檐下的生计，地瓜蔓泪花里有了些微笑。

一次次翻地瓜蔓，一次次打击了地瓜蔓到处扎根、儿孙满堂的美梦。它们汹涌的激情没办法把蔓子扯成长鞭，它们被翻断的侧根也没办法到处留情。当它们感觉根部暖暖地膨胀起来，越来越有了母亲那样的腰身，它们才明白主人的苦心。我们不是在野地里长蔓子狂欢的，是要长成最骄傲的地瓜。地瓜们彻悟的夜晚，六月将尽。一场场大雨把侧根们养出野心，一次次翻地瓜蔓又消减了这些野心。地瓜终于明白，并自己遏制了侧根的生长。

七月里，枝头蝉噪，农人挂锄。地瓜在日头下疯狂生长，它们此刻不再疯狂地长蔓长叶，这些虚荣的繁华已经成为老黄历，也不再想着用侧根长地瓜，那样目标太多将一事无成。它们都在暗中用力，吸吮着阳光和养分，将泥土中根部膨胀起来的地瓜一日日长大长壮。

八月初一，破垄开沟检阅地瓜。

地瓜在夏秋吸足了水分和阳光，暗暗在高隆的地瓜垄中长大。慢慢地，那些规则的地瓜垄开始出现裂纹，有的地方甚至看得见地瓜娃娃嫩红的肌肤。"今年的地瓜争气，早早地胀裂了瓜垄。"勘察过地瓜地的农妇回家高兴地说。

农历八月初一是地瓜的节日，是开垄验看的时候，当年的地瓜大势此时已经基本确定。七月十五定旱涝，八月十五定收成。离定收成还有半月时光，农人们在初一这一天破开一垄地瓜，看看它们的长势。其实还不到收获的时候，可是那旧年月日子苦，农人的肚皮等不及。从八月初开始吃，一直要吃到春深呢。地瓜知道自己的使命。新的地瓜从灶屋里先递出一缕香，温暖了金秋八月。后来，"八月初一开垄"就成了习俗，成了地瓜行"成人礼"的日子。

九月里晒瓜干。

庄户人说：秋天不吃应时饭，谁吃应时饭谁是穷鳖蛋。话糙理不糙，秋天的忙让人失了惯常的秩序。

西北风一场场刮过，把地里的高大庄稼刮进了村庄，白云跟随大雁飞到远山外。忙完了地面上的农活，地瓜也长到最好时候，晒地瓜干的时节到了。晒瓜干是一场硬仗，要抢天时，等到北风开，天气晴朗，老幼病残齐上阵，村庄几乎就空了。

地瓜干是一年的主要粮食，如果晒不好，瓜干全烂掉，一家人就要挨饿。老奶奶拄着拐棍、拖着草墩；襁褓中的小孩裹巴裹巴放进大提篮里，父亲一头挑着孩子，另一头挑着地瓜擦子。家家一出门就是一天，只有一个担负做饭和送饭的人在地头和灶房间奔跑。

地瓜蔓前几天就割了，拉到地头，堆成一垛高大的岭。有的用地瓜蔓围成一个开口的圆圈，像个小屋子，把襁褓中的婴儿和水嫩的娃娃放在里面。

在两树间拧一条地瓜蔓绳子，将瓜蔓晾晒到上面，形成一面地瓜蔓墙。小孩子们爬到地瓜蔓墙上骑着，胯下用力摇摆，晃荡起来，孩子高兴地大喊着："骑大马了！"

春天里大炕育秧栽的地瓜叫作"芽瓜"，麦收之后在麦茬地里栽的地瓜叫"麦瓜"。"麦瓜"不用育秧，直接从"芽瓜"的瓜蔓上截取蔓梢一小截即可插栽。"芽瓜"和"麦瓜"各自担负不同使命，没办法代替。"芽瓜"收获早，不能储存整个冬天，大部分用来晒地瓜干，进行脱水储存；"麦瓜"可以窖藏越冬，并且来年的地瓜种从"麦瓜"里筛选。

晒瓜干要选好天气，最好是开了北风。如果遇上连阴天，轻者将瓜干烂成个眼镜框，重者烂成了泥。烂过的地瓜干发苦，连猪都不吃。

男人抢镢头刨出地瓜，女人搬着擦板随后切瓜干。只听"咔嚓咔嚓"不断流的声响，一个个硕大的地瓜喂给木板中间的铁片，它就给咬出厚薄均匀的鲜瓜干。晒瓜干最忌讳地是平地、湿地。切开的瓜干要干得快，最好晾在河滩上，那晒得滚烫的小鹅卵石是最好的晒瓜干场所。瓜干一落地，先被滚烫的鹅卵石烘干好些水分，卵石间的空隙通风透气，地瓜干上下通透，当天就脱去湿气了。摆瓜干是小孩子的工作，摊开相互叠在一起的瓜干，让那些刚刚从同一个地瓜上切出的亲密的瓜干，互相不遮挡太阳的亲吻和风的训导。

十月里收"麦瓜"。

这时候是从容的，秋天的庄稼都收完了，小麦也在地里长出鲜嫩的绿色麦苗。一场霜将"麦瓜"那青绿的地瓜叶打蔫，就像一声号令，家家开始收"麦瓜"。对待"麦瓜"要温柔。"芽瓜"像穷人家的丫头片子，骂几句打几下都不要紧，还得交给铁器的集中营去野蛮训导；"麦瓜"却像千金小姐，你得小心翼翼地伺候，若不小心磕碰去点皮，破皮的地方就能结成疤，在地瓜棚子上越烂越大，还拐带坏了别的地瓜呢。

"芽瓜"和"麦瓜"又像是庄户人家的两口子，男人如"芽瓜"一样泼辣粗糙，在外面打拼，取下一截瓜蔓生成"麦瓜"，就像亚当取下一根肋骨生成夏娃。"芽瓜"身经百战，最先担负起喂养嘴巴的使命，并随时准备被利器切片，在阳光下敛干湿润的梦想成为生活的储存，成为日子的底气；"麦瓜"也不辱使命，追随着"芽瓜"，生长成继续喂养嘴巴的块头，并一直涵养着一腔鲜润的柔情，担负着替"芽瓜"传宗接代的神圣使命。

"麦瓜"收到家里之后，妇女们隆重地挑选、收藏。像教练挑选赛手一样，将个头匀溜没疤没麻的地瓜托在手心，又像母亲呵护婴儿一般掐去上面缀根，掰去紧偎着它的泥巴，然后轻轻放进簸箕里。地瓜的居室是棚子。在住人的内室里，炕前扎一个木棚，木头上放着高粱秸编扎的"床板"，"床板"上铺的是今年新搂的大豆叶，铺着柔软温暖的"被褥"，地瓜一冬都会睡得香甜舒展，面色滋润。

十月一晒瓜枣。

地瓜上了棚，似乎天下大定。剩下些身量矮小、瘦弱，不成气候的小地瓜就用来晒瓜枣。晒瓜枣首先要把地瓜的外皮刮掉，然后上锅煮熟，最后晒干储藏。一旦地瓜跟"枣"攀上亲戚，它的身价自然不凡。

刮地瓜皮的活一般在晚上进行。漫长的冬夜，将小煤油灯挂在高高的灯台上，那黄晕的光就照得更远些。盛一簸箕小地瓜，找几片碎碗片，伴着"刺啦刺啦"的乐音，刮地瓜枣的工作就开始了。刮地瓜枣是件很单调的工作，寂寥长夜，大家就用讲古论今的方式排遣无聊、拴住孩子。男人的故事离不开三侠五义梁山好汉，刀枪棍棒、乒乓铿锵，孩子们听得热血沸腾，地瓜皮也刮得狠，反倒刮掉了地瓜肉。女人的故事或缠绵或悬疑，许仙白娘子啦，牛郎织女啦，画中仙女啦，孟姜女送寒衣啦，讲得听者想入非非、眼神温柔甚至泪眼婆娑；有的故事却带有浓厚的恐怖色彩，皮狐子精作怪害人，鬼魂附体吓人，等等，往往讲得邻家孩子不敢独自回家，最后要挨个给送回去。

刮好的小地瓜清晨就装进大铁锅里同早饭一同被煮熟。早饭后，农妇小心地将地瓜从锅里拾出来再摆出去晾晒。熟地瓜枣要轻拿轻放，它像婴儿一样娇嫩，稍不留神就将软软的小地瓜碰破了、捏碎了。地瓜枣有的晾在外窗台上，有的晾在晒麦的席箔上，有的晾在屋檐上的最低一溜瓦背上，因为屋上荫少风高干得快。小孩子常常被大人指派站在木梯顶端，挎小篮往屋檐上摆熟瓜枣。

晒瓜枣也讲火候，要晒得不软不硬。太硬了嚼起来费劲，累得牙帮骨疼，而且甜度大大削减；要是太软了就放起来，天一暖就生出绿毛，发霉变坏。乡间拙人晒出的硬瓜枣，甩手就能当梭镖，打得狗上树、猫跳井；巧妇晒的瓜枣就像小卖铺里的"高粱饴糖"一样，用手一捏有弹性，咬开是金黄的瓤，嚼起来糯糯的有点粘牙，甜度比晒前的地瓜甜几倍。

地瓜枣晒干之后收在筬子里或者小瓮里，孩子们放学回来找不到可口的干粮往往就抓地瓜枣吃。它易放，冬天里可凉吃而不伤牙、不伤胃，算是一道不错的甜点，所以在当时，其地位比地瓜、饼子、瓜干等食物的地位要高，人们总是乐此不疲地刮瓜枣、晒瓜枣。地瓜枣就着花生米吃算是至高无上的美味了，那时候有什么能比"又甜又香"的食物能让人兴奋呢？当时乡里人到城里走亲戚，往往送花生米和地瓜枣这两种稀罕物，这土特产颇受城里人青睐。

腊月里雪花飘，餐桌大开地瓜宴。

冬天里，地瓜成为农家餐桌的主力。煮地瓜、蒸瓜干、馇地瓜糊糊、攥地瓜面锥锥、擀地瓜面饼、吃地瓜面包子，地瓜的身影一天都离不了。每天早晨，大铁锅里洗上半锅地瓜，蒸半锅地瓜干，中间炖一汤罐水。最上面炖一盆大白菜，这是农家生活标配。严寒的冬天里，一锅地瓜慢慢煨，把炕头煨热，把地瓜煨熟。冬日闲，不需要吃太过硬的饭，地瓜最好。冬日天短，三顿饭吃不开，一盆地瓜饭放在炕头上，中午，谁饿了就从被子底下摸几块地瓜干。有热炕头给煨着，饭还温乎乎的。

孩子们吃零食就去瓦罐里摸，储存的地瓜枣周身生出一层白色粉末状外衣，就像落了一身雪，裹了一身霜。那是从地瓜枣身上析出的糖分。析出糖末的地瓜枣，那身霜似蜜，瓤软甜如高粱饴糖一般。

过年的时候也少不了地瓜，包豌豆黄的时候，要在煮豌豆时切一些地瓜丁一起煮烂，这样包出来的豌豆黄更糯，还自带甜味。发酵的面糊子里加点地瓜丁，馒头就更甜。麦子金贵，蒸不了那么多白面馒头，有些就用地瓜面做馒头心，外面罩一层小麦粉的馒头皮，看起来雪白的馒头喜气洋洋无比富足，其实是简陋的日子遮着一层披风。

地瓜怕冷，最冷的冬天里，在做饭时，多加了些柴草。炕暖，地瓜棚就暖，地瓜就暖，农户早已经把地瓜当成了一家人。农妇还扯一条旧毯子盖住棚子上的地瓜，就像给熟睡的孩子掖掖被角。

鱼图腾

　　在乡下老家，有很多象征吉祥之物。屋棚上牵着细丝垂落下来的米粒般大的小蜘蛛，人们喊它"喜蜘蛛"，是专门给人投递喜讯的，乡人们总是不忍打扰，更不会伤害它们；屋檐下栖息的蝙蝠夜晚穿来穿去并不讨人喜欢，可是谁家孩子拿着竹笆去扑它，多半会被呵斥，很多人家的影壁上刻了它们的形象。人们还喜欢在院子里外栽各种树。栽下榆树的时候，春天里吃蒸得喷香的榆钱饭，人们就像吃山珍海味一般高兴。榆树高枝上的榆钱老了，飘落下来，落到庭院里人们都不去扫。他们喜欢榆钱落得到处都是，且喜吟吟地说："到处是余钱啊。"石榴树是庭院里的宝贝，五月里红艳的石榴花开得热烈，让人眼眸都鲜润生动。最可爱的是秋天里，籽实饱满的石榴在枝头裂开，那多子多福的样子人见人爱。人们还爱栽柿子树，秋天里枝头上小灯笼般的柿子暖着越来越冷的日子，看一眼它们，似乎寒意就减去了许多。最高枝头的柿子挂整整一冬，最后在鸟雀们的喳喳声里成为它们雪天的盛宴。众多蔬菜里，人们尤其喜欢油菜和茼蒿，绿莹莹水嫩嫩的菜蔬，菜园里三季不断，在乡人们庆贺新居的时候，总是忘不了赠一把油菜（有财）讨口彩，也常常割一把茼蒿（同好）相赠：你好我好，大家同好。这些既是现实的美味，又是具有特殊象征意义的事物，在乡下深受喜爱。吉祥物中，鱼也是备受青睐的上品。乡下人盼望的"有余粮、有余钱、有余庆"便以各种鱼作为标签和图腾。

春节时张贴年画，农家的炕头炕尾须有大红鲤鱼图，这鱼或者被白胖的娃娃骑着、抱着、托着，或者在开满荷花的池塘中优雅地游着，或者鲤鱼跃龙门，用理想和力量给人以希望；或者是单独的一条金红鲤鱼硕大无比满眼吉祥，或者是一群鱼追逐嬉戏吉庆有余。鱼还被张贴在窗户上，年前的窗棂糊上雪白的新窗纸，各种窗花把窗户打扮起来，窗花少不了各种鱼。鲤鱼图、金鱼图、鱼穿荷花图、鱼吐元宝图，所有的祥瑞期盼都在被鱼烘托。各种器皿也多鱼形，我看见村里人家有鱼形的花瓶，鱼形的油罐，有印着青花的鱼盘，橱柜边上也是鱼形图案。我甚至看见一户人家的橱柜上一把铜锁是鱼的形状。各家各户的水缸旁边也有鱼，一张鱼戏莲叶的简单线条的图画，张贴在水缸口边的墙上。没有贴图画的人家，竟然在土墙上画了一条鱼，线条简单的那条"鱼"，在烟熏火燎的灶房墙上若隐若现，深染岁月的包浆，竟然有游动之美。

现实世界的鱼与精神领域的鱼同样具有图腾意义，在乡村宴席上，鱼是霸主。

在我们胶东半岛，待客之道颇为讲究，尤以"无鱼不成席"为准则。不管大宴小宴，都要讲究宴席的规格，除非自斟自饮；不管大鱼小鱼，宴席上有了那道鱼，主人不尴尬，客人也感觉受到应有的尊重。因为地位尊贵，鱼是酒席上那道压轴大菜，总是最后上。只要一上鱼，这桌酒席就是菜齐了，酒席就会掀起一个高潮。主人往往致隆重的辞，客人也表达感谢，然后主宾同时"开鱼"。开鱼是一个颇为郑重的仪式。主人拿筷子把鱼捅破，让客人吃第一口。后来演化成主人拿筷子按住鱼头，意思是不让它游走，客人来开鱼。吃鱼的哪个部位也有讲究，主人若把鱼眼睛抠出来夹给谁，就预示着对谁"高看一眼"，如给客人夹一块鱼肚皮，意喻"推心置腹"。

我的家乡位于海滨，都习惯吃海鱼。海鱼有许多等级，这等级与市面上的价钱并不一致，与味道是否鲜美也不一致。民俗里最尊贵的鱼是带鳞的，大场合如祭祀等要用带鳞的鱼。大黄花鱼是祭祀类首选，冬年寒节都要拜祖先敬天地，所以这带鳞的大黄花鱼就成了乡下人的尊贵之物，集市上也卖得紧俏。这大黄花鱼其实不是科学意义上的分类，它是黄姑鱼。它既符合带鳞的要求，又个头体面且好看，吃起来也味道鲜美，最是乡下重要场合的首选。

吃鱼的讲究，是不靠颜值和鲜美度的，有的鱼再鲜美，场合上绝不能吃，比如有一种鱼俗名叫百甲鱼（摆甲鱼），它鱼肉呈蒜瓣状，味道鲜美少刺。但是在娶亲、盖房、孩子汤米、百岁宴上，它万万不能上席面，因为这鱼的名字与"败家"谐音，乡人最忌讳。

有些鱼不被待见，是因自身的"缺陷"。有一种海鱼俗名叫晴天烂，也不适合在重要场合出场。这鱼的样子与鼓眼鱼相似，买者经验不足，往往就把它当鼓眼鱼错买回来。等煎鱼的时候就发现真相，它那么容易松散，在锅铲子下已经溃不成军。"原来是晴天烂啊！"煎鱼的人恍然大悟。煎鱼锅里，再好的手艺都难走出晴天烂的地盘，有时候鱼煎出来，已经完全看不见鱼的样子，就是一盘乱七八糟的东西，唯一明显的是那煎不碎的刺，刺猬一样挓挲着，太折人手艺和颜面。后来有高手出招，制服了晴天烂的桀骜不驯。将鲜鸡蛋清掺入面糊中，面糊浓稠，裹起鱼的身子，它想四分五裂都没办法。晴天烂不易保鲜，但是鲜美，做出来的滋味不逊于鼓眼鱼。它的做法最好是蒸，切葱花姜丝拌油盐酱醋，置于高温的大锅内毫发无损地蒸熟。若是大厨头脑发热，想吃红烧鱼，那它就成了一锅刺扎扎的粥。所以晴天烂也上不得席面，因此，味道鲜美也没有好价钱。

晴天烂的名字大约与晒鱼干有关。只要是晴天，晒鱼干是没问题的，但是遇见阴雨天，往往就会发霉烂掉。而这种鱼即便是晴天也晒不出鱼干的，最后只能烂掉。有一次闲谈时说起这鱼，侄子还告诉我此鱼的别名叫支锅等。支起锅甚至准备好了柴草，只等打捞上来立即下锅，否则就会变质。支锅等就是不给它时间去腐烂。这名字极妙。

偶然在饭店里看见黄尖子鱼，我一定要点的。此鱼味美不同寻常，但市面上并不常有，吃它是需要缘分的。这味道鲜美的鱼却很便宜，问题出在刺多上。这种鱼各地叫法有差异，我小时候听的名字似乎叫黄节子鱼。黄节子鱼身上有密密麻麻的刺，大的小的，直的斜的，刺与刺之间还交织着，刺又细又软还分叉，吃一次太费劲，弄不好刺就卡住喉咙，麻烦太大。黄节子鱼最好的吃法是油炸，将刺炸到酥，就可以放口美餐了。但是过去生活不富裕，谁舍得拿油炸鱼吃，那得费多少油啊！所以，这种鱼便不被待见。酒席之上，上一份极便宜的鱼，似乎是对席面和客人的不尊重，这鱼就上不了台面了。

前几天经过村镇，正逢大集，就顺便赶了一下，集口有卖黄节子鱼的摊位，问之才五块钱一斤。当时的猪肉是二十八元一斤，可见这鱼的身价也就是勉强高于"猫食鱼"。"猫食鱼"是个统称，是指体形较小的鱼，且糟烂不堪又多刺。这些鱼便宜到极致，乡下养猫的人家有时候买一点回去掺着喂猫。现在市面上几乎没有这样的鱼了，倒是看见过货车的车斗里装着这样的低等小鱼，大约拉去饲料场加工给鸡鸭等佐餐。

青鱼也是刺多的主，所以也便宜。曾经有女友告诉我，吃鱼最好还是吃青鱼，因为它便宜没有养殖的，纯天然无毒害。尽管如此，我吃青鱼并不多，实在是怕刺，味道也远不如我喜欢的几种鱼。茄汁青鱼的罐头倒是常买，罐头里的鱼刺比鱼肉更好吃，但我吃这种罐头主要是喜欢它的汤汁，浇米饭吃很美味。

因为怕刺我爱上了老板鱼，老板鱼是当下酒席中的图腾鱼。谁不愿意当老板呢，吃老板鱼似乎也在延伸老板的权威。但是在我的乡下的童年记忆里，老板鱼并非酒席上的上等鱼，因为乡下人并不叫它这个名字。

我进城工作之后逐渐认识并认同了老板鱼的名字，它也叫比目鱼、翻车鱼，在我家乡叫水叉鱼，也许叫水岔鱼。其实老板鱼并不是易于保鲜的鱼，它有一个鳃囊，稍微变质就会有类似氨水的味道，这让很多人对它敬而远之。早先时候，我家乡离海不远，但是从乡镇市集上买到的水叉鱼基本都不那么新鲜，做熟后大都有氨水味道。因为从小吃的是这种味道的水叉鱼，便认为水叉鱼就是这个味道。后来在县城，从市场买回新鲜的鱼，或者在饭店里吃到新鲜的水叉鱼，总感觉不对劲。不是味蕾中记忆中的味道，反而感觉逊色。宁愿自己买回来放上半天后再做，吃出童年的氨水味才觉得过瘾。

旧时宴席菜品贫乏，鲜鱼稀缺，很多时候一鱼多用。这道鱼也许就是"看鱼"，留给下一餐还得继续"看"。只有主人把鱼打开，才是诚心诚意给客人吃的。这道菜不仅最后上，而且要控制节奏，即使做好了也要在酒席后半场才端上来。鱼一上来就代表菜齐了，喝酒的人也就知道，该收就得收了。于是就着吃鱼，客人开始辞壶。辞壶是个多么雅致的说法啊，辞别酒壶结束酒场，简直儒雅到极致。客人不辞壶，主人是不能主动结束酒场的。有些人不懂坐席的规矩，当客人始终不提结束酒场时，能把主人急死。于是主人反复说："来，趁热吃，鱼刚上来的。"鱼简直就是催台的。

有一种鱼叫红娘子，也叫红头鱼，浑身一色淡红。海鱼中，红颜色的鱼很稀罕，所以红娘子以它一身锦装的喜庆范儿在乡村很受欢迎。红头鱼味道也算鲜美，但是价位并不高。每每吃此鱼，常常浮想联翩，这名字实在是妙。

春天最好吃的鱼当数开凌梭。梭鱼并不是多么稀有的鱼，但是春天的开凌梭只存在很短的时间。开凌梭也叫开河梭，特指春天天气转暖冰凌融化后捕获的第一批梭鱼。这时候的梭鱼开始由冬眠中转醒。一个冬天不曾进食，它的腹内没有任何杂物，更没有土腥气，可谓冰清玉洁。此时的梭鱼，经过了冬日的锤炼，肉质紧实，味道鲜美。开凌梭因此成为春天美食的图腾，吃一口开凌梭好像咬到了春天的彩头。那时候冰凌刚刚破河，春天远没有欣欣向荣，开凌梭似乎是为人们投递春天消息来的。因此，开凌梭也身价高贵。那个时段的酒店生意都不错，人们为咬住春天，都乐意去吃一口最鲜美的开凌梭。

日常酒宴，过年过节，家乡最常吃的是鲅鱼、带鱼、鼓眼鱼和小黄花。鲅鱼个头大鱼刺也简洁，挑出整个鱼脊的主刺，大块的鱼肉中就没有横斜的小刺，可大口食之。煎整条鲅鱼非乡下大锅不可，生鲅鱼洗净除去食囊肠子，用刀将它的身体拉几道口子，拿盐腌制半天，然后裹薄面糊入大锅慢火煎。尽管鲅鱼无鳞，但寻常酒席，一条完整的鲅鱼是一道很硬的压轴菜。鲅鱼也可以切割成段煎，但是那样看起来不"宏伟"，只有一大条整个的鲅鱼用极大的鱼盘盛放还两头翘出盘外，这道酒席才显得硬实。

胶东地区对鲅鱼情有独钟，有"鲅鱼跳，丈人笑"一说，也就是每年开春第一批鲅鱼出海的时候，有女婿给丈人送鲅鱼以表孝敬的习俗。此风俗尤以青岛地区兴盛。据说发源地是青岛沙子口地域。所以春天刚上市的鲅鱼就成了一种象征，男人们争相购买，鲅鱼的身价也就随之高起来。鲅鱼之所以成为孝敬尊长的使者，与它自身品质有关。鲅鱼无鳞少刺，只有边刺和中间一个脊椎骨，其他杂刺很少。我吃鲅鱼寻到一个秘密，即它的脊椎刺看似硕大干硬，其实可以嚼碎，从碎屑中吮骨髓特别香。我从小吃鲅鱼刺在别人眼里简直是特异功能，其实大约是牙口好罢了。鲅鱼因为肉多而美，除刺方便，也被用作饺子馅。鲅鱼馅的饺子在我们小城酒店里是常规主食。

带鱼在我们家乡称为鳞刀鱼，很奇怪，明明是没有鳞的鱼，反而名字里加个"鳞"字。简化之就叫"刀鱼"。说它细长如刀倒是可以理解。带鱼无论红烧还是煎炸，无不截成数段。每年过年的时候，我家都要在年前拿出一个上午时间专门煎鱼。前一日洗好腌制的各种鱼，足有一大盆。我是家里的烧火高手，尤其擅长烧细火，每次都责无旁贷地给母亲的煎鱼大业做灶下工作。先煎整条的大鲅鱼，空隙里点缀上鳞刀鱼、小黄花。大铁锅吱吱啦啦地响，锅里的油烟、灶火的柴草烟和香气弥漫在整个灶间。母亲伏在锅前用铲子煎鱼，她一次次直起腰来，脸上掺杂着劳累和幸福感。母亲把煎熟的鱼盛放在长条的"船盘"（长方形的盘子）上，摆满了就在鱼上放一层干净的长麦秸草，然后再放一层鱼上去。有时候一船盘放三层鱼。这些鱼是整个春节的熟食储备，食用的时候取一盘放在大锅里熥熟，摆供桌、吃年夜饭，以及亲戚来了上酒席，省去了煎鱼的麻烦，是一劳永逸的智慧。

在物质丰富的当下，很多时候最后的鱼上桌时，主客都已经吃饱，鱼再美味也吃不下多少，实在遗憾。并不是所有的宴席都用鱼来压轴，有次在兖州参加笔会，我发现，刚上几个菜就上了鱼。与一当地文友切磋此事，他说，当地的酒宴习俗是"一鸡二鱼三丸子"，这三道硬菜要尽快上。果然百里不同俗。后又在德州禹城赴宴，当地也是有一道鱼早早上来。原来他们那里讲究"双鸡双鱼加肘子"，大宴席要有二十四道硬菜。

家乡旧俗沿袭至今，凡亲友间隆重的活动，离不开鱼的出场，比如烧炕。烧炕是指人家新盖了房子，或者年轻人分家另过自立门户，亲友到门祝贺的行为。在有些地方叫温锅，其实意思一样，无非是给这户人家新宅院添柴助力的仪式。烧炕携带的礼物必定有鱼。鲜鱼是稀缺物，要去集市上买，还未必买到如意的，且容易坏。人们就变通了一下，用面鱼。有个模子叫面鱼卡子，白面在卡子里印出好看的鱼形，蒸熟后雪白生动。讲究的人，用红胭脂点上鱼眼睛，更显喜气。

过年的时候，家家户户蒸馒头，有纯白的白面馒头，有插有五个红枣的枣来山，还有满身插满红枣的枣来罐，以及用面鱼卡子做的面鱼。"吉庆有余"的民俗文化里，哪里少得了鱼呢？

有些鱼不是用来吃的，而是作为仪式悬挂在高处。乡下盖房子有一道极为隆重的工序叫上梁，仪式是将挂有"上梁大吉"和红布条的那根梁架到房顶的正位上。这是新建房子的封顶仪式，仪式上有红布条和写有"上梁大吉"的红纸签，还须有鱼（一般是小干鱼）和肉。一片肥肉、两条小干鱼被针线穿在一起挂在梁木中间。上梁的鱼一般是带鳞的柳叶干鱼。那肥肉在岁月里走了油变得瘦小，而鱼就长久地挂在那里，任灶间的烟熏染，任四季的风荡涤。那小小的鱼干在高处俯瞰着一家人的日子。

食虫记

　　天地间的事物可以简单分成两类，有用的和没用的。这来自人的实用主义，比如大自然中的虫类，常常以益虫和害虫来划分，其出发点是对人类有用还是有害。同样是以草木为食，吃庄稼的便是害虫，只吃草的基本可以定义为益虫。同样是吃动物，吃害虫的便是益虫，比如吃蚜虫的蚂蚁，吃蚊虫的燕子，都大受人类褒奖。蝙蝠丑陋而贼头贼脑，被称为"檐边胡子"，可是因为吃蚊虫，也是人类喜欢的动物。

　　人类也是吃虫的，凡世间可吃之物，人都给它定义为食物。我的味蕾是很固执的，对小时候吃过的东西情有独钟，任是山珍海味，也比不得当年灰呛火燎的乡间烹饪更有味道。经年之后，念念不忘的是吃过的那些野味，比如各种虫子。

瞎闯子

　　在旧时乡下，有一种虫是每年夏天必吃的，我们叫它瞎闯子。我们小时候吃瞎闯子是不得已，因为食物匮乏，也因为它是害虫。瞎闯子是夜晚飞翔的侠客，它产卵后生蛴螬，对庄稼尤其是花生害处极大。人们辛苦种植的花生，收获时候却发现硕大的花生果被白白胖胖的蛴螬给吃空了，怎么能不恨它们？

绞杀蛴螬最好的办法就是从源头上下手，多摸瞎闯子，将害虫扼杀于母体之中。瞎闯子并不瞎，它们具有完整的器官，头部也有眼睛。这个在黑夜飞翔的物种，不知道是不是与蝙蝠一样靠声波辨别方向。在我们看来，瞎闯子的眼神极好，它们能准确地落在它们喜欢吃的植物上，而且还会玩接龙游戏。一枚玉米叶子梢上落上一只瞎闯子，后来接二连三落上好几只，一个攀着另一个的尾部，形成一串。

摸瞎闯子从麦收之后开始。田野里暖洋洋的，瞎闯子在黄昏时候起蛰，不知道白天都躲在哪里。正是做晚饭的时候，它似乎是闻到了炊烟的气息而被馋出来的，"呼啦啦"就飞到庄稼上空，落到玉米叶、高粱叶和棉槐条子的叶上开餐。

摸瞎闯子须去野外，庄稼地或者路边的洋槐、棉槐树上。盛放"俘虏"要用带水的器皿，比如水罐、水壶。黄昏的天色半明半暗，似乎是一阵风把它们刮来的，似神兵天将降到玉米地里，很快就由一只变戏法一样派生出多只。

伸手顺着玉米叶尖梢一撸，那一串玩接龙的瞎闯子就到了手中。要赶紧把它们投放到水罐里，否则它们就从手指头缝隙里飞走了。不久，天完全黑下来，摸瞎闯子的我们简直成了瞎闯子，在玉米地里深一脚浅一脚地行走。有时候是浓黑的夜，没有月亮也不见星光。跌跌撞撞的我们已经看不见玉米秸上有没有瞎闯子，只是对着眼前一排黢黑的玉米叶子乱摸一通。后来我想，摸瞎闯子这个"摸"真是生动准确。

当水罐里不断有瞎闯子飞起来逃掉时，我们就知道已经摸了不少，就赶紧回家。回家路上，乡路边的棉槐条上有嗡嗡的瞎闯子的声音，忍不住再去撸两把。回家后，摸瞎闯子的孩子就像是功臣，兴冲冲地讲述在野外摸瞎闯子的所遇。母亲则一边听，一边将它们洗净加盐炒熟。吃瞎闯子时要摘掉它的头、爪和翅膀，只吃它的胸部和肚子。再小也是肉啊。人们吃瞎闯子很有幸福感。这幸福感岂止是嘴巴的满足，还有消灭害虫保全庄稼的成就感。

摸瞎闯子在初夏时节持续一个多月，等瞎闯子产卵之后它们就消失了。它们的卵在地下养得白白胖胖，叫作蛴螬，但是人们不吃它。按说它是吃花生（有的也吃土豆）长大的，并不脏，但是蛴螬只能用来喂鸡。

童年时夜晚摸过的瞎闯子被称为甲壳虫，也有称金龟子的。其实这是很宽泛的称呼，它们种类很多，有很多不能吃。摸瞎闯子的时候，经常会碰见屎壳郎，人是不吃它的。摸瞎闯子的时候碰巧摸到屎壳郎后，我们都会"呸呸"，闻闻手上，确实有臭味。

童年在乡野间经过太多历练，眼前之物是不是能吃的瞎闯子，只一眼就辨别清楚。有时候在夏日集市上，看见售卖的，黑压压一盆，问他们从哪里摸的。售卖者支支吾吾，他们是从批发市场进的货。据说乡间已经没有瞎闯子了，集市上卖的是养殖的。

某年"五一"假期，我去日照九仙山游玩，在农家宴上吃过一种虫，当地人称呼它为"胖孩""铜孩"，和我家乡吃的瞎闯子形体大小一样。不同的是，它们的翅膀软，可以吃。瞎闯子的翅膀和头爪都很硬，吃的时候必须掐去，否则胃会受不了。铜孩的颜色发暗黄，比通身漆黑的瞎闯子浅很多。看着盘子里的虫，再看看墙上菜单里的铜孩，那个"孩"字让我生出许多不忍。我家乡的瞎闯子是麦收时候才有的，那时候它们飞出来在树叶和庄稼叶上交配。莫不是铜孩是"童孩"，是瞎闯子的童年？这时节它们还没有完全长成，所以颜色嫩，翅膀软？或许如此吧，是我的家乡没有吃那尚未长成的它们罢了。吃着那软软的瞎闯子的童年，我有些心疼，小小的拇指头顶般大小的"童孩"，若非你们那么残害庄稼，人类怎么忍心吃你们呢？

豆虫和洋槐虎

每次去饭店，我常常会对一种叫"炸三样"的菜感兴趣，那里面都是乡村常见的虫子，小时候都吃过多次，如今上了酒店的菜单，而且价格不菲。炸三样一般是油炸知了龟、油炸豆虫和油炸蚕蛹。这三类虫中暗红色的大蚕蛹当年吃得比较少，因为我们那里并不养蚕，偶尔吃的都是小而黄的蛹类。这三类虫皮都比较厚，若不大火油炸，影响它的美味。

此三样，当年吃得最多的是豆虫。豆虫有一张似乎刀枪不入的皮囊，让人无计可施。我小时候在乡下吃豆虫都是炒，其实油炸就能把它的皮炸酥，但是太费油，乡下人哪里舍得。只能拿少许油炒一下，炒的时候火候尽量大一些，那些粗皮也就焦酥了。豆虫是黄豆秸秆上生的害虫，它们的幼虫与豆棵的颜色一样，不容易发现。等人们发现豆叶被啃噬得破损了，一般农药就降不住它了。豆虫泛滥的时候，大人就发动小孩一起下豆田去捉。那正是初秋，豆虫还在贪食的青春期，一肚子绿水，脾气也大，一碰就打滚、吐绿水，很恶心人。这个时节的豆虫一肚子食物，根本没人吃它，捉它回来都是喂了鸡。

307

豆虫和大豆一起成熟，它很狡猾，闻到了秋风的气味，知道什么时节该收割豆子，就及时转移了阵地。到豆地收割后翻耕的深秋时节，豆虫已经吃得肚满肠肥，并下蛰到土地里睡大觉了。这时候，它变得身体发黄，肚子里吃过的豆叶都转化成雪白的脂肪。一肚子脂肪的豆虫睡进泥土后变得反应迟缓，手碰触它几乎也没有反应。这时候它是最好吃的。人们耕地时顺便捡起豆虫，既可以满足口腹之需，又能根除明年的虫害，一举两得。

捡回来的豆虫如果多，人们就不满足炒来随便吃掉。有的人家趁机改善伙食，剁碎它们搅拌青菜包包子，味道很香。剁碎的豆虫皮依然坚硬，包子虽然香糯，但馅儿有些发柴塞牙，毕竟有缺憾。于是有人发明了更高明的吃法，将豆虫焯水，掐掉头部，拿擀面杖从尾部往外碾压，将它满肚子的脂肪全部碾压出来。据说，用这种豆虫瓤（脂肪）包的萝卜缨子包子，味美到比猪肉包子都好吃。

炒吃豆虫要在锅里撒些盐，这样酥脆香咸数味具备，堪称深秋一大经典——吃虫大餐。

洋槐虎是生存在洋槐树上的虫子，长相与豆虫几乎一模一样，我怀疑它们就是一母同胞，是同一种蛾子的卵产到不同地界所致。

洋槐虎一般对人无害，如果不是数量巨大，不会对洋槐树的生死存亡有什么影响。夏秋的洋槐虎可以捉来喂鸡。我童年有一段时光，大约是初秋，野地里荒草高茂，不适合挖野菜了，放学后没别的事做幌子玩，就结伴带着玻璃瓶去村外路边的洋槐树上捉洋槐虎。捉洋槐虎有些凶险之处，要防备洋槐刺扎伤，更要防洋槐树上的刺蛾，我们土话叫"刷木架子"。那种虫的毛一旦沾上皮肤，会又疼又痒数日不愈。每次捉回洋槐虎都是犒劳了鸡，洋槐虎是鸡的荤菜。母亲说，吃了洋槐虎后，那些鸡下蛋又大又勤。

洋槐虎也可以成为我们的美味。那是在冬天，我们去野外洋槐林里仔细观察，发现有的树下土比较松软。用小铲子在土质松软处仔细翻找，就能找到下蛰的洋槐虎。它们同豆虫一样，深秋时候，囤积了一肚子脂肪从树上退下来，在树下钻开土层进去下蛰。冬天的它们，身体饱满而迟钝，就像翻地时捡到的豆虫一样满是脂肪。

小时候的冬天，我去野外搂草，时不时会去找洋槐虎，而且练就了一副"火眼金睛"，只要瞥一眼，就能从土质上判定树下是否蛰居着洋槐虎。炒着吃或者烧着吃洋槐虎，就是冬日的一份馈赠，也是时令的最后一份野味了。

知了龟和黄知了

吃知了龟是在夏天。那时候感觉吃知了龟是天经地义的事，不管它是不是害虫。后来大家从课本上找到它吸食树汁的罪证，感觉吃它们是替天行道，替树报仇。

　　傍晚时候，众多的知了龟从土里爬出来到树上蜕变，人们便在黑夜里摸回家炒着吃。知了龟是蝉的幼虫，它是个总称，其实有很多种类。最早出世的叫小嗞嗞龟，有大人的指头肚般大小。它笨拙，眼光短浅，出土不久就在近处蜕变，碌碡上、蒿草上、小树枝上都有。但人们不吃它。或许是因为它太小太可怜了吧。大人说，吃了嗞嗞龟人会变聋。这是人的善良。"嗞嗞"的命名完全是模仿了它的叫声，它的叫声小而尖细，声音不拐弯，就那么"嗞——嗞——"地叫着。从麦收时，"嗞嗞"就开始叫了。

　　大知了龟才是夏日美味。大知了也叫马知了，是蝉类里腰身最大的。它聪明，会听动静，见了人要么停止爬行隐蔽着，要么冲刺般往高处爬，企图逃离人的捕捉。马知了龟的皮也比较硬，因此捉回家后用碗扣着，等它蜕变成知了再吃。大多时候等不及，直接放在灶下火堆中烧熟吃掉。烧知了龟是一口肉，不能吃的爪子已经被火烧掉，剩下的是一个肉枣。它胸部是纯瘦肉，肚子里有脂肪，都很好吃。知了龟摸多了可以油炸。

　　知了爱吸食果树的汁液，所以果园产知了龟特别多。果园主人在一棵棵树干中部缠上胶带，知了龟爬到胶带处因为太滑就跌落下来。一根筋的知了龟就再从树根部往上爬。据说一个果园一天晚上能捡几千个知了龟。因为知了龟营养丰富、味道鲜美，就成了价格不菲的商品。我在自由市场上买过，最初八毛钱一个，后来到了一元一个，再后来就更贵了，今年到了一块五。现代市场上的知了龟多为养殖的，多次想去参观未果。听养殖户说，他们是买了知了的卵，投放到固定场所进行养殖。从他的手机资料里看那些投放在田间的知了幼虫，白白的小而可爱。

我是很爱吃知了龟的，油炸之后蘸椒盐，香而有味。但是毕竟皮厚。黄知了才是顶级美味。黄知了即刚刚完成蜕变，身体还很柔软的知了。捕这种蝉需要火候，稍微晚了，它的翅膀和身子就会变硬变黑，不值钱了。逮黄知了需要半夜三更出行，那时候的知了龟已经爬得很高，我见过在几米高的树梢上的黄知了。它无论爬多高，人类都有办法，捕猎者用轻便而长的钓鱼竿，拿梢头一挑，黄知了就被挑落下来。明知道这样吃它们很残忍，但是饭店里一直都有，人们也一直在捉。除了在应时的季节能吃到最新鲜的黄知了，人们还有保鲜知了龟和黄知了的妙法。在矿泉水空瓶中装一瓶知了，灌满水后冷冻，可以保证久放如新。黑知了酒店里也有，小时候吃过，它太硬，比之知了龟和黄知了逊色太多。

除了马知了，我家乡还有两种腰身稍微小一点的知了，一种发音犹如"伏天啦，伏天啦"，人们便叫它"伏天"。另一种音节复杂，似乎在喊"文友文友哇"，人们有的喊它"文友"，有的喊它"文友哇"。"文友"成虫颜色有些浅绿，很好看。夏日我走过"文友"鸣唱的树下，常常抬头凝望一会儿，心里说："文友，我是你的文友啊。"这两种知了和它们的幼虫也可以吃，逮法与做法与马知了相同。近几年，家乡出现一种形体细小也有淡绿色彩的知了，不知道它们是什么样的叫声，也许这就是传说中的寒蝉吧，在酒店餐桌上看见过它们小小的身影，很替它们惋惜。

乡下亲戚中有喜欢夏天捕知了的，每年隆重送我几瓶知了龟和黄知了，我当贵重之物储存，到家宴时才拿出炸一盘。这是纯野生非养殖的，珍贵是珍贵，吃之也心有不忍。近几年人类大规模拉网式捕捉，城市里的蝉鸣声已然稀薄。每当我夏日夜晚遇到知了龟，总是带回来放在屋里蜕变，次日放归自然。

我喜欢听夏日的蝉鸣，保护几只知了不被人类的嘴巴吞噬是我微弱的努力。

蚂蚱和螳螂

蚂蚱是飞行类昆虫，不易捉，而且夏天时候野外荒草高茂，它们又都瘦骨伶仃的样子，没啥吃头。深秋时候就不一样了。那时候的母蚂蚱一肚子卵，就算公蚂蚱也长得硕大。在野外劳动的人常常在休闲的空当烧肴吃。烧肴所烧的美味很多，除了田里的物产大豆、玉米、花生、地瓜等，还有"荤菜"，就是庄稼和树木上的各类虫子。深秋时候那些还没有来得及产卵的母虫儿，顶着大肚子在洋槐树上爬行缓慢，在黄蓬蓬的乱草上失衡地飞，很容易就被捉一堆回来。蚂蚱的种类很多，一种细长的俗语叫"梢母甲"，一种体形茁壮、特别善于蹦跳的叫"蹬倒山"，还有一些暗黄色的、灰色的俗称土蚂蚱。蚂蚱和螳螂在火中稍微一烧就散发出喷香的味道。掸掉它们身上的草木灰，吃起来别有风味。

饭馆里有一种虫馔是炸蚂蚱，这种蚂蚱是学名叫蝗虫的那种，也就是我们乡间常说的土蚂蚱。它跟蹬倒山外形极像，但是块头小，没有那股雄健劲。这类蝗虫是养殖的，在菜市场被一个网扣极细的网兜兜着售卖。它们长得一模一样就像复制品，价格竟然不贵。后来，菜市场熟食店里偶尔也有卖炸蚂蚱的，一小盒十几块钱。蚂蚱的美味看来是受大众喜欢的。

螳螂的味道跟蚂蚱差不多，但是螳螂的脖颈处有一个食囊，吃螳螂的时候，首先要拔下它的头，把头带出来的食囊摘除才能吃。那食囊我尝过，发酸。蚂蚱秋天把卵产在泥土里，母蚂蚱尾部坚硬如针，往往找坚硬的土路产卵。不知道它们为啥不去暄软的田野中，而是努力把自己的肚子扎进硬的路面上。我秋天下田劳动时，多次看见在乡路上产卵的蚂蚱，有时候就顺手捉起它们。螳螂不一样，它们产卵在树上，用一种分泌物筑一个坚硬的巢，巢粘在树枝上，可以好几年不掉，它的卵就在巢里，很安稳。我们管这种巢叫"薄窖"。带螳螂卵的薄窖是不能吃的，大人警告说，吃了薄窖会尿炕。小时候深信不疑，后来才明白，无非是大人们保护螳螂的策略。储存螳螂卵的薄窖次年春天会在暖阳下孵化出小螳螂，它们从细小的空隙中钻出来，薄窖就空了。空的薄窖仍旧粘在树上，几年不掉。当那些被孵化的螳螂们走完了生命的历程，而它们的襁褓依然在风雨中熬着岁月。

我已经多年没有吃过家乡野地里的蚂蚱了，对于蚂蚱、螳螂都接近绝迹的现代乡野，我连看到它们都不容易。我自己小院子里种了几畦菜，从不喷洒农药，任其自然生长。夏秋时候，竟然发现了蚂蚱在青菜间蹦跳。它们咬破了我许多菜叶子。我长久地在菜畦边欣赏着，它们有时候大胆地蹦到我手上。我说："没事，吃吧，你们吃剩下的菜我才吃呢。"

蛹虫

前几天，与花姐一起去看舞剧，她顺便带给我一包东西，回家打开一看，几乎惊叫，一包虫子。确实战战兢兢了，这虫子很小，很像玉米秸秆和棒子里那种小虫。那些虫子我们从来不吃，扒苞米的时候发现了就集中放在一只小瓶子里，攒起来喂鸡。曾经有一个乡邻见我把虫子喂鸡，啧啧叹息说："这虫可干净了，庄稼里、粮食里的虫，干净着呢，喷香，一包油。"可见他是吃过的。后来我问花姐这是什么虫？她说叫面包虫，又叫黄粉虫，营养价值极高。

多年之前在崂山仰口一家饭店，吃过一道蜂蛹，现在想起来仍惴惴不安，想那蜂蛹就是"未见天的命"，不禁惭愧。虽然小时候去看放蜂的被蜜蜂蜇过，但是，蜂蛹的样子太让人怜惜，便忘了当日的疼，以后再遇到蜂蛹坚决拒绝。后来听说一乡间老人，从野外撬得一蜂窝，从中取出蜂蛹炒吃后中毒，五脏衰竭而死。看来蜂蛹并不是都可以吃的，也许有些野蜂本身有毒性，连蛹虫都具杀伤力。

难道刷木架子是例外？提起刷木架子，很多人就起鸡皮疙瘩，这种虫子很毒，各地叫法也不一样。它的名字还有"扒肌毛子""扒毛""扒架子"，学名叫刺蛾，有超强的刷人毛，能顺着人的汗毛孔进入皮肤里，且好几天不死，又疼又痒。谁相信如此盛毒的害虫也能吃？当然不是吃带毒的它，是吃它的蛹。当刷木架子到深秋的时候做了个结实的罐儿，把自己藏在里面之后，它的毒毛就会逐渐退化。在深冬，你从一段果树枝条上敲开它的堡垒，会发现里面是一个软塌塌的鲜黄小虫。它身上有很淡的一点毛，也有的毛已经退化干净。我们管这种虫壳叫"刷木架子罐儿"。在果园剪枝的时候，可以收很多，攒够一些，敲碎硬壳，取出软乎乎的小虫，用小炒瓢炒出来，香、酥，那真是绝佳的美味。

春天里去胶南樱桃园边的农家宴吃饭，在那里吃到了几乎所有的虫子。临走的时候，见柜台上一个小笸箩里有一些刷木架子罐儿的皮，问这里有这道菜吗？女主人说，有，太贵了，九十元一份，很少的一点。这虫子不容易搞。我想，下次来吃饭，不管多贵也得要一份，因为多年没吃这东西了，想念。

蚕蛹是我的挚爱，市场上的桑蚕蛹是小的，米黄色，五块钱一斤，我经常买来吃。放在油锅里炒一下，加水加盐，放点辣椒丝，吃的时候，每一个蚕蛹都水汪汪、咸滋滋、香喷喷、辣乎乎，妙哉。大蚕蛹是柞蚕的蛹，暗红色，市场经常卖活的，一大盆摆在那里。那蚕蛹的尖头不停地动，看起来有些瘆人。大蚕蛹都是在饭店吃油炸的，我很少买，因为它们活生生的样子有点不敢动手。

　　小时候吃虫出于食物的贫乏，也为了除害，更给寂寥单调的生活添了许多乐趣。乡下人有个说法，蜻蜓是个妖，它产的卵落在水里是鱼，落在岸边是蚂蚱，落在树上是洋槐虎，落在豆地里是豆虫。若如此，我们吃的虫，大多是蜻蜓的后裔。在天空跳芭蕾舞的蜻蜓，我们倒是没有吃过，它太美了，我们不忍心。

万事风吹散

风起时，万物喧哗；风止时，世间沉寂。

风从哪里来？仰起脸的孩子问。风是从天上来的吧。你看那风扬着鞭子赶动着羊群般的云朵飞跑呢。有的风跑累了，就留下来一直往下落，往下落，大地上才渐渐有了风。

风从地缝里来吧。四野寂静，云朵安闲，树叶都在闭目养神。突然一阵旋风刮起了远方野地里的尘土。这风，不是从大地上生的吗？也许是吧，风无处不在，无处不生长风。

风也会从人的内心生起吧。风小的时候吹得花枝草叶颤抖，那是风轻云淡；风大的时候，就成为摧毁一切的灾难，那是一个人内心的风暴。

耳边风从一个人内心吹起，经由极小的空间距离抵达下一个驿站。它虽然轻微，久久地吹，但可以动摇一个人内心的磐石。脚底生风的人，急吼吼地奔赴生活的各处场景。风被急急驾驶着有些累，它替那虎虎生风的人叹了口气说，慢慢走，欣赏啊！

多年之前，那人看着手里的风筝沉思着。他和放风筝的孩童都渴望一场好风，以便让纸鸢飞舞起来。于是他用墨香在宣纸上祈祷"天上大风"。天上果然就有了各种各样的风，祥瑞的灾难的温和的粗暴的风轮番从天上刮过。

当天上大风，人间是怎样的呢？

一场淅沥的冬雨之后，寒气十足，我模仿着一阵风行走在最真实的人间。阶前汇集了小小的溪流，有潺潺之意，在静谧的冬夜里，连建筑工地的灯火也熄灭了，雨声让人心头惆怅。次日，见满地缤纷落英，昨日枝头的姹紫嫣红，如今都汇集在脚下。那些刚刚还色彩丰富的树，全部光秃，像生物实验室里一排裸露的骨架。

人间最无情者是风啊，风掳走了它们。我这样念着，紧了紧衣服的束带。

风，来去无踪。云影飘荡，我知道，风在；树叶摇动，我知道，风在。"解落三秋叶，能开二月花……"几个孩童在树荫下吟诵，我心里也跟着默读。炎热的田间，日头征收着土层中的水汽，飞一般上升，没有一丝风。我抓起一把干土，扬在空中。是西南风啊。西南风热死人，连屋里的墙都是灼热的。但是我知道风在，风还在野地里为庄稼当着媒人。人都歇伏了，扇着蒲扇，喝着拔凉井水。牲畜也都安静地趴卧，突突突地喘息。只有风还在走动，它替农人操着心，梳理着、安抚着庄稼的情绪。

风也会悄悄潜入村庄，无声无息地，不惊动草木和炊烟。溜檐风来了，它极低地行走着。它顺着一个不起眼的街口进村，沿着老聋汉家的山墙慢行，顺道拍了拍肥婆家那头待产的母羊，它的叫声就不再那么焦灼。风经过绣花姑娘的窗前，把月季花的香给她抛进去，她的针尖立即脱了困倦之气，变得灵秀起来，绣出的每一个针脚都流淌出花的香气和鲜润的色彩。风掀开老秀才的帘子，他在竹榻上小寐呢。风就如老熟人一般翻看他的古卷，那些老旧的文章，不止老秀才喜欢。风又翻了翻他深夜写下的十几行诗，读了一半就"哧哧"笑起来。窗帘也笑，狼毫笔笑得从笔架上落下来。秀才梦中问了一声"谁呀"？

疯癫的小霞常常站在高坡上，问她在干啥，她说在看风。风把一个壮壮实实的好后生吹进了黄土，小霞就疯癫了，那是她待嫁的心上人。小霞就站在那片地上，看风，看风从坟地那里刮来。风于是就哭起来。有些人遇见了哭泣的风，也跟着哭起来。还有人怨怪风里带着沙子，风把沙子吹进了她的眼睛。

春天里刮大风，这是谁都知道的事情。

风从东南方刮来，刮起田野里的浮土，向村庄刮。人们远远就看见一阵大风来了，这时候的风是有形的也是有力度的，这阵大黄风可能越滚越大，它不断携起些黄土和去年枯败的草叶子，像车轮一样滚动着走来。人们能看见它滚动的样子，车轮的中轴在哪里，轮子有多大。这样刮来的黄风人自然要躲，有的背过身，尽量缩起脖子，有的蹲下来，顺便用手抱着头。在沟坎旁边的人，就直接下了沟，黄风的车轮从头顶沟沿上碾过。风过去了，就像一支杀声浩大的部队，躲风的人干净利索地从沟里走上来，这个完全躲避了战火的干净人，望着远去的风发了一会儿呆。那些没有来得及躲开黄风的人，已被大黄风中的土俘虏，头上一层黄油般的土，脸上像是扑了粉。赶紧吐几口唾沫，唾沫里是黄黄的土渣子，也许回家吃饭的时候，还有牙碜的感觉。黄风有时候也裹着粗大沙子，打在人后背上噼啪作响，像夏日的一场急雨。小霞却从来不躲，她在风里张开双臂，使劲地拥抱风裹来的沙尘。看见的人都会叹息或者流泪。他们回头自言自语说，这大风迷了眼。

　　很多无形的风在春天里埋伏着，它们不容易看见，春天没有高庄稼，春风在开阔的田野里跑得很快，没有树叶的沙沙和庄稼叶子的低语，风就悄无声息地到来。

　　人们最怕遇见臭风，它像个鬼魅来去无踪。被臭风扑了的人是要倒霉的，轻的感觉难受，生几天小病，重的就会坐下一辈子的病。

臭风是从坟地里起来的，那时候土葬，一个新坟如果埋得不够严实，腐蚀的臭味就会在周遭荡漾。恰有一阵风走过的话，这阵风就倒霉了，它被那臭气熏染，成了臭风。臭风往往走不远就被更多的风给冲散了，这时候的风就又变得清白。倒霉的人，迎面遇上了还没有被冲散的臭风，就会生病。村里一个脸上长着疤痕，似鬼模样的人，在野外被一阵风吹过后就痒痒，然后起泡流脓。四处医治不好，郎中说是被臭风扑了。治好了的脸也留下满脸疤痕，治不好的一辈子不断流脓水。从此，春天的时候，下地的人就特别留意风，不敢被风吹。女人们用头巾把脸遮住。小孩子被无数次叮嘱，小心风。

旋风是一种神奇的风，总是在季节忽冷忽热的时候兴风作浪。在野地里劳作时，远远看见一阵旋风来了，它也是有形的，旋起草叶子或者黄土，打着旋儿游动。可是这风很少去旋人，总是躲开障碍物。人远远地看着它，嘴里念叨一个村里新近逝去的人的名字。奇怪的是，这风就旋远了，或者干脆败了劲，草叶哗啦一下摊了一地。

人们说，旋风是亡者刮起的。母亲曾经说过，女人逝去时，送老衣裳中如果没有裙子，逝者就刮不起旋风。乡人都认为旋风是逝者的魂灵在旷野游荡。母亲去世后，我每当在野外看见旋风，就内心一紧。

夏天的风藏起来了，它们是藏在庄稼地里、河滩里、棉槐林子里吧。只有傍晚时候，看见几缕炊烟略微动了动。老人们摇着蒲扇在巷口找风。男人到西河崖和东湾那里去找风，"洗完了，一出水，真风凉"。是啊，没有风怎么会风凉呢？可是风就是躲着不往村里走，"风芽儿都没有啊"。人们喃喃地说。这样的夜晚，头顶的星空都黏稠。有时候一缕风越过庄稼地带着玉米叶子和发酵的土地的气息游荡进村，村庄似乎一下子透了口气。"嗯，秋风凉了。"才刚刚立秋呢，可是有风来送信了，天就要渐渐凉了，躲起来的风就会回来的。

世间的秘密都在风的脚印里，一棵树在村口站了多久，那个在树下徘徊的人在等谁的信，唢呐嘀嘀嗒嗒迎走村里一朵花的时候，谁在庄稼地里流眼泪……风替村庄记录了这些秘密，也保守着这些秘密。有时候风忍不住，会把秘密送进一些思念日久的梦里。六婆婆说，昨夜她梦见三小子了，还是那么年轻，拿着枪，俊得很。说着就落下泪来。三小子是英雄，睡在遥远的大山下。三小子的大名被风传颂着，被许多人传颂着。但是在六婆婆那里，他永远是她的三小子。六婆婆一边抹着泪一边笑，梦见了三小子，这是多大的喜事。可是菊花再也没有梦见那个不回信的人。他在外边变了心，厌了旧，忘记了曾经的海誓山盟。风不让她继续想一个负心人。风把在门口，每一个可能惹菊花想起往事的事物，都让风给覆盖了。风悄悄在菊花耳边说，那个人负心了是你的福气，他已经配不上你。菊花嫁人的时候，风故意把喜庆的唢呐传得很远很远，它恨不得让在城市里穿着西装的那人听见，我们的菊花仍然是塬上的一朵最美的花，她幸福地出嫁了。

风在野地里检阅每一块土地，谁家在田地上用了心、下了力气，谁家开始糊弄土地、慢待庄稼，风一清二楚。风走过每一道岭，在荒地上查看一座座隆起的土包。这是个勤劳的人，走前两天还在庄稼地里刨茅草根呢。风拢了拢那人坟前的新土，把一些柔顺的草籽埋进去。它看见不远处有一块石碑，那个出卖良心的人不配糟蹋一块无辜的石头。风没事就去摇那块石头，用力抠石头上的字。摇着摇着，委屈的背负了谎言的石头就顺势倒下了。一阵雨过后，它随着水流去了河滩。风推波助澜，送它到鹅卵石的世界打磨。当那块石碑在河流和泥沙中洗净自己无辜背上的谎言的时候，它心甘情愿被一个农夫拾起。它愿意去当一块垒屋的基石，捶布的浣石甚至是垒猪圈的石头。这比立在那里被过路的人指着骂要好受得多，比立在那里受貌似恭敬的下属鞠躬舒服得多。

喜欢管闲事的风常常去叩击一些人家的门板和窗纸，戏弄着正藏藏掖掖的密谋者。窗纸沙沙，门板吱呀。战战兢兢的人举着一盏灯开门探看，好似草木皆兵。风忍不住笑，噗地一下把灯给吹灭了。于是这一场阴谋就遭到霜打，他们认为冥冥中已有人知，便垂头丧气地收兵。风制止了一场灾难。

它柔顺的手指有时候掀开一个女人的头巾，抚摸一下她的脸。这张脸嫁进这户人家的时候多么鲜润啊，像南岭上初绽的桃花，没几年就粗糙了许多。是我把她吹老的吗？风站在那里，不动了，它有点忧伤。去年的风到哪里去了？明年，我又在哪里呢？顽皮的风一旦深沉起来，山野登时安静。风于是用力地抱了抱那个戴头巾的女人。

风变得婆婆妈妈起来，它遇见有泪痕的，就替她擦一擦，有时候就因此背了锅。风遇见迎风流泪的芳婶子，总要避一下，它也不想背锅。等她老成一个婆婆，就不会再流泪了。乡关难忘啊，能忘得了故人，忘不了的血地。每年春风来的时候，芳婶子总要提起鼻子说，海的味道。我们听说，海离我们并不远，可是，当了几个孩子娘的芳婶子，已经回不去了。她一遍遍在风里嗅着海的气息，犯着迎风流泪的病，风不知道把芳婶子熟悉的海的气息搬运过来让芳婶子难过是对还是错。

风也是搅事的孩子，当生产队长的狗子不厚道，趁天黑偷偷摸摸地煎鱼煮肉，门也关着，窗也堵着，可风却把香气掀到大街上去，散布到每个胡同里，甚至钻进每家每户里去。从此，狗子说话就不那么灵便了。人们说：吃了鱼的嘴腥，吃了肉的嘴臭。大家都还饿肚子呢，他却吃香的喝辣的，当然不能服众。狗子走到哪里都被一阵风噎得哑口无言。

风从哪里来？刮向哪里去？刮出去的风还能不能再刮回来？我无数次问。阿婆一遍遍解答。风从大地上生出来，刮着刮着就去了天空。"风会不会落下来，重新回到大地？"也许会吧，谁都是要往天上看的，等上了天，天上没有它想要的，它就得回来。阿婆的男人闯外很多年没有回来，可是阿婆一天天还是那样过日子，风没有把她的男人带回来，也没有把她的日子吹乱。当儿子又要外出闯荡的时候，阿婆仍旧没有阻拦。你见过谁拦得下风吗？阿婆站在风里将了将头发说，风还没有把她吹走，可是头发却越来越白了。

"人间万事风吹散。"站在高坡上的诗人说。老秀才从玉米地里佝偻着腰出来说：这话对一半。万事是被风吹散了，可是，又是谁把万事吹来的呢？诗人站在那里发呆，然后给老秀才鞠了一躬。诗人是外乡人，他就像一粒种子被风吹了来，于是就在这里娶了婆娘生了娃娃，还拜老秀才为师。又一年，风筝起的时候，他也想随风走。但是一场大风刮过，她婆娘的眼睛流泪不止，连最有名的郎中也没有办法。诗人不明白，自己想走的念头是从未说过的，婆娘为什么一直流泪？

老秀才经过他时说：世间事，没有什么瞒得过风！